Sascha Gutzeit

Kommste heut nicht, kommste morden!

Sascha Gutzeit, geboren 1972, ist Autor, Sänger, Schauspieler und Entertainer. Seit 1993 macht er CDs mit eigenen Songs und schreibt Musiktheaterstücke, in denen er alle Rollen selber spielt. Er ist Mitgründer des *Vollplaybacktheaters*, nahm ein Duett mit Wolfgang Niedecken auf, komponiert Hörspiel- und Filmmusik, arbeitet als Sprecher und vertonte u. a. Kai Meyers Buchreihe *Die Sieben Siegel*.
Er liebt Tomate mit Mozzarella und isst nachts heimlich Nutella mit dem Löffel. Wenn er nicht gerade mit seinen Bühnenprogrammen durch die Lande tourt, lebt er zusammen mit Frau und Hund in der Vulkaneifel. Nach *Tot ist tot und Schnaps ist Schnaps* ist dies sein zweites Buch mit Kommissar-Engelmann-Fällen.
www.SaschaGutzeit.de

Sascha Gutzeit

Kommste heut nicht, kommste morden!

KBV

Originalausgabe

www.kbv-verlag.de
E-Mail: info@kbv-verlag.de
Telefon: 0 65 93 - 998 96-0
Fax: 0 65 93 - 998 96-20
Umschlag- und Szenenfotos: © Jan Wiesemann
Hintergrundfoto Schloss: Schloss Goseck e.V.
Hintergrundfoto Gießen: Hotel am Ludwigsplatz
Umschlaggestaltung: Ralf Kramp
Lektorat: Volker Maria Neumann, Köln
Druck: CPI books, Ebner & Spiegel GmbH, Ulm
Printed in Germany
ISBN 978-3-95441-193-1

Für Vanessa

»Wenn man nicht so lange sitzen will,
sollte man sich stellen.«

Kommissar Heinz Engelmann

Inhalt

Halleluja, der Engelmann ist da!

Ich bin Kommissar Heinz Engelmann
Einige Leute kennen mich schon,
Ich hab Hut und Trenchcoat an
und bin der Chef von der hiesigen Mordkommission

Ich trinke im Dienst gerne Cognac
Und rauche *Overstolz*-Zigaretten
Überall, wo ich hinkomme, wäre alles im Lack,
wenn sie dort auch so'n Kommissar wie mich hätten

Denn steh ich erst mal am Tatort,
weiß ich meist fast schon, wer's war
Halleluja, der Engelmann ist da!

Alle Mörder kriegen die Pimpernellen,
weil ich die richtigen Lösungsmittel kenn'
in allen von meinen spannendsten Fällen
Und auch in den noch spannendsteren

Und die Fälle schwimmen mir nie davon,
ich bin schließlich Kommissar
Halleluja, der Engelmann ist da!

Ich schnüffle beim Metzger und im Morgengrauen,
unter der Erde oder hinter 'nem Brombeerstrauch
Und manchmal hält man mich dabei
für fremde Männer und Frauen
denn *undercover* ermittle ich auch

Wenn es mal brenzlig wird,
ziehe ich ganz lässig meine *Mauser PPK*
Halleluja, der Engelmann ist da!

Ich kläre Morde in Schlössern und Gassen
Und egal ob Friedhof oder Kirmes – da ermitt'l ich
Selbst auf Booten mit Toten, ich kann's einfach nicht lassen
Bin unerbittlich von London bis hinter Wittlich

Bin ich nicht auf dem Holzweg,
ist jeder Fall in jedem Fall für mich klar
Und die Welt atmet auf:
Halleluja, der Engelmann ist da!

Gebiss zum Morgengrauen

Kapitel 1

19:56 Uhr

Ich bog um die Straßenecke und erkannte sofort, was los war. Von den windschiefen Häuschen, die den Marktplatz säumten, sah man nicht mehr viel. Das lag zwar auch ein bisschen an der Abenddämmerung, aber in erster Linie an den vielen Fahrgeschäften und bunten Buden, die auf dem kleinen Platz aufgestellt worden waren. Und da es in wenigen Minuten so weit sein würde, war die hiesige Bevölkerung so zahlreich erschienen, wie es nur möglich war. Ich guckte mich um, und mein geschulter Ermittlerblick erkannte sofort, dass das Getümmel aus sechsundvierzig Mann bestand.

Als gewiefter Kripobeamter hatte ich einen Blick für so was. Hiesig war zwar ein kleines Kaff, das auf manchen Landkarten gar nicht erst auftauchte, doch auch hier lagen Gut und Böse so nah beieinander wie Tim und Struppi. Daher hatten wir es in unserem Dorf ab und zu mit Mord und Totschlag zu tun, woraus sich so manches schreckliche Verbrechen ergab. Und immer dann war ich am Zuge – ich, Kommissar Heinz Engelmann, Leiter der hiesigen Mordkommission. Jedoch war es kein Mord, der mich an diesem Abend zum hiesigen Marktplatz führte, sondern etwas ganz anderes.

Gemeinsam mit meiner attraktiven Assistentin, Polizeimeisterin Liesel Weppen, drängelte ich mich an den diversen Vergnügungsgeräten vorbei und kämpfte mich mit ausgefahrenen Ellbogen durch die Menschenmassen bis zum Kettenkarussell vor, das mitten auf dem Markt aufgebaut worden war.

Daneben stand eine breitschultrige Frau wie bestellt und nicht abgeholt. »Ah, da seid ihr ja endlich!«, rief sie aufgeregt und winkte Liesel und mich noch heran, als wir schon längst bei ihr standen.

»Heide Witzka, ganz schöner Rummel auf der Kirmes!«, sagte ich und tippte zum Gruß an meinen Hut.

Heide Witzka lächelte breit. Die hiesige Bürgermeisterin war schon eine Weile in den besten Jahren, hatte ihr mittellanges Haar zu einem braunen Dutt geknotet und trug ein rotes Kostüm am drallen Leib und dazu eine Schmetterlingsbrille auf ihrer breiten Nase. »Wir dachten schon, du kämest nicht mehr, Engelmännchen«, sagte sie und wies dabei auf das Glas ihres Armbandührchenzifferblatts.

Ich schüttelte innerlich den Kopf, denn nach all den Jahren konnte es Heide Witzka nicht lassen, mich »Engelmännchen« zu nennen. Sie fand es halt soooo lustig.

»Hallo, Polizeimeisterin Weppen«, sagte Heide nun, an meine blonde Assistentin gewandt. »Schön, dass Sie auch dabei sind.«

»Guten Abend, Frau Bürgermeister«, lächelte Liesel ihr schönstes Lächeln und zog ihre Polizeimütze.

Jetzt erst bemerkten wir den hageren Mann, der hinter der Heide stand. Durch ihre ausladenden Schultern war er bis dato einfach nicht zu sehen gewesen.

Es handelte sich um Raimund Eichen, Heides Sekretär und rechte Hand, welche er jetzt zum Gruß hob, weil er auch uns erblickte. Raimund trug ein weißes Hemd, einen schwarzen Anzug und mochte so um die Fünfzig sein. Zwischen seinen schmalen Lippen baumelte eine *Gitanes*. Er war kurz vor Glatze, der Rest seiner Haarpracht sichtlich angegraut und an seinem linken Nasenflügel prangte eine schwarze Warze.

»Tach, Warz-Eichen«, begrüßte ich ihn mit seinem Spitznamen.

»'n Abend, Herr Kommissar.«

»Na, dann wollen wir mal alles so durchziehen wie besprochen«, sagte Heide Witzka voller Tatendrang und kletterte auf das Podest, das man neben dem Kettenkarussell bei der Losbude errichtet hatte. Das Menschaufläufchen reckte nun die Hälse.

»Schönen guten Abend und herzlich willkommen auf unserem Marktplatz, liebe Hiesige und Hiesige!«, rief die Bürgermeisterin den zahlreichen Leuten durch das stofftaschentuchummantelte Mikrofon zu, das ihr der Losbudenmann angereicht hatte. »Ich freue mich, dass ihr alle gekommen seid!«

Begeisterter Applaus und pfiffige Pfiffe waren die Antwort. Irgendwer rief sogar: »Zieh dich aus, Mädchen!«

»Vielleicht später«, fuhr Heide Witzka freudestrahlend fort. »Doch nicht nur das, liebe Hiesige und Hiesige, ich danke der Frau Techtel und ihren Schaustellern, die uns mit ihren tollen Fahrgeschäften und Buden beehren, und bin im Nachhinein auch sehr glücklich, dass ich nach den abgründigen Ereignissen im letzten Sommer den Landrat davon überzeugen konnte, sich gegen den Bau eines Matratzenmarktes auf unserem schönen Marktplatz auszusprechen.[1] Denn so ist es überhaupt nur möglich, dass wir heute diese tolle Kirmes eröffnen, die für die nächsten drei Tage unser Kaff in einen Hexenkessel der guten Laune verwandeln wird!«

Jetzt hatte sich die Menge nicht mehr im Griff. So als wäre die Bürgermeisterin die Beatles, kreischten und johlten die Hiesigen, warfen ihre Hände in die Luft und fingen sie dann wieder auf.

»Doch bevor es jetzt so richtig rund geht«, brüllte Frau Witzka gegen die tobende Meute an, »bevor es rund geht,

[1] Siehe den Fall *Abgrundtief tot*, im Buch *Tot ist tot, und Schnaps ist Schnaps!*, (KBV, 2013)

möchte ich die hiesige Feuerwehrkapelle aus gegebenem Anlass bitten, unsere Dorfhymne zu spielen!«

Die Leute auf dem Marktplatz beruhigten sich auf der Stelle und hielten den Atem an.

Da Hiesig ja, wie erwähnt, ein klitzekleines Kaff war, war die Feuerwehrkapelle natürlich entsprechend groß. Auf das Zeichen der Bürgermeisterin hin, legten Jann (Schlagzeug) und Anton (Trompete), die sich unweit des Kettenkarussells an der Fischbrötchenbude aufgebaut hatten, los.

Ta-dadadahh-da … tamtam

»Na, wenn das nicht feierlich war!«, rief Heide Witzka begeistert ins Mikrofon und die Hiesigen klatschten und tobten. »Danke an unsere Feuerwehrkapelle, Jann und Anton!«

Ich sah, wie Heide nun mir einen Blick zuwarf, und wusste Bescheid.

»Und nun begrüßt mit mir den Leiter der hiesigen Mordkommission!«, rief die Frau Bürgermeister freudig. »Unser aller Kommissar Heinz Engelmännchen … äh … Engelmann!«

Unter tosendem Jubel stieg ich zu Heide Witzka auf das Podest. Jetzt fühlte *ich* mich wie die Beatles. Klar wäre ich lieber die Rolling Stones gewesen, aber man kann nicht alles haben. Dann zückte ich das Megafon, das ich stets bei mir trug.

»Achtung, Achtung! Hier spricht die Polizei!«, rief ich hinein. »Bitte bewahren Sie Ruhe! Die hiesige Kirmes ist jetzt offiziell eröffnet!«

Das ließen sich die Leutchen nicht zweimal sagen und machten sich spornstreichs über Autoskooter, Schiffschaukel, Achterbahn, Kinderkarussell und die Luftballonsmitpfeilenbewerfbude her, die jetzt allesamt gleichzeitig zum Leben erwachten. Die einsetzende Dunkelheit wurde wie auf Knopfdruck von den zahlreichen Leuchtreklamen und bunten Birnchen der Fahrgeschäfte und Buden erfüllt. An dem Geräusch über meinem Hut erkannte ich, dass sich auch das Kettenkarussell in Gang gesetzt hatte, und zog schnell den Kopf ein.

»Heide Witzka!«, rief ich erschrocken, als ich aus dem Augenwinkel sah, dass die Frau Bürgermeister ihren Kopf nicht einzog. Doch es war zu spät!

* * *

Das hatte ganz hübsch geknallt!

Raimund Eichen kniete jetzt bei seiner völlig reglos daliegenden Chefin und war verzweifelt damit beschäftigt, ihr mit der aktuellen Ausgabe des *Hiesigen Käseblatts* Luft zuzufächern. Ein paar Schaulustige mit eingezogenen Köpfen hatten sich unterdessen in die Szene geschlichen. Die Kettenkarussellkörbchen fegten samt vieler baumelnder Beine gnadenlos über uns hinweg.

»Ist sie … tot, Chef?« Liesel kaute angespannt auf ihrer Unterlippe wie ein unartiges Schulmädchen.

»Ach wo, das gibt nur eine fette Beule«, mutmaßte ich, saugte an der leckeren *Overstolz*, die ich mir in der Zwischenzeit ins Gesicht gesteckt hatte, und sollte recht behalten, denn in diesem Moment schlug die umgehauene Bürgermeisterin hinter ihrer zwischen Nase und Marktplatz eingeklemmten Schmetterlingsbrille die Augen wieder auf.

Das hiesige Warz-Eichen stellte das Wedeln ein und erhob sich erleichtert. »Puh, das ist ja noch mal gut gegangen«, sagte Eichen und rollte die Zeitung unter seinem hageren Arm zusammen.

Ich blickte auf meine Armbanduhr, und sie zeigte zwanzig Uhr siebzehn. Zeit für meinen lang ersehnten ersten Feierabendcognac. »Für mich gibt's hier nichts mehr zu tun. Schönen Abend zusammen.« Ich winkte in die Runde und tippte zur Verabschiedung der Frau Bürgermeister mit der Schuhspitze freundlich in die gepolsterte Hüfte.

Während ich den Kirmesplatz überquerte, beobachtete ich beiläufig das Treiben am Autoskooter, wo in einer halben Minute mehr Auffahrunfälle passierten, als sonst in ganz Hiesig in zwei Jahrtausenden. Wachtmeister Meister, unser hiesiger Verkehrspolizist, hätte seine helle Freude gehabt.

Wenig später hatte ich das bunte Treiben hinter mir gelassen und spazierte durch den hiesigen Abend. Ich atmete die dunkle Herbstluft ein, und meine Kippe flog wie ein Kamikaze-Glühwürmchen in den Rinnstein. Dann bog ich um eine Ecke und steuerte geradewegs auf mein Stammlokal zu.

Kapitel 2

20:18 Uhr

Da in Hiesig alles sehr nah beieinanderlag, betrat ich schon nach keiner Minute das *Café Inkontinental*.

Nachdem ich mich an meinen Stammplatz, den das Personal stets für mich freihielt, in den brutal gefederten Plüschsessel hatte sinken lassen, schickte ich meinen Blick auf Reisen. Im *Café Inkontinental* schien die Zeit schon vor einer Ewigkeit stehen geblieben zu sein. Eine dunkelbraune Holzvertäfelung, die Rosenholz sein mochte, vielleicht aber sogar gebeizter Pressspan, zierte den unteren Teil der Wände, darüber und unter der Decke sorgte eine rotbraun geblümte Stofftapete für Ambiente. Und wie immer hing der bleischwere Duft von Sachertorte in der Luft. Ein Tonband spielte Hausfrauenjazz ab. Langweilig wie eingeschlafene Füße, aber tausendmal besser als das Schlagergedöns, das einem auf der Kirmes um die Ohren gehauen wurde. Überhaupt ging es hier im Café immer ganz gemächlich zu, wie in einem Hans-Moser-Film ohne Hans Moser. Aus dem Augenwinkel sah ich jemanden heranrauschen.

»'n Abend, Kommissar Engelmann. Na? Kirmes eröffnet?« Der Ober, ein feiner Kerl namens Herbert Kellner, blickte wie immer schweinefreundlich drein.

»Jawoll, Herr Kellner.«

»Das Übliche, Herr Kommissar?«

Da sich das *Café Inkontinental* unmittelbar gegenüber dem Polizeipräsidium befand, war ich so gut wie sehr oft hier, immer, wenn es mir in meinem Büro zu verraucht war oder ich zu Hause nichts im Kühlschrank hatte.

»Nein, heute kein hausgemachtes Ragout fin in Blätterteig mit reichlich Worchestersoße, bitte. Ich hab noch den Backfischmief von der Kirmes in den Nüstern. Tun Sie mir doch einfach erst mal ein Kripogedeck.«

»Alles klar, Herr Kommissar.«

Ober Kellner schlurfte gemütlich zur Theke, während ein Mann in kackbrauner Wildlederjacke das Café betrat.

»Hallöchen, Teddy! Setz dich doch zu mir!«, rief ich ihm entgegen und winkte. Ich fummelte eine Zigarette aus meiner Trenchcoattasche und setzte sie in Flammen. »Na, wie geht es unserem hiesigen Starreporter?«, fragte ich grinsend, als Teddy einen Plüschsessel heranzog und sich zu mir setzte.

»Alles fit soweit, Engelmann. Und bei Ihnen?«

»Och, muss ja«, entgegnete ich knapp, denn ich sah Ober Kellner mit meinem Kripogedeck nahen.

»So, Herr Kommissar, sehr zum Wohle.«

»Danke Kellner.«

Neugierig reckte Teddy die Nase. Er war übrigens so um die Mitte bis Ende fünfunddreißig und trug eine rotblonde Haartolle über der Stirn, die seinen Namen noch untermauerte. »Was trinken Sie denn da?«, fragte er schnüffelnd.

»Ein Kripogedeck. Cognac und dazu einen Klaren. Mein Rezept«, lächelte ich stolz und schüttete beides zusammen.

»Nee danke. Da bleib ich doch lieber beim Whisky«, runzelte Teddy die Stirn unter der Tolle und wandte sich an den Ober. »Für mich bitte einen *Glenmiller*. Aber pur und ohne Eis.«

»Sehr wohl, Herr Teddy«, nickte Kellner und huschte von dannen. Kurz darauf brachte er dem Reporter den Whisky, und wir tranken.

Ich hielt Teddy meine Zigarettenschachtel hin. »Komm, gönn dir eine gute *Overstolz*. Das ist Geschmack aus Tradition.«

»Danke. Ich rauche nicht«, lächelte er und ließ einen ersten Schluck *Glenmiller* durch seine Zähne laufen.

»Dann gewöhn es dir gefälligst an!«, sagte ich lächelnd und schüttelte ihm einen Glimmstengel aus der Packung entgegen.

Teddy ignorierte das freundlich, also steckte ich mir selbst eine Fluppe in den Mund und dann die Schachtel weg.

»Und, was hat unser Mann vom *Hiesigen Käseblatt* am Köcheln?«

»Ich arbeite aus aktuellem Anlass natürlich an einem Artikel über die Kirmes, Engelmann, ich kann ja nicht immer nur über Sie schreiben.«

»Du musst aber zugeben, dass normalerweise in Hiesig außer meinen Mordfällen nichts passiert«, grinste ich und zog an meinem Glimmstengel. Dann erzählte ich von der Eröffnungszeremonie und Heide Witzkas Begegnung mit dem Killerkettenkarussell.

Teddy fiel vor Lachen fast vom Sessel und prustete seinen *Glenmiller* durchs Café. »Haha, ich seh schon, das wird ein Knüller!«

Ich leerte derweil mein Kripogedeck und murmelte dann mehr zu mir selbst: »Kann mich gar nicht erinnern, wann wir in Hiesig zuletzt eine Kirmes hatten.«

»Oh, das ist ein interessanter Aspekt für meinen Artikel«, grinste Teddy. »Das muss ich gleich morgen recherchieren.«

»Tu das.«

Etwa dreizehn Kripogedecke und elf *Glenmillers* später, hatten wir nicht nur ordentlich Spaß in den Backen, sondern auch eine Uhrzeit, die sich auf halb fünf morgens belief. Von der Theorie, dass im *Café Inkontinental* die Zeit stillstand, musste ich mich wohl zukünftig verabschieden. Die übrigen Gäste waren natürlich längst gegangen und Ober Kellner lehnte müde an der Theke.

Er wartete brav auf unsere nächste Bestellung, doch ich sagte: »Ich glaub, ich zahl mal, Teddy.« Dann drehte ich mich zu Herrn Kellner um. »Alles zusammen. Und machen Sie mir doch bitte einen Beleg über Getränke und Getränke.«

Draußen vor der Tür hatte unterdessen der Morgen mit dem Grauen begonnen.

Teddy und ich traten ins Freie und verabschiedeten uns. Erst von Ober Kellner, der den Laden hinter uns abschloss, und dann voneinander.

»Tschüss.«

»Tschööö.«

Ich stand eine Weile da, sah Teddy in die menschenleeren Straßen verschwinden und hörte, wie seine Schritte von der Stille geschluckt wurden.

Die hiesige Kirchturmuhr schlug Viertel vor fünf, und die Straßenlaternen reckten sich bleich schimmernd Richtung Himmel, welcher langsam aber sicher aschfarben wurde.

Ich entschied mich für einen kleinen Verdauungsspaziergang und wanderte los, in Richtung Marktplatz. Mal schauen, wie so eine Kirmes aussah, wenn sie schlief.

Wenig später schon stand ich bei der Achterbahn, die genau wie die anderen Attraktionen dichter war als ich nach dreizehn Kripogedecken und in der verblassenden Nacht vor sich hinträumte.

Alles lag einsam und verlassen da. Auch die Wohnwagen der Schausteller, die etwas abseits hinter der Achterbahn aufgestellt waren.

Ich bummelte auf dem Rummel rum, am Kettenkarussell und an der Bratwurstbude vorbei und sah plötzlich hinter der verrammelten Süßigkeitenkutsche etwas auf dem Boden schimmern. Rot wie Blut und weiß wie Ebenholz. Im ersten

Moment vermutete ich natürlich ein Häufchen Ketchup-Mayo, das ein Kirmesbesucher achtlos von seinen Pommes hatte rutschen lassen, doch als ich mich über das gewisse Etwas beugte, erkannte mein geschulter Ermittlerblick die nackte Wahrheit. Vor mir lag ein Gebiss. Wahrhaftig, ein blutiges Gebiss!

Verdammte Hacke, wie kam das denn hierhin? Mein kriminalistischer Spürsinn rackerte mit einem Mal auf Hochtouren. War dieses Gebiss bloß jemandem abhandengekommen, als es auf dem Kettenkarussell zu doll zur Sache gegangen war? Oder … war es Mord?

Ich schluckte. Falls es Mord war, musste ich nur noch den restlichen Körper zu den heimatlosen Beißerchen finden – und ich hatte die Leiche.

Wie dem auch gewesen sein mochte, ich spürte in meinen Kripoknochen, dass dieser Fund garantiert eine heiße Spur war, die mich irgendwohin führen würde. Ob mein mysteriöser Fund nun einfach nur auf ein loses Mundwerk zurückzuführen oder der Schlüssel zu einem dentalen Mordfall war, scheiß der Hund drauf, ich musste es sicherstellen!

Als ich das Gebiss aufhob, durchzuckte es mich mit einem Schlag wie ein Blitz, denn ich fühlte, dass es noch warm war. Und … das Blut war noch feucht!

Ich achtete auf meine Fingerabdrücke und stopfte das Gebiss vorsichtig in meine fast leere *Overstolz*-Packung. Erstens machte ich mir so nicht das Innenfutter meiner Trenchcoattasche fleckig, und zweitens konnte ich das Gebiss so sicher transportieren.

Dann trabte ich schnurstracks zum Polizeipräsidium, denn einerseits brauchte ich dringend meinen ersten Cognac und zum anderen war es zum Schlafen längst viel zu spät.

* * *

Das Telefon, das stets neben der Cognacpulle beim Aschenbecher auf meinem Schreibtisch stand, klingelte. Erst einmal, dann zig Mal hintereinander. Ich schlussfolgerte, dass es sich um einen Anruf handeln musste, und nahm gähnend den Hörer ab.

»Ja? Hiesige Mordkommission, Kommissar Heinz Engelmann am Gerät«, leierte ich meinen Spruch runter und manövrierte mir dabei den nächsten Cognac hinter die Binde, denn nach wie vor war es für Kaffee viel zu früh.

»Hallo Polizei?«, flüsterte jemand durch den Draht. »Ein schrecklicher Mord ist geschehen.«

Wenn meine Antenne für anonyme Anrufe nicht gerade einen Wackelkontakt hatte, dann erkannte ich die Stimme überhaupt nicht. »Wer spricht denn da?«, fragte ich, denn was hätte ich an dieser Stelle sonst fragen sollen?

»Mein Name tut nichts zur Sache.« Dass den anonymen Anrufern aber auch nie was Besseres einfiel! Ich rollte dermaßen mit den Augäpfeln, dass ich bei der Gelegenheit auch ins jungfräuliche Tageslicht blinzelte, das soeben zaghaft begann, durch die blinden Fenster in mein Büro zu robben.

»Von wo aus sprechen Sie?«, schüttelte ich meine nächste Frage aus dem Ärmel und ließ erneut die Luft aus meinem Cognacschwenker.

»Aus dem Mund natürlich«, flüsterte der Anrufer irritiert. »Und bilden Sie sich ja nicht ein, Sie könnten dieses Telefonat zurückverfolgen, denn ich lege jetzt sofort auf!«

»Wie Sie meinen«, entgegnete ich und nippte an meinem Getränk. »Aber vorher sagen Sie mir doch bitte wenigstens, wo ich die Leiche zu diesem schrecklichen Mord finde, damit ich mir nicht die Schühchen sinnlos ablatsche.«

»Na gut, Herr Kommissar. Hinter der Fischbrötchenbude.«

»Was?« Das boxte mich aber ganz schön aus den gehäkelten Socken. »Stimmt das auch?!«

»Selbstverständlich, sonst würde ich ja nicht anonym anrufen!«

»Verstehe. Und Ihr Name war …?«

»Vergiss es.«

Mein Grips schlug Alarm. Eine Leiche auf der Kirmes! Ich leerte mein Glas in einem Rutsch und schickte die alles entscheidende Frage durch die Muschel: »Ist die Leiche mit oder ohne Gebiss?!«

Gespannt lauschte ich der anonymen Antwort, doch es knackte in der Leitung und sie starb.

Kapitel 3

6:30 Uhr

Obwohl es auch in der Zeile drüber abgedruckt ist, bestätigte mir das fette Dong der hiesigen Kirchturmuhr, dass es exakt halb sieben war, als ich am Fischbrötchenstand ankam.

Der anonyme Anrufer hatte nicht untertrieben, denn ich konnte sehen, dass der Anblick, der sich mir bot, nicht nur schrecklich, sondern mindestens FSK 16 war.

Ich schritt auf die Leiche zu, die hinter der Fischbude auf dem Rücken lag. Die Tote war weiblich. Die Glieder verrenkt, ihr Mund verzerrt und weit aufgerissen. Die beiden Augen waren es auch. Die Frau musste dem wahren Grauen begegnet sein, bevor sie starb. Oder einem Bekannten. Ihre Zunge war saftig angeschwollen, rosé wie ein rares Steak und hing seitlich aus dem Mund. Zumindest, soweit ich das erkennen konnte, denn der ganze Kopf war mit Spinnweben überzogen. So, als käme die Leiche direkt aus der Geisterbahn. Doch gab es auf der Kirmes keine. Ich kombinierte, dass die Frau im Kokon einer Monsterspinne qualvoll erstickt sein könnte. Oder vorsätzlich erstickt *wurde*! Jedoch kamen Monsterspinnen in der hiesigen Gegend nur äußerst selten vor. Ich stellte aber noch etwas anderes fest: Das Opfer kam mir nämlich bekannt vor, doch mir wollte partout nicht einfallen, woher ich die Tote kannte, geschweige denn, wer sie gewesen war, als sie noch lebte.

Da ich aber ein ganz ausgefuchster, alter Hase war, dachte ich einfach über etwas ganz anderes nach und stutzte nach einer Weile nicht schlecht. Alle Wetter! Die Stelle, an der die Leiche lag, war keine siebenundachtzig Meter entfernt von *dem* Fleckchen Erde, an dem ich das heimatlose Gebiss aufgestöbert hatte! Hatte die Tote etwa auch schon dagelegen, als ich gegen kurz nach Viertel vor fünf die blutigen Beißerchen entdeckt hatte? Und sollte es gar einen Zusammenhang zwischen einer toten Leiche hinter der Fischbrötchenbude und einem einsamen, blutigen Gebiss bei der Süßkramkutsche geben? Und wenn ja, welchen? Oder nicht?! Sollte ich, Kommissar Engelmann, Leiter der hiesigen Mordkommission, tatsächlich einen neuen Fall haben? Oder gleich zwei???

Aber Schluss jetzt mit den ganzen Fragezeichen.

Auf den ersten Blick hatten die beiden Funde nichts miteinander zu tun, weil die Leiche über einen Satz Beißerchen verfügte. Und die Leiche … Augenblickchen … jetzt hatte ich's! Ja, jetzt wusste ich, wer sie war, denn ich hatte ihr Bild vorgestern im *Hiesigen Käseblatt* gesehen. Da war sie noch nicht tot gewesen. Es handelte es sich um Frau Techtel, Frau Mechthild Techtel, die Kirmesleiterin!

Plötzlich legte sich etwas Düsteres auf meine Netzhäute. Vermutlich ein Schatten. Ich fuhr herum und starrte durch das Morgengrauen hinüber zur Luftballonsmitpfeilenbewerfbude, die nur ein paar Meter entfernt stand. Ich war fest davon überzeugt, dass sich dort soeben etwas bewegt hatte! Nun jedoch regte sich nichts. Wahrscheinlich war ich nur auf eine Regentonne hereingefallen, die da herumstand und mir im morgendlichen Zwielicht einen Streich gespielt hatte.

Just wollte ich mich wieder abwenden, um die eingewobene Leiche nach ihrem Personalausweis zu durchsuchen, da zuckte die Regentonne schon wieder!

Meine Nackenhaare richteten sich auf wie ein Nagelbett. Da war tatsächlich irgendjemand, der mich beobachtete und meine Selbstgespräche belauscht hatte!

Ich ließ nichts anbrennen und sprintete los.

Die Verfolgungsjagd dauerte etwa vier Sekunden, denn die Tonne an der Luftballonsmitpfeilenbewerfbude machte keine Anstalten zu fliehen, und als ich mich auf sie warf, bemerkte ich, dass sie ein Mensch war. Er trug ein fies gemustertes Kopftuch und hatte Blut an den Mundwinkeln.

Geistesgegenwärtig riss ich der Person mit einer Hand die Arme auf den Rücken, und hielt ihr mit der anderen meinen Ausweis für die Videothek entgegen, weil ich meinen Dienstausweis im Büro hatte liegen lassen. »Ich bin Kommissar Heinz Engelmann von der hiesigen Mordkommission, und Sie sind sehr verdächtig«, sagte ich, woraufhin die Regentonne ein Nuscheln von sich gab, das sich gewaschen hatte.

»Damit kommen Sie nicht durch!«, rief ich nun, fest entschlossen, es mit jeder Regentonne aufzunehmen, die mir blöd kam, und zückte meine Dienstwaffe. »Was tun Sie hier?«, pflaumte ich, die *Mauser PPK* im Anschlag. »Nun packen Sie schon aus!«

Wieder war die Antwort nur ein unverständliches Nuscheln. Also fuchtelte ich fachmännisch mit der Dienstwaffe und sagte: »Ab ins Präsidium.«

* * *

Einige Stündchen später war es zwanzig nach zehn. Ich saß in meinem Büro und nippte an einem doppelten Cognäcchen. Zu viele Dinge gingen mir durch den Kopf. Und wenn ich erst ans Nachdenken kam, war alles zu spät.

Warum hatte jemand die Frau Techtel umgebracht? Und wieso? Und weshalb auf diese schreckliche Weise? Handelte es sich um einen Ritualmord? Und was hatte es mit dem anonymen Anruf auf sich? Und wem gehörte das blutige Gebiss? Ich kratzte mich am Kopf und rückte dann meinen

Hut zurecht. Inwiefern war die dicke Frau, die ich anfangs für eine Regentonne gehalten hatte, in den Fall verwickelt?

Potz Blitz, schon wieder eine Stelle mit so vielen Fragezeichen! Gerade wollte ich eine gute *Overstolz* aus meinem Trenchcoat holen, da kam Polizeimeisterin Liesel Weppen ins Büro.

»Und, Liesel, haben Sie die Leiche und das Gebiss in der Pathologie abgegeben?«

»Jawoll, Chef. Zusammen mit der Blutprobe von den Mundwinkeln der dicken Frau. Die Lühse kümmert sich drum.«

Frau Doktor Anna Lühse war die hiesige Gerichtsmedizinerin, die sich super mit der Analyse toter Leichen und anderer Überreste auskannte.

»Prima, Liesel«, sagte ich und schraubte mir nun eine Zigarette ins Gesicht. Dann griff ich nach dem Telefonhörer, der stets am Telefon neben dem Aschenbecher bei der Cognacflasche auf meinem Schreibtisch war, und ließ meine Finger durch die Wählscheibe sausen.

»Büro der hiesigen Bürgermeisterin, Raimund Eichen am Apparat.«

»Hallo Eichen, Kommissar Engelmann hier. Ich müsste mal dringend mit der Heide quasseln.«

»Äh, ja, Herr Engelmann, ich verbinde.«

Es knisterte im Hörer, dann war die Bürgermeisterin auch schon dran. »Morgen, Engelmännchen. Na, was gibt's denn?«

»Die Frau Techtel ist tot!«

»Sag doch so was nicht.«

»Ermordet!«

»Holla! Und wie ist das passiert?«

»So genau weiß ich das noch nicht. Warte auf Rückmeldung von der Pathologie. Aber auf den ersten Blick waren es entweder Monsterspinnen oder etwas ganz anderes.«

»Wie furchtbar.«

»Allerdings«, sagte ich ernst. »Daher muss ich die Kirmes leider beschlagnahmen.«

»Waaas?«, raunte Heide Witzka, »bist du bekloppt, Engelmännchen?«

»Aber die Leute werden mir die ganzen Spuren zertrampeln«, hielt ich dagegen, »außerdem muss ich noch Fingerabdrücke und Monsterspinnweben an der Backfischbude sichern.«

»Quatsch mit Soße!«, rief die Frau Bürgermeister durch den Hörer.

»Kein Quatsch mit Soße, Heide Witzka!«, rief ich zurück. »Offenbar scheint irgendwer etwas gegen den Rummel zu haben, sonst hätte er oder sie die Schaustellerin ja am Leben gelassen. Und wenn die Kirmes öffnet, dann kann es sein, dass wir in Kürze zig weitere Leichen haben!«

»Papperlapapp«, sagte Heide entschieden. »Das wollen wir doch erst mal sehen. Die Kirmes macht planmäßig um zwölf Uhr mittags auf, weil das auch so auf allen Flugblättern steht! Klär doch einfach den Fall bis dahin auf, Engelmännchen, und alles ist gut!«

Dann wurde der Hörer am anderen Ende so vehement auf die Gabel gelegt, dass es in meinem Ohr ordentlich knackte.

Verdammte Hacke, dachte ich und sog an meiner *Overstolz*. Ich kannte die Heide quasi schon seit unserer Geburt, deshalb duzten wir uns auch. Wir waren sogar damals einige Zeit auf dem hiesigen Beppo-Brem-Gymnasium in derselben Klasse gewesen. Bis ich dann eine Ehrenrunde drehen musste wegen der null Punkte in Religion. Die Heide war damals natürlich Klassensprecherin gewesen und musste – genau wie heutzutage – immer das letzte Wort haben. Nun war Heide nicht mehr Klassensprecherin, sondern Bürgermeisterin, was es nicht unbedingt leichter machte. Aber wir kamen generell gut miteinander aus, weil sie wusste, dass ich als erfahrener Ermittler das Verbrechen von Hiesig fernhielt, wie dieser Rattenfänger die Ratten von Hagen.

Ich ließ den Telefonhörer auf die Gabel segeln und guckte auf meine Armbanduhr. »Tja, Liesel …«, sagte ich und sah zu meiner attraktiven Assistentin auf. »Das gibt uns noch genau circa neunzig Minuten, um den kniffligen Fall zu lösen.«

Polizeimeisterin Weppen nickte und sah mich mit ihren Augen an. »Nun, Chef, vielleicht sollten Sie einfach noch mal diese dicke Frau verhören, die sie anfangs mit einer Regentonne verwechselt hatten.«

Ich nickte und drückte meine Kippe aus. »Gut. Also, noch mal ganz von vorne, gute Frau«, seufzte ich und wandte mich der Frau mit dem fies gemusterten Kopftuch zu, die mir nun schon eine ganze Weile gegenüber am Schreibtisch saß.

Laut Personalausweis, den ich bei ihr gefunden hatte, hieß sie Christel Klier, hatte zweiundfünfzig Jahre auf dem Buckel und war staatlich anerkannte Wahrsagerin. Sie hatte einen Stand auf der Kirmes und arbeitete unter dem Künstlernamen »Madame Esmeralda«. Das erklärte natürlich auch das Kopftuch, das ihren Zigeunerfaktor deutlich erhöhte. Da wir in unserem Polizeipräsidium nur eine Zelle hatten und diese nicht groß genug war, um Christel Klier vorläufig in U-Haft zu stecken, saß sie nun hier in meinem Büro.

»Na, dann sagen Sie mal schön die Wahrheit, Frau Wahrsagerin.« Ich setzte meinen abgebrühtesten Ermittlerblick auf und sah der Wuchtbrumme damit tief in die Augen. »Was haben Sie im Morgengrauen bei der Luftballonsmitpfeilenbewerfbude zu suchen gehabt?«

»Mmmmmmmpf«, sagte die Wahrsagerin und dabei bröselte etwas getrocknetes Blut von ihren Mundwinkeln auf die Tischplatte, wie uralter Lack von einem Gartenzaun.

»Wie bitte?«

»Mmmmmph.«

»Ach, Frau Klier, das ist doch keine Antwort auf meine Frage. Also, was war heute Morgen auf dem Rummel los?«

»Mmmmmmmmmmmpf!«, sagte die Frau, die sich Madame Esmeralda nannte, nun eindringlicher und kaute aufgeregt auf den Felgen. Ich verstand das alles nicht. Da ich aber genau wusste, was in solchen Situationen zu tun war, schaltete ich die Schreibtischlampe ein und drehte sie in Christels Richtung. Der Schein der Glühbirne kreiste ihr Platzbuttergesicht ein wie in einem Schwarz-Weiß-Film, in dem der Täter Farbe bekennen muss.

»Nun reden Sie endlich Klartext!«, fauchte ich.

»Mmmmmmmmpf!«, knödelte die Frau wieder und setzte dann mit Nachdruck hinzu: »Mmmmmmmmmmpfpfpf!«

Jetzt hatte ich aber ganz schön Dampf auf der Flöte. Kopfschüttelnd knipste ich die Schreibtischlampe aus und rückte meinen Hut gerade, der mir vor lauter Aufregung leicht in die Stirn gerutscht war.

»Tja, liebe Liesel«, sagte ich enttäuscht. »Ich fürchte, aus der kriegen wir nichts raus!«

»Zumindest nicht ohne Gebiss«, setzte Liesel hinzu und zuckte mit ihren schönen Schultern.

»So sieht's aus«, sprach ich und griff simultan nach dem Telefonhörer. Nachdem ich die 7 gewählt hatte, tutete es ein paar Mal, dann wurde abgehoben.

»Ich bin's nur, liebe Frau Doktor, der Engelmann von der hiesigen Mordkommission.«

»Ah, Herr Kommissar«, sagte die aparte Gerichtsmedizinerin. »Stellen Sie sich vor, das Gebiss, das Liesel mir reingereicht hat, gehört zu hundert Prozent der Christel Klier!«

»Prima, und genau deswegen rufe ich an, Anna. Sagen Sie,

dürfte ich die Zähnchen vielleicht schon wiederhaben? Ohne gestaltet sich das Verhör mit der Frau Klier nicht so prickelnd.«

»Tut mir leid, Herr Kommissar«, sprach Frau Doktor Anna Lühse in ihren Hörer. »Ich bin noch dabei, es auf Fingerabdrücke zu untersuchen. Ich kann es frühestens gegen dreizehn Uhr freigeben.«

»Schade. Haben Sie denn sonst schon was rausgefunden, Frau Doktor?«, fragte ich trotz meiner Enttäuschung, denn als ausgebuffter Kripobeamter wusste ich, dass jede unwichtige Kleinigkeit von großer Wichtigkeit sein konnte.

»Tja, neben dem Blut habe ich am Gebiss Spurenelemente von gebrannten Mandeln sichergestellt«, sagte die Pathologin durch den Hörer.

»Und was ist mit der Leiche von Frau Techtel?«

»Die ist tot.«

»Aha.«

»Und zwar seit etwa vier Uhr heute Morgen.«

»Interessant. Und was wissen Sie über diese seltsamen Spinnweben, in die das Opfer qualvoll eingewickelt war?«

»Keine Spinnweben, Herr Kommissar«, sagte Anna Lühse ernst. »Ich hab das medizinische Gutachten zwar noch nicht ganz abgeschlossen, aber ich würde sagen, dass die Mechthild Techtel mit Zuckerwatte erstickt wurde.«

»Alle Wetter, Frau Doktor, das ist ja mal ganz was anderes!«, staunte ich und ließ dann wortlos den Hörer auf die Gabel fallen, denn ich hatte ganz plötzlich einen Geistesblitz, der sich gewaschen hatte! Zuckerwatte … gebrannte Mandeln. Ich trat das Gaspedal in meinem Grips voll durch, schaltete mit Karacho in den fünften Gedankengang und schoss mit quietschenden Reifen durch meine Gehirnwindungen. Zuckerwatte und gebrannte Mandeln waren die Eckpfeiler gesunder Kirmesernährung!

»Was ist los, Chef?«, fragte Liesel Weppen und sah mich ratlos an, doch ich antwortete nicht. Schnell goss ich mir einen doppelten Cognac ein und dann hinter die Binde. Und dann spürte ich, dass dieser Fall eventuell schon so gut wie gelöst war!

Kapitel 4

11:28 Uhr

Um zweiunddreißig Minuten vor zwölf stand ich an der roten Süßigkeitenkutsche. Ich hatte Liesel gebeten, schön auf Christel Klier aufzupassen, und hatte mich gleich auf den Weg gemacht.

Die Kirmes hatte zwar noch nicht geöffnet, doch das Vordach der Kutsche war schon hochgeklappt. Ein älterer Mann stand im Stand und drapierte Paradiesäpfel, Schokobananen und Tütchen mit Salmiakpastillen liebevoll in die Auslage.

»Guten Tag, Kommissar Heinz Engelmann von der hiesigen Mordkommission«, stellte ich mich vor. »Ich untersuche den Tod von Frau Techtel.«

»Die Mechthild … ist tot?«, fragte der Mann erschrocken und hielt mit dem Sortieren von Lebkuchenherzen inne.

»Aber so was von, guter Mann! Und ich fürchte, Sie sind sehr verdächtig«, kam ich sofort zur Sache. Der Alte guckte aus der Wäsche wie ein Schneemann im Sommerurlaub. »Ich heiße Johann«, sagte er dann mit brüchiger Stimme. »Ich … bin verdächtig?«

Ich nickte. »Die Frau Techtel wurde mit Zuckerwatte erstickt.«

Johann schluckte und hängte mit zittrigen Fingern die Lebkuchenherzen der Größe nach an den Nagel. »Wann … wann soll das denn passiert sein?«

»Gegen vier Uhr heute früh.«

»Aber da hab ich bestimmt geschlafen. Da hinten in dem blauen Wohnwagen, der hinter dem Selbstfahrer-Autoskooter steht. Meine Frau kann das bezeugen«, beteuerte der alte Mann, der jetzt am ganzen Leib zitterte.

»Ich sehe selbst, dass der blaue Wohnwagen hinter dem Selbstfahrer-Autoskooter steht, das muss Ihre Frau nicht bezeugen«, sagte ich, klaubte eine *Overstolz* aus meinem Mantel und steckte sie mir in die Schnute.

»Dann will ich mal anders fragen, Johann …« Ich gab mir Feuer. »Fehlt Ihnen Zuckerwatte?«

Johann drehte sich kurz zu der Zuckerwattenmaschine um und sah mich dann wieder an. »Das kann ich so nicht sagen, denn das Zeug wiegt ja nichts.«

»In welchem Verhältnis standen Sie zu Mechthild Techtel?«, fragte ich nun und nahm einen langen Zug von meiner köstlichen Kippe.

»In welchem Verhältnis?« Die Frage schien ihn zu erschrecken.« Sie war meine … Chefin. Sonst nichts.«

»Verstehe«, nickte ich. »Und wer hat alles einen Schlüssel zu Ihrer Kutsche?«

Johann überlegte kurz. »Tja, ich. Die Mechthild hatte auch einen und … und ansonsten keiner, soweit ich weiß.«

»Sagen Sie, Johann, wie lange machen Sie das eigentlich schon?«

»Nun, solange ich denken kann. Die Kirmes ist mein Leben, Herr Kommissar.«

Ich bemerkte, wie Johanns Augen zu leuchten begannen.

»Und ich könnte gar nicht ohne«, fuhr er fort. »Das viele Reisen ist herrlich, ein bisschen wie die Zigeuner. Ich könnte gar nicht immer an einer Stelle sein. Aber ich weiß, dass das nicht jedermanns Sache ist.« Johann holte kurz Luft. »Aber mich macht das glücklich, immer wieder neue Städte sehen, neue Fleckchen Erde kennenlernen und manchmal auch an Orte kommen, an denen man lange nicht war.«

Ich wurde hellhörig. »Ach, Sie waren schon einmal in Hiesig?«

»Oh ja, Herr Kommissar! Das muss jetzt um die vierzig Jahre her sein. Oder länger. Ach Gottchen, da kannte ich meine Frau noch gar nicht, so lange ist das her. Ich war damals ungefähr ein, zwei Jahre dabei, als unsere Truppe in Hiesig Station machte.«

»Sehr interessant«, sagte ich, »just gestern hatte ich das Thema mit unserem hiesigen Journalisten.«

»Damals gab es auch diesen Marktplatz noch nicht«, fuhr der alte Johann fort, so als liefe nun ein historischer Diavortrag vor seinem inneren Auge ab. »Ja, ich erinnere mich. Da floss der Bach noch quer durchs Dorf. Toll, zu sehen, wie sich Hiesig im Laufe der Jahre verändert hat, und ich finde es schön, für ein paar Tage wieder hier zu sein.« Dann zögerte er, und das Leuchten verschwand aus seinen Augen. »Wobei, Herr Kommissar, da fällt mir ein ...«

»Ja, bitte?«, hakte ich sofort nach. »Erzählen Sie ruhig weiter, Johann. Ich hab noch jede Menge Stauraum zwischen den Öhrchen.«

»Tja, wie soll ich sagen ... die Frau Techtel, also die Mechthild, die schien sich nicht so zu freuen, wieder hier zu sein.«

»Wie soll ich das verstehen?«

»Wie ich es gesagt habe, Herr Kommissar.«

»Hallo Engelmännchen«, tönte plötzlich eine Stimme hinter mir und ich fuhr erschrocken herum.

»Sapperlot, Heide Witzka!«, keuchte ich mit kurzzeitig versechsfachtem Puls. Ich hatte keine Ahnung, wie lange die Bürgermeisterin schon da gestanden hatte. Und natürlich hatte sie ihren Sekretär im Schlepptau, von dessen Lippen wieder eine *Gitanes* baumelte. »Na, Engelmännchen?«, flötete Heide. Hast du den Fall schon gelöst?«

Breit grinsend baute sie sich vor mir auf, während ich meinen Blutdruck wieder runterfuhr. Unter ihrem braunen Dutt sah ich deutlich die bowlingkugelgroße Beule vom Kettenkarussell und auf ihrer breiten Nase leuchtete eine rote Schramme. »Noch nicht ganz«, grummelte ich und paffte an meiner *Overstolz.* »Aber bestimmt bald.«

»Darf ich dich denn auf ein Tütchen Popcorn oder ein Paradiesäpfelchen einladen, Engelmännchen?«, fragte Heide.

»Neinchen, ich bin gerade am Verhören am dran am sein!«, sagte ich etwas angenervt und trat meine Kippe auf dem Marktplatz platt.

Johann nutzte offenbar die Unterbrechung, um die Liebesperlenspazierstöcke von unter der Theke hervorzuholen und sie an die Seite des Kutschenvordachs zu hängen.

»Dann nicht«, brummte die Bürgermeisterin. »Dann misch ich mich mal ein bisschen unters Volk. Kommt immer gut an bei den Wählern. Auf geht's, Herr Eichen!«

Und dann marschierte Heide Witzka mit Raimund davon, Richtung Achterbahn.

In der Tat füllte sich der Rummelplatz nun stetig mit Menschen, was aber nicht verwunderlich war, denn in wenigen Minuten war Mittag. Ich ließ einen Seufzer vom Stapel, für den es an der Küste garantiert Sturmwarnung gegeben hätte, und widmete mich dann wieder meiner Unterhaltung mit dem Süßkramkutscher.

»Also noch mal, Johann, wie war das mit Ihrer Chefin?«

»Ach, nichts Besonderes eigentlich. Die Mechthild ist nur seit Tagen gereizt, Herr Kommissar. So kenn ich die gar nicht. Hat sich bei jedem Pups voll aus dem Anzug gehauen. Keine Ahnung, warum.«

Ich überlegte in mich hinein und konnte jetzt gut einen Cognac gebrauchen. Ob Mechthilds Nervosität mit dem Motiv für ihre Ermordung zusammenhing? »Danke, Johann«, sagte ich jedenfalls, lächelte ein kleines bisschen und fügte dann noch hinzu: »Ich muss zugeben, dass Sie aktuell nicht mehr ganz so verdächtig sind, wie vorhin, aber halten Sie sich bitte trotzdem zu meiner Verfügung und verlassen Sie vorerst das Kaff nicht.«

»Wird gemacht. Aber sagen Sie, Kommissar Engelmann …«

Gerade hatte ich mich zum Gehen von der Süßkramkutsche weggedreht, da drehte ich mich prompt wieder hin. »Was denn, Johann?«

»Warum haben Sie eigentlich vorhin so blöd gefragt, was die Frau Techtel und ich für ein Verhältnis hatten? Wollten Sie damit etwa andeuten …«

»Nein, nein, *so* ein Verhältnis hatte ich nicht gemeint, Johann«, stellte ich die Sache grinsend klar.

»Die war auch gar nicht mein Typ, die Mechthild«, fuhr Johann fort. »Aber wenn Sie in der Richtung weiterermitteln wollen, dann sollten Sie mal beim Erich von der Schießbude anklopfen.«

»Ach«, sagte ich überrascht. »Und der Erich hatte was mit der Frau Techtel?«

»Na, Herr Kommissar, das fragen Sie ihn doch lieber selbst.«

Ich tippte zum Abschied an meinen Hut. Dann machte ich mich ruckzuck durch das bunte Treiben auf zur Schießbude. Dieser Fall fing allmählich an, spannend zu werden.

* * *

Der Nachmittag war in vollem Gange und das endlose Schlager-Umpa-Umpa vom Kinderkarussell drang bis zu uns ins Polizeipräsidium.

»Und, Chef? Hatte der Schießbuden-Erich nun echt ein Techtelmechtel mit Mechthild Techtel oder hatten die beiden kein Techtelmechtel?« Liesels Augen waren vor lauter Neugierde riesengroß und guckten mich an. Aufgeregt tigerte sie in meinem Büro hin und her.

Auch Christel Klier schien vor Spannung schier aus dem Häuschen zu sein, denn sie sagte mehrmals: »Mmmmmmmmmpf, mmmmmmmmpf!«

Langsam fing ich an, mich an ihre unordentliche Aussprache zu gewöhnen.

»Haha, da hab ich Sie aber ganz schön verarscht, Herr Kommissar!«

Vor Schreck fiel mir fast das Cognacglas aus der Hand, nachdem ich gerade greifen wollte.

»Die Frau Doktor Lühse hat mein Gebiss längst wieder freigegeben und mir wieder eingesetzt«, sagte die breite Wahrsagerin mit ebensolchem Grinsen und einwandfreier Kauleiste.

Da staunte ich aber Bauklötze! »Das heißt, Sie können mir jetzt endlich erzählen, was Sie heute Morgen die ganze Zeit gesagt haben, Frau Klier?«, hakte ich natürlich sofort nach.

Christel Klier nickte so doll, dass ihr Doppelkinn Falten warf.

»Na dann raus mit der Sprache!«, drängelte ich und steckte mir aufgeregt eine *Overstolz* in den Mund.

»Äh, Herr Kommissar, dürfte ich vielleicht auch eine?«

»Aber sicher, Christel.« Ich hielt ihr die offene Schachtel hin.

»Warum *Overstolz*?«

»*Overstolz* ist ein guter Freund, der nie enttäuscht!«, rezitierte ich den original Werbespruch von 1937, und Esmeralda, die Wahrsagerin, platzierte eine Zigarette in ihrem Platzbuttergesicht. Dann gab ich uns Feuer. »So! Und jetzt muss ich aber endlich wissen, wie Ihr blutiges Gebiss hinter Johanns Süßigkeitenkutsche kam.«

Die Wahrsagerin ließ den aromatischen Zigarettenrauch durch ihre heiermanngroßen Nasenlöcher entweichen wie ein Stier und atmete tief durch. »Also, Kommissar Engelmann, es muss heute früh so gegen zehn nach vier gewesen sein. Ich lag in meinem Wohnwagen und schlief, da hörte ich auf einmal laute Stimmen und wurde wach. Da ich so fett bin, brauche ich immer eine knappe Viertelstunde, bis ich aus dem Bett bin, doch als ich schließlich draußen war, waren die Stimmen immer noch zugange. Richtig böse haben die sich angeschnauzt.«

»Haben Sie erkannt, wer da schnauzte, Frau Klier?«, fragte Liesel und wuselte dabei einen Finger durch ihre langen, blonden Löckchen.

»Natürlich«, meinte die wuchtige Wahrsagerin und zog an ihrer *Overstolz*. »Es waren die Mechthild und der Johann!«

»Jetzt wird's aber interessant«, kombinierte ich völlig logisch. »Und konnten Sie verstehen, worüber die beiden stritten?«

»Vom Wohnwagen aus nicht, Herr Kommissar, aber ich bin ja dann im Nachthemd nach draußen und habe mich am Autoskooter vorbei bis hinter die Luftballonsmitpfeilenbewerfbude geschlichen. Von da aus konnte ich die Mechthild und den Johann bei der Fischbrötchenbude stehen sehen und hörte deutlich, wie der Johann schrie: ›Und du willst ihn wirklich nicht sehen? Du kannst das doch nicht ewig verdrängen!‹, und wie die Mechthild zurückbrüllte: ›Lass mich endlich in Ruhe! Ich will mit dem Kerl nichts mehr zu tun haben! Was geht dich das denn eigentlich an?‹, und dann schrie Johann: ›Wie bitte? Was mich das angeht?!‹ Er schien völlig außer sich. Er sah sich um, und ich glaubte für einen

Augenblick schon, er hätte mich entdeckt, aber wahrscheinlich hielt er mich nur für eine Regentonne.

»Vermutlich«, warf ich knochentrocken ein, dann fuhr Christel fort: »Ja, und darauf packte er die Mechthild am Hals und sie rief immerzu: ›Lass mich los, du Aas, willst du mich umbringen?! Lass mich los. Lass mich gefälligst los!‹«

»Und was geschah dann?«, bohrte ich sofort nach, denn das war ja kaum noch auszuhalten.

»Nun …«, fuhr die Wahrsagerin fort, nachdem sie ihre Kippe im Aschenbecher neben dem Telefon bei der Cognacpulle ausgedrückt und ihr fies gemustertes Kopftuch zurechtgerückt hatte. »Dann ließ der Johann endlich von der Mechthild ab und rannte am Autoskooter vorbei in seinen Wohnwagen. Und dann waren da plötzlich diese Schritte, die näher kamen.«

»Da war noch eine dritte Person im Spiel?«, fragte meine Assistentin, ebenfalls außer sich vor Anspannung.

»Ja, Fräulein Weppen. Die konnte ich aber nicht sehen. Nur einen düsteren Schatten, der hinter der Backfischbude auftauchte. Aber die Mechthild konnte die Gestalt wohl erkennen, denn sie schrie plötzlich: ›Nein, hau ab! Was willst du von mir? Nach all den Jahren! Lass mich bloß in Ruhe! Du gehörst nicht mehr zu meinem Leben! Geh weg! Geh … bitte … weg!‹«

»Sagte sie wirklich: ›Nach all den Jahren‹?«, wollte ich wissen und schickte nun auch meine *Overstolz*-Kippe in den Ascher kuscheln.

»Ganz bestimmt sagte sie das, Herr Kommissar. Und danach ging die Mechthild in die Knie und schluchzte ganz fürchterlich.«

»Und diese düstere Gestalt?«, warf Liesel ein, während sie nun dabei war, sich Affenschaukeln zu flechten. »Was war mit der?«

»Die hab ich nicht mehr gesehen.«

»Na super, Klier!«, rief ich enttäuscht und konnte ein Quäntchen Ironie nicht verbergen.

»Tut mir leid, Kommissar Engelmann, aber dann bekam ich ja schon den Schlag ins Gesicht.«

»Wer war's?«, fragte ich schnell, »Wer hat Ihnen eine verpasst?«

»Keine Ahnung. Es ging ja alles so schnell!« Christel Klier geriet ins Schwitzen. »Ich hab nur noch im Mondschein gesehen, wie etwas in hohem Bogen davonflog und hinter Johanns Süßigkeitenkutsche landete! Und dann merkte ich auch schon, dass mein Gebiss fehlte.« Als Christel Klier ihre Erzählung schloss, lief ihr der Sabber aus den blutverklebten Mundwinkeln, und sie musste sich ihre ohnehin geschundenen Dritten, die vom vielen Quasseln nun restlos ausgeleiert waren, mit dem Gaumen zurechtbiegen.

»Und ich nehme an, Frau Klier …«, machte ich dennoch weiter, »als ich Sie gegen halb sieben entdeckte, waren Sie eigentlich gerade dabei gewesen, nach Ihren Zähnen zu suchen, und hatten sich vorsichtshalber wieder auf die Lauer gelegt!?«

»Mmmmmmmmpf.«

»Bitte?«

»Ganz genau, Herr Kommissar!«

Frau Kliers Erzählung war so abgefahren gewesen, dass ich mir jetzt dringend einen Cognac zwitschern musste. Und danach am besten noch einen.

Mit einem dritten Cognac am Zahn latschte ich wenig später im Büro auf und ab, um die wild umherfliegenden Puzzlestücke in meinen grauen Zellen zu zähmen. »Denken Sie, was ich denke, Liesel?«, fragte ich meine Assistentin nach rund vier Kilometern Fußmarsch.

»Kann schon sein, Chef ...«

»Ich wette um eine ganze Stange *Overstolz*, dass der anonyme Anrufer von heute Morgen der Johann war!«

In Liesels hübschem Köpfchen rappelte es auch. »Aber natürlich, Chef! Er hat von seinem Wohnwagen aus den Mord beobachtet und wollte Ihnen Bescheid geben.«

Ich nickte wie ein Wackeldackel. »Das, oder etwas ganz anderes«, resümierte ich beim erneuten Nachschenken, »wie auch immer, der alte Johann hat jedenfalls mehr am Stecken, als nur Schokobananen und Liebesäpfel.«

»Sieht ganz so aus, Chef«, pflichtete mir meine Assistentin bei.

Und ich stellte den rappelleeren Cognacschwenker auf dem Schreibtisch ab. »Danke, Frau Klier, Sie haben uns sehr geholfen. Wir werden Sie jetzt zu Ihrem Wahrsagerinnenbüdchen begleiten. Das können Sie nämlich wieder aufmachen.«

»Schön, Herr Kommissar.«

»Und wir zwei beiden, liebe Liesel, wir knöpfen uns bei der Gelegenheit noch mal den Johann vor. Ich frag mich nämlich ohnehin die ganze Zeit, was sein blödes Ablenkungsmanöver mit Schießbuden-Erich sollte.«

»Wieso, Chef?«

»Weil es auf der ganzen Kirmes überhaupt keine Schießbude gibt!«

Kapitel 5

18:36 Uhr

Auf dem Kirmesplatz war der Teufel los. Um die dreiundfünfzig zahllose Personen drängelten sich auf dem Rummel, von seligen Kindern mit Luftballons und Zuckerwatte, über Opis und Omis, mit Fischbrötchen am Zahn, bis hin zu den pickeligen, großkotzigen Halbstarken, die sich am Autoskooter rumdrückten. Und überall Schlagermusik. Doch jetzt war Schluss mit lustig!

»Achtung, Achtung! Hier spricht die Polizei!«, krakeelte ich in das Megafon, das ich stets bei mir trug, und wuselte mich gemeinsam mit Liesel und Christel Klier durchs Gewusel. »Was soll denn der Zirkus?!«, brüllte ich in meine Flüstertüte und sah dabei zu, wie die Leute taub zur Seite sprangen. Einer fiel sogar vor Schreck fast aus der Schiffsschaukel. »Macht doch mal eine Rettungsgasse! Hier kommt der Engelmann!«

Immer weiter kämpfte ich mich durchs Gedränge voran und brauchte ganze sechs Minuten, bis ich an der Süßkramkutsche ankam. »Achtung, Achtung!«, setzte ich jetzt mein Megafon wieder an. »Hallo Johann, ich bin's noch mal, der Kommissar Engelmann!«

Doch Johann reagierte nicht. Vielleicht lag das daran, dass er gar nicht da war.

»Komisch«, merkte Polizeimeisterin Weppen an. »Da lässt der seinen Laden einfach so alleine …«

Die Kutsche stand tatsächlich herrenlos da. Das konnte man trotz der langsam einsetzenden Dämmerung deutlich sehen. Zwei Gören mit viel zu kurzen Röcken wollten auch direkt die Situation ausnutzen und die Schweinespeckauslage plündern, doch ich gab ihnen ein paar hinter die abstehenden Löffel und drohte ihnen lebenslängliche Jugendstrafen an, bevor ich sie mit Arschtritten wegschickte.

»Hallo Johann!«, rief nun auch Frau Klier. »Wo steckst du denn?«

Wieder tat sich nichts. Ich stopfte das Megafon in die Manteltasche zurück und wusste genau, was nun zu tun war. »Liesel, Sie schwärmen aus und ich beobachte die Situation von hier!«

»Alles klar, Herr Kommissar!« Sofort machte sich meine attraktive Assistentin auf, die verlassene Süßigkeitenkutsche zu umzingeln. »Du liebes bisschen, Chef! Kommen Sie schnell!«, rief sie plötzlich wie von der Tarantella gestochen, und ich kam schnell.

Es war der Johann. Er lag hinter seiner Kutsche auf dem Rücken, drei Wurfpfeile steckten in seiner Brust, und ich brauche an dieser Stelle wohl nicht zu erwähnen, dass er tot war.

Liesel glotzte die Leiche an. »Wer kann das nur getan haben, Chef?«

»Spontan keinen Schimmer!«, rief ich ihr durch das gnadenlose Schlagergedudel zu. »Aber Selbstmord scheidet aus!«

»Sie meinen, wegen des Einflugswinkels der Pfeile.«

»Sehr gut, Liesel. Es hat nämlich niemand so lange Arme, dass er genug Anlauf nehmen kann, um sich die Wurfpfeile mit genug Schmackes selbst in die Brust zu werfen. Das muss schon jemand anderes getan haben.«

»Ist jetzt etwa der Mensch von der Luftballonsmitpfeilenbewerfbude verdächtig, Chef?«

»Ach, Liesel, ich hab das Gefühl, in diesem Fall ist fast jeder verdächtig.«

»Und jetzt?«

»Noch ist nicht aller Herren Länder … äh, Tage Abend«, beruhigte ich meine Assistentin.« Lassen Sie mich nur machen.« Geistesgegenwärtig zog ich meine *Mauser PPK*, zielte über die Köpfe hinweg auf den Kassettenrekorder, der im Kassenhäuschen des Kinderkarussells stand, und schoss die Schlagerscheiße aus.

In Windeseile war es schön still auf dem hiesigen Marktplatz, so als hätte man der ganzen Kirmes den Stecker gezogen. Alle starrten mich an.

»Der Süßigkeitenkutscher hat die Zügel abgegeben. Wer hat was gesehen?«, fragte ich in die Runde, doch niemand der dreiundfünfzig Kirmesgänger meldete sich. Stattdessen kam die Frau Bürgermeisterin aus dem Menschenträubchen auf mich zumarschiert.

»Was zum Teufel soll das, Engelmännchen?!«, rief sie entrüstet. »Mach sofort die schöne Musik wieder an!« Auch Raimund Eichen, der ihr wie üblich an den Fersen klebte, schaute ernst drein und knetete grimmig seine schwarze Warze.

Ich zeigte nur auf die totgedartete Leiche. »Siehste, Heide! Hättest du mich die Kirmes beschlagnahmen lassen, wäre das da nicht passiert!«

Die Bürgermeisterin spickte hinter die Süßigkeitenkutsche. »Ein neuer Mord?«, fragte sie entsprechend. »Nicht, dass sich das rumspricht.«

Ich rollte erst mit den Augen und überlegte dann. Offenbar wurde Johann zur Zielscheibe, weil er zu viel wusste. Oder weil er mir zu viel erzählt hatte? Aber *was* wusste er? Und wen könnte das stören? Vielleicht die düstere Gestalt, von der Mechthild Techtel nach all den Jahren nichts mehr wissen wollte? Die Person, die Christel Klier die Beißerchen rausgehauen hatte? Und würde dies das letzte Mal sein, dass in diesem Fall so viele Fragezeichen auf einem Haufen waren?

Heide Witzka zupfte mich am Trenchcoat. »Steh da nicht rum und denk Fragen in die Luft, Engelmännchen, tu doch was!«

Doch ich hörte Heide Witzka nicht mehr zu, denn mir war plötzlich etwas eingefallen, mit dem ich nicht gerechnet hatte: Nicht nur der Johann hatte mir viel erzählt … auch die Christel Klier. Verdammte Hacke, Madame Esmeralda hatte sogar regelrecht aus dem Nähkästchen geplaudert!

Ich schluckte und brauchte dringend einen Cognac. »Wo steckt eigentlich die Frau Klier?«

Liesel zuckte mit den Achseln, und mir schoss das Blut in den Kopf.

»Weiß nicht, Chef. Eben war sie noch da.«

* * *

Die Zeiger meiner Armbanduhr hatten sich für den Augenblick auf einundzwanzig Uhr vierundzwanzig und siebzehn Sekunden eingependelt, und das Mondlicht lugte durch die Dunkelheit in mein Bürofenster.

Ich schenkte mir einen mehrfachen Cognac ins Glas und blickte eine Weile auf die güldene Flüssigkeit, in der sich der fahle Lichtschein meiner Schreibtischlampe brach. Dann kippte ich das Zeug rücksichtslos in mich rein.

Liesel saß mir gegenüber und war damit beschäftigt, ihren blonden Affenschaukeln den letzten Schliff zu verpassen. »Wie machen wir denn weiter, Chef?«, fragte sie und sah auf.

»Wenn ich das nur wüsste«, antwortete ich und schüttete neuen Cognac ins Glas. »Jedenfalls war es spitze, dass Sie auf die Idee kamen, in Christel Kliers Wohnwagen nach ihr zu suchen …«

»Wo sie dann ja auch war«, nickte Liesel und frisierte munter weiter. »Anscheinend hat sie gewusst, dass sie sich in Gefahr befand.«

»Was mich nicht wundert«, ergänzte ich, »denn immerhin ist sie ja Wahrsagerin.« Erneut nahm ich einen großen Schluck und rückte meinen Hut zurecht.

In der Zwischenzeit hatten wir die dicke Christel im hiesigen Hotel *Hotel Hiesig* einquartiert, denn dort würde sie niemand vermuten. Hoffentlich auch der vermeintliche Killer nicht. Nun saßen Polizeimeisterin Weppen und ich eine Weile schweigend da und hingen unseren Gedanken nach, als plötzlich das Telefon schellte. Da ich meinen Cognacschwenker in der einen Hand hielt, nahm ich den Hörer in die andere.

»'n Abend. Hiesige Mordkommission. Kommissar Heinz Engelmann am Rohr.«

»'n Abend, Kommissar! Ich bin's.« Der hiesige Reporter klang sehr aufgeregt.

»Hallo Teddy, was ist denn los?«

»Erinnern Sie sich, dass wir uns neulich fragten, wann eigentlich zuletzt eine Kirmes bei uns gewesen wäre?«

»Das war gestern, Teddy. Ich bin zwar Beamter, aber trotzdem nicht blöd.«

»Gut«, fuhr Teddy fort. »Ich bin also heute in die hiesige Kaffbibliothek gegangen, um genau das zu recherchieren. Und wie ich so Mikrofilm um Mikrofilm und olle Zeitungsausgaben wälze, finde ich heraus, dass dieselbe Kirmestruppe zuletzt vor zweiundvierzig Jahren bei uns war, Herr Kommissar … ja, und dann hab ich noch etwas Unglaubliches entdeckt … und jetzt halten Sie sich fest …«

»Keine Hand mehr frei, Teddy!«, sagte ich und nippte am Cognacglas. »Raus damit!«

»Nicht am Telefon.«

Ich kriegte die Krise. »Och, Teddy, jetzt spuck schon aus, was du entdeckt hast, und komm mir bitte nicht mit der Nicht-am-Telefon-Nummer!«

»Wieso nicht?«

»Weil doch auf der Hand liegt, wozu das führt. Du wirst mich bei Nacht und Nebel zu einem geheimen Treffpunkt bestellen, um mir von deiner sensationellen Entdeckung zu erzählen.«

»Woher wussten Sie das, Kommissar Engelmann?«

»Tja, und ist dir auch klar, was dann passieren wird, Teddy?«

»Nö.«

Meine Güte, unser Starreporter hatte ja wirklich einen ganz schönen Wackelkontakt in seiner langen Leitung. »Wenn ich dann an dem geheimen Treffpunkt ankomme, Teddy, dann bist du mausetot und ich steh doof da!«

Er überlegte kurz. »Bestimmt nicht, Engelmann«, sagte er dann.

»Doch«, widersprach ich. »So läuft das in jedem Krimi ab.«

»In *diesem* garantiert nicht, Herr Kommissar. Also treffen Sie mich, wenn der kleine Zeiger auf der zwölf und der große auch auf der zwölf ist, am Zigarettenautomat. Und machen Sie sich auf einen Knüller gefasst!«

Es machte klick und ich legte kopfschüttelnd auf.

Kapitel 6

23:55 Uhr

Als meine Armbanduhr das anzeigte, musste ich feststellen, dass es fünf vor zwölf war. Da Hiesig ein kleines Nest war, gab es auch nur einen einzigen Zigarettenautomaten, und selbstredend wusste ich genau, wo der war. Also sprang ich in meinen Dienstwagen, den rosaroten Panda, der vor dem Präsidium parkte, und düste los. In die Luxemburger Straße.

Während der Fahrt jagte ich den Wagen auf ganze 39 km/h hoch, denn ich spürte, dass ich keine Sekunde zu verlieren hatte. Als ich um dreiundzwanzig Uhr sechsundfünfzig mit quietschenden Reifen vor dem Zigarettenautomaten ankam, war Teddy schon da, quietschlebendig und in seine Wildlederjoppe gehüllt, die im Licht der Straßenlatüchte kackbraun schimmerte. Ich stieg aus dem rosaroten Panda.

»Sehen Sie, Engelmann«, zischte mir der Reporter grinsend zu. »Ich bin überhaupt nicht tot.«

»Freut mich für dich, Teddy«, sagte ich, traute aber dem Braten nicht. »Was ist denn nun mit deiner Sensation?«

Die Straßenlaterne beschien nun seine Zähne, die für das breite Grinsen aus der Höhle gekommen waren.

»Ha! Sie werden Augen machen, Engelmann«, wisperte er, sah sich verstohlen um, und kam dann langsam auf mich zu.

Plötzlich huschte ein kurzes WUSCH durch die Nacht, danach ein dumpfes FUMP. Teddy torkelte und ich wollte mich gerade fragen, was los war, da klappte er auch schon vor meinen Schuhspitzen zusammen und landete vornüber auf dem Gehsteig. Sofort sah ich den Wurfpfeil, der in seinem

Kreuz klemmte! Wie wild sondierte ich die Luxemburger Straße, doch es war nicht zu erkennen, woher der Pfeil gekommen war.

Die hiesige Kirchturmuhr fing an, Mitternacht zu bimmeln. Ich beugte mich zu Teddy hinunter, der noch immer tot vor mir lag, und drehte ihn auf den Rücken. Mit einem knackenden Knirschen drückte sich dabei der Wurfpfeil noch ein Stück tiefer in sein Kreuz. Ärgerlich. Ich klopfte Teddys kackbraune Wildlederjacke von oben bis unten ab, bis mich ein Knistern aufhorchen ließ. Entschlossen riss ich den Reißverschluss seiner Joppe auf, pflückte ein zusammengefaltetes Papier heraus und klappte es auseinander. Die alte Zeitung, die ich nun in der Hand hielt, war auf damals datiert, und gespannt überflog ich die Titelseite.

HIESIGE KIRMES WIRD VON DRAMATISCHEM EREIGNIS ÜBERSCHATTET

lautete die Schlagzeile und darunter stand:

Tragödie um Schaustellerpaar und ihr uneheliches Kind!

Dann verschlang ich den dreispaltigen Artikel, und was darin stand, schmeckte mir überhaupt nicht. »Mensch Teddy, das ist aber mal wirklich ein echter Knüller«, flüsterte ich dem ehemaligen Journalisten zu und stupste seine Leiche anerkennend mit dem Fuß an.

Laut dem *Hiesigen Käseblatt* von vor zweiundvierzig Jahren hatte der Johann sehr wohl mit der Mechthild Techtel ein Techtelmechtel! Und der alte Strolch hatte mich nicht nur kackendreist angeflunkert, sondern mir auch etwas ganz Entscheidendes verheimlicht!

Gerade wollte ich den Artikel noch mal lesen, da erspähte ich aus einem meiner Augenwinkel etwas auf der gegenüberliegenden Straßenseite. Ein Schatten löste sich von der dort befindlichen Litfaßsäule und lief davon. Für mich bestand kein Zweifel, dass es sich um Teddys Mörder handelte, der auch den Johann umgebracht hatte. Und die Mechthild Techtel auch.

Natürlich musste der schwarze Schatten jetzt schnellstmöglich verfolgt werden, aber damit hatte ich absolut keine Eile, denn zum einen wusste ich genau, wohin der Mörder rennen würde, und zum anderen hatte ich mir vor Kurzem im rosaroten Panda eine Polizeifunkanlage installiert.

Ich faltete also ganz in Ruhe die Zeitung zusammen, steckte sie sorgfältig in meinen Trenchcoat, bummelte dann zum Panda und nahm ganz gemächlich den Hörer ab, der unter dem Autoradio beim Aschenbecher neben dem Zigarettenanzünder angebracht war, und sprach hinein.

»*Hiesig eins* an *Hiesig zwei*, bitte kommen.«

»Hier *Hiesig zwei*, aber sagen Sie ruhig Liesel zu mir, Chef«, meldete sich Polizeimeisterin Weppen prompt. »Gut, Liesel. Ich bin hier am geheimen Treffpunkt.«

»Und Teddy?«

»Der ist natürlich tot.«

»Kacke!«

»Tja, ich hatte es ihm ja vorher gesagt. Teddy lebte zwar noch, als ich am Zigarettenautomaten ankam, aber dann holterdiepolter nicht mehr. Aber dafür weiß ich jetzt, wer der Mörder ist. Und überhaupt alles!«

»Das ist ja dufte, Chef!«

»Nicht wahr? Aber lassen Sie es uns nicht so teuer machen, Liesel. Wir treffen uns in drei Minuten an Christel Kliers Wohnwagen zum großen Finale, ja?«

»Abgemacht, Herr Kommissar!«, jubelte Liesel. »Over and out.«

Dann legte ich den Hörer an seinen Platz zurück, setzte mich in den rosaroten Panda und ließ den Motor aufheulen.

* * *

Ihre Affenschaukeln baumelten im matten Mondschein, als Liesel auf mich zukam.

»Leise!«, zischte ich. »Und ducken.«

Polizeimeisterin Weppen kroch die letzten Meter und hockte sich dann neben mich an die Seite des Wohnwagens. »Was haben Sie jetzt vor, Chef?«, flüsterte Liesel, und ich sagte es ihr: »Logischerweise wird der Killer nach Mechthild, Johann und Teddy nun auch noch Madame Esmeralda umlegen wollen, und wenn meine Rechnung stimmt und er mit elf Stundenkilometern läuft, müsste er in einer halben Minute hier sein.«

»Aber, Kommissar Engelmann«, warf Liesel leise ein. »Die Christel ist doch sicherheitshalber im *Hotel Hiesig* untergebracht und gar nicht in ihrem Wohnwagen.«

»Das weiß der Mörder hoffentlich nicht«, wisperte ich zurück.

»Und wer ist es, Chef?«

Gerade wollte ich es Liesel verraten, da hörte ich in der Stille des dusteren Kirmesplatzes Schritte näher und näher kommen. Genau im richtigen Moment riss ich mein Feuerzeug aus dem Trenchcoat, ratschte es an, sprang auf und hielt es dem keuchenden Ankömmling lichterloh unter die Nase.

»Das Spiel ist aus«, sagte ich. »Ich bin Kommissar Heinz Engelmann, und du bist verhaftet!«

Liesel stieß einen erstaunten Schrei aus, als sie sah, wen wir da vor uns hatten. Doch der Killer reagierte blitzschnell, pustete meine Flamme aus und rannte in der Dunkelheit davon.

Liesel und ich folgten dem flüchtenden Verbrecher Richtung Achterbahn, die sich im Mondschein vage vor uns abzeichnete, als wir plötzlich ein mehrfaches Rumpeln hörten und eine Sekunde später in gleißendes Licht getaucht wurden. Offenbar hatte der Halunke einen Hebel umgeworfen und die Achterbahn in Betrieb genommen!

Das Surren von Starkstrom erfüllte die hiesige Nacht, und die Wagen der Achterbahn setzten sich ratternd in Bewegung. »Hier bin ich, Engelmann! Hahaha!«, rief der Killer, der in den vordersten Karren gesprungen war und anscheinend abhauen wollte. »Du kriegst mich nicht, Engelmann!«, posaunte er, während sein Gefährt die steile Steigung hinauf in den Nachthimmel rollte.

Von wegen! Ich sprintete los, hüpfte in den zweiten Wagen und ab ging's, die Rampe hoch. »Achtung, Achtung! Hier spricht die Polizei!«, brüllte ich. »Stehen bleiben!« Doch der Fluchtwagen vor mir tat nichts dergleichen. Im Gegenteil – er war am Gipfel der Steigung angekommen und machte sich nun mit einem Affenzahn davon.

Ich wollte die Verfolgung aufnehmen, wie ich es von den vielen heißen Rennen in meinem rosaroten Panda gewohnt war, kroch aber wie eine lahme Ente die Rampe hoch. Ich wollte auf die Tube drücken, musste jetzt jedoch feststellen, dass die Karre, in der ich saß, weder über ein Lenkrad, noch über ein Gaspedal verfügte.

Und dann war ich ganz oben … und es ging abwärts! Gerade wollte ich in meinen Trenchcoat gegriffen haben, um meine Dienstwaffe zu ziehen, um dem Wagen vor mir die Reifen zu zerschießen, da riss es mich in den Sitz. Überschallgeschwindigkeit war nichts im Vergleich zu dem, womit ich jetzt die Schienen entlang in die Tiefe sauste. Tränen schossen mir in die Augen, und der Fahrtwind zerrte so doll an meinem Hut, dass er völlig außer Form geriet! Meine Ohrläppchen schlackerten wie die Fähnchen am Kühler einer Staatskarosse.

Der Mörder im Wagen vor mir fuhr plötzlich einen Überschlag und glaubte wohl, mich mit solch einem abenteuerlichen Manöver abhängen zu können, doch ich zischte einfach hinterher.

Mein Trenchcoat flatterte im Wind wie das Cape von Batman persönlich, und auch in den nächsten zwei scharfen Kurven blieb ich dem Kerl dicht auf den Fersen. Doch nach wie vor gelang es mir nicht, die Kanaille einzuholen, und ich stieß einen Seufzer aus, der aber vom Fahrtwind direkt wieder in den Hals zurückgeweht wurde. Ich begriff, dass ich so zwar schnell voran, aber absolut nicht weiterkam. In der grellen Achterbahnbeleuchtung tauchte nun ein zweiter Looping am Horizont auf, und ich schmiedete aus dem Stegreif einen Plan ohne Netz und doppelten Boden.

Dann ging der Wagen vor mir auch schon leicht in die Schräge und schoss auf den Überschlag zu.

»Der Hebel!«, brüllte ich zu Liesel hinunter, die beim Kassenhäuschen stand und mit weit offenem Mund meine rasante Berg-und-Talfahrt verfolgte. »Schnell, drehen Sie das Tempo leiser!«

Liesel preschte gute fünfzehn Meter unter mir zum Stromkasten, und mit schlackernden Ohren hörte ich, wie meine Assistentin den Hebel umwarf. Die Wagen drosselten ihre Geschwindigkeit und durch das Fahrwasser in den Klüsen sah ich, dass mein bahnbrechender Plan aufging: Der Wagen vor mir befand sich in diesem Augenblick nämlich mitten im Überschlag und dem überraschten Fahrer blieb durch die aufgekommene Langsamkeit nun nichts anderes übrig, als herauszufallen!

Ich juckelte die Runde schön gemütlich zu Ende und bat Liesel dann, die Achterbahn anzuhalten. Ich parkte den Wagen, sprang heraus und rückte meinen eingedötschten Hut zurecht. Dann liefen wir ins Innere des hell erleuchteten Achterbahngestells, zu der Stelle, wo der mörderische Bruchpilot hingeplumpst war.

Raimund Eichen lag da wie eine verbogene Schaufensterpuppe. Sein Fall war mit einem Fall beendet worden. Er versuchte, an seinen gebrochenen Rippen vorbei zu atmen, und sein Mund zuckte. »Ach diese verfluchte Kirmes«, keuchte der Sekretär der Frau Bürgermeister. »Die ist überhaupt an allem schuld! Ich hatte meine Eltern damals gebeten, an einem Ort zu bleiben und eine richtige Familie zu sein.« Rasselnd rang er nach Luft und seine Stimme bebte. »Aber Mama Mechthild dachte immer nur an ihre scheiß Kirmes, und auch Papa wollte immer unterwegs sein. Wie die Zigeuner, hat er immer gesagt.«

Raimund weinte jetzt bitterlich. Die Tränen liefen ihm literweise durchs Gesicht und bahnten sich ihren Weg um die schwarze Warze herum.

»Sie konnten einfach nicht verstehen, dass ich lieber Beamter werden wollte. Schon als Siebenjähriger hasste ich den Gedanken, dass mein Leben eine Achterbahnfahrt werden könnte. Und eines Tages, nachdem wir hier in diesem Kaff gastiert hatten, da haben sie mich einfach am hiesigen Ortseingangsschild angebunden und sind ohne mich in den Wohnwagen gestiegen und davongefahren.«

»Hab's in der Zeitung gelesen«, sagte ich und fummelte meine Schachtel *Overstolz* aus dem gut gelüfteten Trenchcoat. »Auch, dass der Johann mit Nachnamen Eichen heißt und das Kind eine kleine, schwarze Warze an der Nase hat … und da wusste ich natürlich was los ist.«

Raimunds Feuchtwangen schimmerten im gleißenden Schein der Achterbahnbeleuchtung. Ich bot ihm eine gute *Overstolz* an, doch er lehnte dankend ab. »Und als Sie von Heide Witzka erfuhren, dass die Techtel'sche Kirmes wieder in hiesige Gefilde kommen würde, wollten Sie noch mal mit Ihren Eltern reden«, kombinierte ich und steckte mir die Fluppe zwischen die Zähne.

»So war es, Engelmann«, gurgelte Eichen, griff mit fahrigen Fingern in die Brusttasche seines ehemals weißen Hemds und brachte seine Zigaretten zum Vorschein. »Also wollte ich letzte Nacht zu ihrem blauen Wohnwagen, aber dann habe ich den Streit gehört und lief Amok.« Zitternd steckte er sich eine *Gitanes* in den schlaffen Mund und ich gab uns beiden Feuer.

»Ich verstehe«, meldete sich nun Liesel zu Wort und beugte sich über den hageren Mann, der nun seine letzte Zigarette rauchte. »Und weil Sie mit dem Kirmesleben groß geworden sind, konnten Sie auch als rachsüchtiger Mörder zweiundvierzig Jahre später mit Zuckerwatte und Wurfpfeilen noch so super umgehen.«

Raimund Eichen nickte schwach, und dabei fiel ihm die *Gitanes* von den blutroten Lippen. Und während er mit feuchten Augen in die Achterbahnlampen blickte, ging bei ihm das Licht aus. Für immer.

»Da soll mal einer sagen, bei uns im Dorf passiert nichts«, seufzte ich und trat Eichens letzte Zigarette aus. »Aber trotz allem Hass glaube ich, dass der Junge mit der Warze auch als Erwachsener seine Eltern stets in einer gut vertäuten Ecke seines Herzens bei sich getragen hat«, sagte ich zu Liesel, die sich nun aufrichtete und mich mit ihren Kulleraugen ansah.

»Ach, Kommissar Engelmann, Sie meinen, weil er *Gitanes* geraucht hat und *Gitanes* französisch für Zigeuner ist?«

Ich nickte und rieb mir meine wunden Ohrläppchen. »Und morgen wird das Engelmännchen endlich die Kirmes beschlagnahmen, da kann die Heide Witzka sagen, was sie will.«

»Und jetzt, Chef?«

»Jetzt, liebe Liesel, gehen wir ins *Hotel Hiesig* und erzählen Christel Klier, dass sie die Sache überlebt hat.«

Dann machten wir uns schweigend auf den Weg, traten aus dem grellen Licht der Achterbahn und spazierten über die hiesigen Straßen in die tiefschwarze Nacht hinein.

Bonusmaterial

Zusätzlicher Anfang

Ich saß an meinem Schreibtisch im Büro und steckte mir eine Zigarette zwischen die Lippen. Dann gab ich mir Feuer und blies den aromatischen Rauch meiner *Overstolz*-durch mein vergilbtes Dienstzimmer. Eine *Overstolz* war nun mal ein guter Freund, der nie enttäuscht.

Ich sah auf meine Armbanduhr und seufzte. Viertel vor acht abends. Als Leiter der hiesigen Mordkommission hatte ich es manchmal nicht leicht, denn Hiesig war so ein kleines Kaff, dass hier nicht immer ein vernünftiger Mord geschah und es daher Tage gab, an denen ich absolut nichts zu tun hatte und die Zeit mit Cognactrinken und Rauchen totschlagen musste.

Träge blinzelte ich durch das Fenster in die Dämmerung, die sich redlich bemühte, durch das blinde Glas zu mir hereinzuscheinen.

Der Himmel über unserem Kaff hatte völlig vergessen, wie es war, wenn eine Wolke in ihm hing. Ich nahm meinen Hut vom Kopf, wischte mit einem meiner zwei Handrücken den Schweiß von der Stirn und setzte den Hut an seinen Platz zurück. Danach fegte ich die Pfütze von der Schreibtischplatte auf den Boden, wo sie in null Komma nix verdunstet sein würde. Dann goss ich mir aus der Flasche, die stets neben dem Aschenbecher beim Telefon auf meinem Schreibtisch stand, einen doppelten Cognac ein, denn ich konnte jetzt gut eine Erfrischung vertragen.

Als ich gerade das Glas an die ausgetrockneten Lippen setzte, kam meine attraktive Assistentin, Polizeimeisterin Liesel Weppen, herein.

»Na, Kommissar Engelmann? Schon beim Abendessen?«, lächelte sie und zog ihre Schirmmütze von ihrem hübschen Deez. Sofort freute sich ihre blonde Mähne über den Auslauf und purzelte über ihre Schultern wie ein lockiger Goldregen.

Ich nickte, zog an meiner *Overstolz* und nahm dabei einen weiteren Schluck Cognac. »So ist es Liesel.«

»Wollen wir denn jetzt los, Chef?«, fragte Liesel und sah dabei zu, wie der Rauch meiner Fluppe durchs Büro waberte wie eine extrem gelenkige Nachtclubtänzerin. »Es ist Viertel vor durch.«

»Los?«, fragte ich ahnungslos. »Wohin?«

»Na, auf den Marktplatz, Herr Kommissar.«

Während ich meine Kippe im Aschenbecher beim Telefon neben der Cognacflasche ausdrückte, interviewte ich meinen Grips, und dann fiel es mir ein: Heute wurde auf dem hiesigen Marktplatz die Kirmes eröffnet! Mit der Bürgermeisterin und der hiesigen Feuerwehrkapelle. Und mit mir.

Rasch rückte ich meinen Hut zurecht, erhob mich von meinem Schreibtischstuhl und steckte die Zigaretten in den Trenchcoat.

Alternativer Zeitungsartikel

Ich riss den Reißverschluss von Teddys Joppe auf und pflückte ein zusammengefaltetes Papier heraus. Ich klappte die Zeitung auseinander und sah sofort, dass sie auf damals datiert war. Dann überflog ich die Titelseite.

HIESIGE KIRMES WIRD VON DRAMATISCHEM EREIGNIS ÜBERSCHATTET

lautete die Schlagzeile und darunter stand:

Schaustellerpaar setzt uneheliches Kind aus!

In den zweizeiligen Artikel eingebettet war ein Foto. Es zeigte eine Frau und einen Mann mit einem Jungen in ihrer Mitte. Das Kind mochte so sechs, sieben Jahre alt sein und hatte eine sechs-, siebenjährige Warze im Gesicht. Alle drei Figuren lächelten beherzt in die Kamera. Unter dem Foto stand: *Kirmesleiterin Techtel mit Lebensgefährte Johann und ihrem gemeinsamen Sohn in glücklicheren Tagen.*

Mir verschlug es die Sprache. Mensch, Teddy, das war aber mal wirklich ein Knüller!

Also hatte der Johann doch ein Techtelmechtel mit der Mechthild Techtel gehabt. Da hatte mich der alte Sack aber ganz frech angelogen! Jetzt war mir alles klar. Dieser Fall auch!

Nun war es aber an der Zeit, endlich den schwarzen Schatten zu verfolgen, der Teddy vorhin so kaltblütig totgeworfen hatte, denn ich war mir sicher, dass es der Mörder war. Also faltete ich die Zeitung wieder zusammen, steckte sie in meinen Trench und ging zu meinem Wagen.

Das unheimliche Phantom mit der Maske, der fiesen Peitsche und dem langen, grünen Umhang

Kapitel 1

Vom Gefühl her musste es mittlerweile weit nach Mitternacht sein. Von der Uhrzeit her auch. Der Wind, der durch die kleine Gasse fegte, war nicht von schlechten Eltern, daher rückte ich meinen Hut zurecht und stellte den Trenchcoatkragen hoch.

Ich hielt den Atem an und duckte mich tiefer unter den Schatten des dicken Abflussrohres. Von hier aus hatte ich alles im Blick und würde sofort sehen können, falls irgendetwas passierte.

Gerne hätte ich mir eine leckere *Overstolz* aus dem Mantel geholt und sie zwischen meinen Lippen geraucht, aber die Glut der Zigarette hätte mich bestimmt verraten. Und falls jetzt jemand auf mich aufmerksam wurde, mich anquatschte, oder gar ein Autogramm wollte, dann konnte mich das Kopf und Kragen kosten! Und das durfte ich nicht riskieren, denn schließlich kauerte ich ja nicht zum Vergnügen hier, sondern rein dienstlich. Ich bin nämlich nicht nur von der Kripo, sondern auch Kommissar Heinz Engelmann, der Leiter der hiesigen Mordkommission.

Unser Hiesig war zwar nur ein kleines Nest, in dem fast nie etwas geschah, aber wenn doch etwas passierte, dann hatte ich jedes Mal Mord und Totschlag am Hals wie einen Blutegel. So wie gerade.

Ach so, Sie fragen sich, warum ich überhaupt in dieser Gasse auf der Lauer lag? Hatte ich das noch nicht erwähnt? Nun, ich wollte das Phantom schnappen. Ja, Sie haben mich ganz richtig verstanden. Das unheimliche Phantom mit der Maske, der fiesen Peitsche und dem langen, grünen Umhang!

Drei Menschen hatte die düstere Gestalt, die eine Maske vor dem Gesicht, eine fiese Peitsche in der Hand und einen langen, grünen Umhang am Leib hatte, schon umgebracht. Und das Blöde war, dass niemand wusste, wer sich hinter dieser unheimlichen Maske verbarg. Ich leider auch nicht … und genau das war die Krux bei diesem Kriminalfall. Sonst hätte ich nämlich durch knallharte Ermittlungen rausbekommen können, wo das unheimliche Phantom mit der Maske, der fiesen Peitsche und dem langen, grünen Umhang wohnte. Und der Rest wäre dann reine Routine gewesen. Ich hätte das Haus umstellt und die blutrünstige Bestie mit links verhaftet. Aber so hatte ich keine Chance. Ein paar Mal hätte ich das unheimliche Phantom mit der Maske, der fiesen Peitsche und dem langen, grünen Umhang fast geschnappt, aber, zum Kuckuck, es war jedes Mal weggerannt.

Als erfahrener Ermittler wusste ich jedoch, dass es langsam höchste Zeit wurde, das unheimliche Phantom mit der Maske, der fiesen Peitsche und dem langen, grünen Umhang dingfest zu machen, bevor es noch mehr Blutvergießen gab.

Nun kauerte ich also im Schatten des Abflussrohres in der Dunkelheit, um diesem unheimlichen Phantom aufzulauern, denn es konnte überall und nirgends sein. Momentan allerdings vorrangig nirgends, denn hier in diesem Gässchen war das Phantom kurz vorher spurlos verschwunden.

Aber am besten, ich erzähle Ihnen die ganze Sache mal von vorne.

Alles begann etwa eine Woche vorher, abends um achtzehn Uhr zweiundfünfzig, und draußen dämmerte es heftig.

Ich hatte in meinem Büro im Polizeipräsidium gesessen, als das Telefon klingelte. Da ich gerade mit dem Rauchen einer köstlichen *Overstolz* beschäftigt war, griff meine attraktive Assistentin nach dem Hörer.

Und dann nahm sie ihn ab. »Ja? Hiesige Mordkommission, Polizeimeisterin Liesel Weppen am Apparat.«

Ich sog an meiner Fluppe und sah Liesel dabei zu, wie sie ihr langes, blondes Haar in den Nacken warf, um das Ohr für den Hörer freizumachen.

»Oh, guten Abend, Herr Graf«, sprach Liesel ehrfurchtsvoll in die Muschel, als sie wusste, wer am Rohr war. »Was verschafft uns die Ehre?« Ihr hübscher Gesichtsausdruck veränderte sich schlagartig zum Negativen. »Bitte? Aber Herr Graf … bitte, Eure Exzellenz, nun beruhigen Sie sich doch! Jetzt mal ganz langsam … was ist los? Annabelle?! Ich kann nicht ganz folgen, Herr Graf … Nicht so schnell! Was ist mit Ihrer Frau Gemahlin? Sind Sie sicher? … Gut, Herr Graf, Kommissar Engelmann und ich kommen sofort!« Zackig warf meine Assistentin den Hörer auf die Gabel zurück.

Offenbar war das Telefonat beendet.

»Und?«, fragte ich und blies den Rauch zur verblichenen Bürodecke hinauf. »Was hat der Herr Graf für Wehwehchen?«

»So genau weiß ich das auch nicht, Chef. Ich hab nur höflich getan, aber so richtig verstanden hab ich kaum was. Jedenfalls war er ganz aufgeregt, hat geblubbert wie ein Wasserfall auf der Autobahn. Irgendetwas Schlimmes sei mit seiner Frau Annabelle, hat er immer wieder behauptet.«

Kopfschüttelnd drückte ich die Reste meiner *Overstolz* im Aschenbecher aus, der stets beim Telefon neben der Cognacpulle auf meinem Schreibtisch stand.

»Und da haben Sie einfach so gesagt, dass wir raus zum Schloss kommen?«

»Aber, Herr Kommissar … es tut mir leid …« Liesel biss sich wie ein unartiges Schulmädchen auf die Unterlippe.

»Schon gut«, sagte ich und lächelte. »Wir haben gerade sowieso keinen Mord aufzuklären oder etwas anderes zu tun.«

Polizeimeisterin Weppen spielte verlegen mit einem Finger Lockenwickler. »Ich weiß, Chef, aber ich wollte Ihnen nicht den Feierabend versauen.«

»Kein Thema, Liesel, ich bin doch gerne im Dienst.« Ich erhob mich vom Schreibtisch, rückte meinen Hut zurecht und grinste. »Außerdem macht eine kleine Fahrt aufs Land den Kopf frei.«

* * *

Eine halbe Stunde später schnurrte mein Dienstwagen über die Landstraße. Ich beschleunigte meinen Wagen, den rosaroten Panda, auf 41 km/h und ging in die nächste Kurve. Die Finsternis der hereinbrechenden Nacht war in vollem Gang, seit wir Hiesig verlassen hatten, und im Schein der Scheinwerfer tanzten selbstmordgefährdete Mücken auf uns zu.

In etwa einer Viertelstunde würden wir das Schloss derer von Undzu erreicht haben. Sie waren die letzte Adelsfamilie, die wir im hiesigen Landkreis hatten, und Graf Robert von Undzu residierte mit seiner Frau Annabelle und drei bildhübschen Töchtern auf seinem Schloss. Erstmals im Jahre 1053 erwähnt, wurde es ursprünglich als Kloster genutzt, bevor die Mönche es dann im Jahre 1602 an Adalbert II., einen Vorfahren Graf Roberts, beim Mensch-ärgere-dich-nicht-Spielen verloren. Das imposante Gemäuer lag etwa zwanzig Kilometer von Hiesig entfernt, am nördlichen Ufer des Dingensbachs, der sich hier durch Wiesen wand und unterhalb von Weinbergen entlangschlängelte. Daher nannte man diesen Landstrich auch das Mäandertal.

Die Straße wurde nun unwegsamer und führte bergauf durch die zahlreichen Wingerte, die einst von den Mönchen an den Hängen unterhalb des Schlosses angelegt worden waren.

»Was mag denn wohl mit der Frau Gräfin sein, Chef?«,

fragte Liesel, während sie einen *Caramac*-Karamellriegel aus der Brusttasche ihres Polizeihemds zog und ihn aufriss.

Ich zuckte mit den Achselhöhlen. »Ich denke, sie ist tot, Liesel. Warum sollte ihr Mann sonst bei uns durchbimmeln?«

Dann schwiegen wir wieder, Liesel kaute auf ihrem *Caramac*, und ich lenkte den rosaroten Panda mit zittrigen Händen um eine Kurve. Das Zittern hatte allerdings nichts mit Angst zu tun, sondern lag an dem Kopfsteinpflaster, über das der Wagen nun auf das Schlosstor zurollte.

Graf von Undzu erwartete uns unter einer großen Trauerweide, die hinter dem Schlossportal ihre Arme ausbreitete. Er trug ein Kandelaber in seiner linken Hand, dessen vier Kerzen aufgeregt in der kühlen Abendluft flackerten, was gut war, denn sonst hätte ich ihn in der Dunkelheit vielleicht gar nicht gesehen und überfahren. So ging alles gut, und ich parkte den Panda auf dem Schlosshof.

Graf Robert von Undzu war hochgewachsen und musste in seinen frühen Sechzigern sein, war aber so hager und sehnig, dass er mindestens zwanzig Jahre älter wirkte. Sein Gesicht zum Beispiel wirkte wie ein knöchriges Gerüst, über das man einen zerknitterten Hautlappen gespannt hat. Im flackernden Schein der Kerzen sah Robert von Undzu aus, als käme er just aus dem Kabinett des Doktor Caligari.

Als er mir die Hand gab, hatte ich Angst, sie zu zerbrechen.

»Guten Abend, Herr Graf. Kommissar Heinz Engelmann von der hiesigen Polente. Und das ist Polizeimeisterin Liesel Weppen«, leierte ich mein Sprüchlein runter und hielt dem Adeligen meinen Impfpass entgegen, da ich meinen Dienstausweis im Präsidium vergessen hatte.

»Danke, dass Sie gleich gekommen sind«, sagte Robert von Undzu mit brüchiger Stimme. »Es geht um meine Frau Annabelle.«

»Geht das auch etwas konkreter, Herr Graf?«

»Es geht um meine Frau Annabelle, Gräfin von Undzu.« Seine Mimik verkam zu einer Grimasse, und er machte eine winkende Bewegung mit dem Kopf. »Folgen Sie mir bitte.«

Mit Armen, dünn und angewinkelt wie Geodreiecke, trug er den Kerzenleuchter vor sich her, führte uns am Westflügel entlang und geleitete uns dann durch einen gewölbten Durchgang auf die Südterrasse des Schlosses. Von hier aus hatte man bei Tag bestimmt eine traumhafte Aussicht über das Mäandertal, nun sah man jedoch nur das gespenstische Flackern des Kerzenlichts. Dann, in der Mitte der Schlossterrasse angekommen, hielt Robert von Undzu den Kandelaber so hoch er mit seinen Ärmchen konnte und machte wieder diese Grimasse von vorher. »Sehen Sie selbst, meine Herrschaften von der Polizei.«

Ich trat einen Schritt vor, nahm dem Grafen den Leuchter ab und kniete mich zu der Leiche hinunter. Liesel sah mir über die Schulter und vergrub dann entsetzt die Hände im Gesicht. »Wie schrecklich!«, stieß sie hervor und Robert von Undzu nickte geknickt.

»Tja, wie ich bereits auf der Fahrt zum Schloss vermutet hatte«, resümierte ich und ließ meinen ausgekochten Ermittlerblick gewieft über den Tatort schweifen.

Die Leiche lag verdreht auf dem Rücken, war weiblich, trug dunkle Lederschuhe mit kleinem Absatz und dazu ein schwarzes Kleid mit breiten Trägern. Das Parfüm, das sie aufgelegt hatte, erkannte mein Schnüfflernäschen sofort: *Noir* von Karin D'Or.

Dann richtete ich mich samt Kerzenleuchter wieder auf und sah dem Witwer in die wässrigen Augen. »Es tut mir wirklich sehr leid, aber ich fürchte, da ist nichts mehr zu machen.«

»Dachte ich mir, Herr Kommissar …« Die Stimme des Grafen klang nun belegter als eine Umkleidekabine in einem Hallenbad bei Hochbetrieb. »Aber, warum hat man meine geliebte Annabelle ermordet? Sie war doch gerade mal zweiundvierzig Jahre jung …«

»Mooooomentchen, lieber Herr Graf!«, griff ich sofort ein, denn als ausgebuffter Kriminalist wusste ich, dass man bei voreiligen Schlüssen den Ball flach halten sollte. »Dass Ihre Frau Anfang vierzig war, glaube ich Ihnen sofort, aber wer bitteschön sagt denn, dass es Mord war? Es könnte doch auch ein Unfall gewesen sein. Ihre Frau spaziert nachts hier auf der Schlossterrasse herum und stolpert völlig unglücklich in einen Schirmständer oder irgendeinen anderen spitzen Gegenstand, den sie im Dunkeln nicht sieht, und rubbel-die-Katz ist es passiert!«

»Aber, Chef …«, sagte Liesel Weppen und stupste mich an. »Chef, Sehen Sie es denn nicht?«

»Was denn?« Ich wusste nicht, was sie meinte.

Liesel holte tief Luft. »Die Tote hat keinen Kopf mehr!«

Ich riss den Kandelaber herum und leuchtete wie verrückt die Leiche an. Ein kalter Schauer lief mir jetzt über den Rücken und noch weiter runter. Annabelle war nicht nur tot, sondern auch völlig kopflos! »Tatsächlich, Liesel!« Das Herz schlug mir fast durch die Brust. »Gute Arbeit.«

»Danke, Chef.«

Ich fuchtelte mit dem Kerzenleuchter in der Gegend herum, um möglichst überall auf der Schlossterrasse Licht zu machen.

»Potztausend, da drüben liegt ja das gute Stück«, stellte ich fest.

Annabelles Kopf war ein paar Meter weiter gekullert und mit der Stirnseite an einem Oleanderumtopf zum Liegen gekommen.

Ich richtete das historische Leuchtmittel wieder zurück auf meine Assistentin und den Grafen, denen beiden das Wasser in den Augen stand.

»Also nicht nur Mord, sondern sogar eine lupenreine Hinrichtung. Aber wer zum Henker tut so etwas?«, fragte ich, nachdem ich mich wieder etwas gefasst hatte.

»Nun, Kommissar Engelmann, ich …«, sagte Robert von Undzu nach einer Weile und mit noch brüchigererer Stimme als bisher. »Ich glaube, dass es das Phantom war.«

Erst stand ich nur da und sagte nichts, dann rang ich mich zu der alles entscheidenden Frage durch: »Welches … Phantom?!«

Der Graf flackerte bleich. »Das unheimliche Phantom mit der Maske, der fiesen Peitsche und dem langen, grünen Umhang!«

Mir blieb für einen Moment die Spucke weg. Aus dem Augenwinkel sah ich, dass auch Liesel ganz hübsch baff war. »Wollen Sie uns verkohlen, Herr von Undzu?!«, fragte ich dann und drückte dem Grafen den Kandelaber in die sehnigen Hände.

»Verkohlen? Mitnichten, Herr Kommissar!«, beteuerte der Graf und deutete dann mit dem Leuchter in Richtung Schloss. »Kommen Sie, wir gehen in meine Gemächer, dann erzähle ich Ihnen alles.« Und dann schritt Robert von Undzu wackligen Schrittes und samt flackerndem Leuchtfeuer voran, auf den Nordflügel zu. »Außerdem denke ich, haben wir uns jetzt alle einen kleinen Sherry verdient.«

Kapitel 2

Die Standuhr in der Ecke schlug halb zehn. Ich saß neben Liesel auf einem antiken, mit rotem Brokat bezogenen Sofa und drehte mein leeres Sherryglas in der Hand. Der große Raum erinnerte eher an einen barocken Ballsaal als an ein Wohnzimmer. An der prunkvoll verzierten Holzdecke hing ein mit Glühbirnen gespickter, elektrischer Kronleuchter, der gemütliches Schummerlicht machte.

»Lassen Sie das mal lieber mit dem Sherry, sonst tanzen Sie gleich noch auf den Rosenholztischen«, sagte ich zum Grafen, der sich zum vierten Mal das Glas füllte. »Gerne kläre ich den Tod Ihrer Frau auf, aber dafür brauche ich Fakten und keine Schauermärchen von irgendeinem Phantom mit fieser Maske, grüner Peitsche und einem unheimlichen Umhang …«

Der Graf stellte die Kristallkaraffe auf einem Mahagonisideboard ab und sah mich ernst an. »Es handelt sich um das unheimliche Phantom mit der Maske, der fiesen Peitsche und dem langen, grünen Umhang, Herr Kommissar.«

»Da hätte ich spontan ein Frage, Herr Graf«, schaltete sich nun Liesel ein und warf ihre hübsche Stirn in Gekräusel. »Denken Sie sich solchen Mumpitz selber aus, oder lesen Sie zu viele Groschenheftchen?«

Robert von Undzu trat an eines der Fenster, blickte auf den rabenschwarzen Schlosshof hinaus und seufzte. »Weder noch, Fräulein Weppen. Und wenn diesem Ungeheuer nicht bald das Handwerk gelegt wird, dann wird es weitere Opfer geben. Vielleicht schon bald. Das unheimliche Phantom mit der Maske, der fiesen Peitsche und dem langen, grünen Umhang schreckt vor nichts zurück!«

»Aber Herr Graf, woher ...«

»Vor acht Tagen habe ich einen Brief bekommen«, fiel er mir ins Wort und sah dabei weiter unbeirrt aus dem Fenster. »Absender war eben dieses unheimliche Phantom mit der Maske, der fiesen Peitsche und dem langen, grünen Umhang. In dem Brief stand, dass ...« Robert von Undzu rang nach Luft und drehte sich zu Liesel und mir um. Er hatte wieder Tränen in den Augen. »In dem Brief schrieb mir das Phantom, dass Köpfe rollen würden!«

Ich überlegte. Entweder war der Typ ein brillanter Schauspieler, oder an der ganzen Sache mit dem Phantom war wirklich was dran. »Haben Sie den Brief noch?«, fragte ich gespannt und spielte weiter mit dem leeren Sherryglas.

»Nein, ich habe ihn weggeworfen.«

Ich rollte innerlich mit den Augen. »Zu dumm.«

»Jedoch nicht besonders weit, Herr Kommissar. Ich bin ja schon alt, und meine Arme sind nicht sehr kräftig. Der Brief liegt dort vorne auf dem Teppich!«

Ich sprang vom Sofa und hob den Umschlag vom Boden auf. Dann fummelte ich hastig den Schrieb aus dem Kuvert.

Du Sausack!
Nun ist Deine Zeit gekommen.
Für alles, was Du mir angetan hast, werden Köpfe rollen.
Viele Grüße,

Das unheimliche Phantom mit der Maske,
der fiesen Peitsche und dem langen, grünen Umhang

Ich ließ das Papier sinken. Meine grauen Zellen rasselten, so doll dachte ich nach. »Es scheint, als würde dieses Phantom Sie kennen, Herr Graf. In dem Schreiben heißt es nämlich ›Du

Sausack‹ und nicht beispielsweise ›Sie Sausack‹!«

»Ja, Kommissar Engelmann«, staunte der alte Adelige. »Das fällt mir auch gerade auf.«

»Es tut mir leid, Herr Graf, aber ich muss Sie das fragen …«

»Was denn?«

»Haben Sie Feinde im Freundeskreis?«

Anstatt zu antworten, hob Robert von Undzu die dürren Schulterchen.

»*Für alles, was du mir angetan hast*«, zitierte Liesel auswendig. »Was kann damit nur gemeint sein?«

»Das entzieht sich meiner Kenntnis«, sagte der Graf knapp und richtete den Blick wieder aus dem Fenster.

»Und warum sind Sie mit dem Brief nicht zur Polizei gegangen?«, blieb Liesel am Ball.

»Nun, als der Brief ankam, habe ich ihn für einen Jux gehalten. Und danach hatte ich so viel zu tun. Blumengießen, Einkaufen, Rasenmähen. Da hab ich den Brief völlig vergessen«

»Verstehe. Aber das erklärt natürlich, warum Ihre Frau Annabelle jetzt einen Kopf kürzer ist«, sagte ich nachdenklich und glaubte zu spüren, dass der Herr Graf uns etwas verheimlichte. »Wer hat den Brief eigentlich überbracht?«

»Na, der Postbote, wer sonst?«

»Hmmm«, machte ich und besah mir noch einmal das Kuvert. Der Poststempel war leider blass und unleserlich. Lediglich die Briefmarke gab Aufschluss darüber, dass der Brief in Deutschland frankiert worden war.

»Herr Graf, wer wohnt außer Ihnen noch hier auf dem Schloss?«, fragte ich aus einem instinktiven Impuls heraus.

»Unsere Haushaltshilfe.«

»Aha!«, stellte ich fest, doch der Graf machte eine abwehrende Geste. »Aber der Conni habe ich diese Woche freigegeben, weil sie mitten im Umzug steckt.«

»Wir werden das überprüfen«, sagte Liesel, die sofort ein kleines Notizbüchlein hervorholte und notierte: *Conni zieht um.*

»Ferner leben selbstverständlich noch meine drei Töchter hier auf dem Schloss«, fuhr der Graf fort. »Esther ist elf, die Eleanor ist sechzehn, und Elvira wird demnächst neunzehn. Die schlafen natürlich um diese Zeit. Das heißt, Esther und Eleanor schlafen, Elvira ist nicht da. Sie ist arbeiten.«

Ich stutzte. »Arbeiten? Jetzt, mitten in der Nacht?«

Im Schummerlicht lief der Herr Graf rötlich an. »Ja, Herr Kommissar. Schichtdienst in einer Fabrik in Dingenskirchen. Sie möchte nicht auf das Familienvermögen zurückgreifen, sondern sich unbedingt selbst das Geld für ihr Studium verdie...«

Ein gellender Schrei hallte plötzlich durch das ganze Schloss! Das Sherryglas glitt Robert von Undzu aus den zitternden Fingern und zerschellte am Boden. Liesel und ich erstarrten wie Espenlaub.

»Das war Esther!«, rief der Adelige aufgebracht. »Sie ist oben in ihrem Zimmer!«

Ich wusste, dass man bei solch markerschütternden Schreien keine Sekunde verlieren durfte, also hechtete ich aus dem Salon und die schmalen Treppen hinauf, dicht gefolgt von Liesel und weniger dicht vom Hausherrn, der mit seinen Stelzenbeinchen einfach nicht so flink vorankam. Keuchend gelangte ich in den zweiten Stock.

»Jetzt links und dann die erste Tür rechts!«, japste der Graf von der Treppe aus.

Ich riss meine *Mauser PPK* aus dem Trenchcoat und dann die entsprechende Zimmertür auf. Auch Liesel hatte ihre Dienstwaffe gezogen und betrat nun ebenfalls den Raum.

Esthers Reich war gemütlich eingerichtet, nicht ganz so prunkvoll wie das Wohnzimmer eine Etage tiefer. Kerzen flackerten in gusseisernen Haltern an der Wand, ansonsten wirkte der Raum wie ein gewöhnliches Jugendzimmer. Ein Stapel *BRAVO*-Hefte lag auf einem Schränkchen, und über dem Bett hingen Poster von Roy Black, Blacky Fuchsberger und Black Sabbath.

Esther stand barfuß, ohne Schuhe und nur mit einem Nachthemd bekleidet am geöffneten Fenster. Sie hatte uns den Rücken zugewandt, den Oberkörper nach vorne gebeugt, sah hinunter auf den Schlosshof.

»Esther?«, japste der Graf, der nun auch angekommen war. »Kind, warum hast du denn so geschrien?«

»Jetzt ist alles gut, Fräulein Esther«, sagte ich in meinem besten Sozialpädagogentonfall und steckte meine *Mauser PPK* in den Mantel zurück. »Die Polente ist da!« Dann hielt ich ihr meinen Impfpass hin. »Und wo wir schon mal hier sind, hätte ich im Zusammenhang mit dem grausamen Mord an Ihrer Mutter, von dem Sie vermutlich erst jetzt erfahren, ein paar Fragen an Sie.«

Die Tochter des Grafen guckte weiter auf den düsteren Hof runter.

»Ach, liebes Kind, was ist dir denn widerfahren? Warum sagst du nichts?«, bohrte der Graf nach, doch ohne Reaktion.

Ein ungutes Gefühl tapezierte mit einem Mal meine Mageninnenwände. Sollte das Mädchen so schrecklich geschrien haben, weil es dem unheimlichen Phantom begegnet war, dann hatte Esther bei der Gelegenheit ja vielleicht sogar gesehen, wer sich hinter der Maske mit der fiesen Peitsche und dem langen, grünen Umhang verbarg! Entschlossen trat ich zu ihr ans Fenster. »Schauen Sie, Fräulein Esther«, sagte ich. »Früher oder später müssen Sie mit uns reden.«

Dann begriff ich allerdings, dass Fräulein Esther überhaupt nicht mehr schauen würde. Denn für zum Gucken braucht man Augen und die stecken gewöhnlich im Kopf. Und der war weg!

Ich beugte mich über die kalte Schulter, die Esther mir zeigte, und sah, dass ihre hübsche Rübe kopfüber auf den Schlosshof gefallen war und sich nun alles von unten anguckte. Nicht nur die Radieschen.

»Verdammte Hacke«, fluchte ich und drehte mich zu Liesel Weppen und dem Grafen um. »Wir kommen zu spät.«

»Hat das Phantom wieder zugeschlagen, Chef?«

»Und wie!«

Ich wollte ordentlich losseufzen und mir den Ekel aus den Gliedern schütteln, da sah ich plötzlich etwas Grünes über den Flur huschen.

»Halt!«, brüllte ich und stob im Affenzahn, an Liesel und dem Grafen vorbei, aus dem Zimmer. »Schießen bleiben oder ich stehe!«

Auf dem Flur feuerte ich sicherheitshalber drei Warnschüsse in alle Richtungen, jedoch war niemand mehr zu sehen. Und bis auf eine Tür, die am Ende des Korridors ins Schloss fiel, fiel mir nichts auf.

Aber das war ja schon was. Die Tür führte in den Treppenturm, der sich düster vor mir auftat.

»Hey, du unheimliches Phantom mit der Maske, der fiesen Peitsche und dem langen, grünen Umhang!«, rief ich die Stufen empor. »Ich bin Kommissar Heinz Engelmann von der hiesigen Mordkommission, und falls du da oben bist, weiß ich ganz genau, wo du dich versteckst!« Rumpelnd donnerte die schwere Tür hinter mir ins Schloss.

Von zappendusterer Finsternis eingehüllt, hielt ich den Atem an und glaubte, Schritte über mir zu hören. »Los, komm von da oben runter!«

Ich lauschte, doch der Treppenturm gab nun keinen Mucks mehr von sich. Enttäuscht zog ich meine Schachtel *Overstolz* aus dem Trenchcoat, steckte mir eine Zigarette in die Klappe und gab mir Feuer. In diesem Augenblick öffnete Polizeimeisterin Weppen die Tür und steckte ihre hübsche Birne in den Turm. Meine Feuerzeugflamme erstickte im Schein des hereinfallenden Flurlichts.

»Ah, da sind Sie ja, Chef! Was ist denn los?«

Missmutig blies ich den köstlichen Rauch durch die Zähne. »Nichts ist los, Liesel, ich hab höchstwahrscheinlich dieses Phantom verfolgt, aber es ist mir entwischt. Und außer diesem geheimnisvollen Dings da auf der Treppenstufe gibt es nichts, was uns in diesem Fall weiterbringen könnte. Wie soll ich denn nur … Augenblickchen mal! Was hab ich da gerade gesagt? Ein geheimnisvolles Dings?«

Liesel nickte. »Das sagten Sie, Chef.«

Ich balancierte meine *Overstolz* zwischen den Lippen und ließ meinen Blick schweifen. Sapperlot, hatte ich mich also doch nicht verguckt. Vor mir lag tatsächlich das besagte Dings! Das flüchtende Phantom musste es verloren haben.

Jetzt wurde es aber mal so richtig spannend, dachte ich und näherte mich langsam der Treppe.

»Was haben Sie denn da, Chef?«, fragte Liesel neugierig, da sie nicht sehen konnte, was ich da gerade aufhob. Ich antwortete nicht, denn ich war viel zu sehr damit beschäftigt, mich über diese heiße Spur zu freuen. Dann ließ ich das geheimnisvolle Dings in meiner Trenchcoattasche verschwinden.

Kapitel 3

Die Zeiger meiner Armbanduhr beliefen sich gerade mal auf halb acht und die Morgensonne hatte ganz hübsch Probleme, durch die schmierigen Fenster zu mir ins Büro zu scheinen. Ich wollte jedem neuen Tag stets einen Cognac voraus sein, daher goss ich mir mit der Dienstflasche, die stets neben dem Telefon beim Aschenbecher auf meinen Schreibtisch stand, das Glas voll. Ich konnte nach dieser Mordsnacht gut einen Mehrfachen vertragen und außerdem war es für Kaffee viel zu früh.

Gegen zwei Uhr in der Früh hatten Liesel und ich die Leichen von Anabelle und Esther samt den dazugehörigen Köpfen in den Kofferraum meines rosaroten Pandas gepackt und waren vom Schlosshof geritten. Zurück im hiesigen Polizeipräsidium hatten wir die kopflosen Damen in der Gerichtsmedizin deponiert, damit sich unsere Pathologin, Frau Doktor Anna Lühse, in aller Ruhe mit der Analyse dieser Kapitalverbrechen befassen konnte.

»Da können Sie sagen, was Sie wollen, Chef, aber der Graf verschweigt uns was«, sagte Liesel und ging dabei im Büro so doll auf und ab, als würden Schuhsohlen kein Geld kosten.

Ich machte derweil mein Cognacglas leer. »Aber so was von, liebe Liesel«, grummelte ich und schenkte mir großzügig nach. »Und überhaupt ist dieser Fall härter als ein Zehn-Minuten-Ei.«

»Was haben Sie denn da eigentlich auf der Treppe aufgehoben?«, fragte Liesel, und mir wurde klar, dass ich das noch gar nicht erzählt hatte.

»Ach, Sie werden staunen, Liesel! Auf der Treppe …«

Ein Klopfen an der Tür.

»Es tut mir leid, Liesel«, sagte ich, »Ich kann Ihnen das jetzt nicht sagen, ich muss ›Herein‹ rufen.«

»Na gut, Chef, dann tun Sie das.«

Es klopfte wieder und ich rief: »Herein!«

Die Frau, die mein Büro betrat, mochte um die Vierzig sein. Sie trug Pumps, ein blaues Kostüm und einen Bobschnitt auf dem Kopf.

»Wirtz-Baldt«, sagte die ansehnliche Frau mit tiefer Stimme und lächelte.

»Wie, wird's bald?«, fragte ich gereizt.

»Daniela«, brummte die Unbekannte und sah nun auch Liesel freundlich an. »Daniela Wirtz-Baldt.«

»Was ist denn das für ein Ton?«, erwiderte Fräulein Weppen konsterniert. »Außerdem heiße ich Liesel und nicht Daniela!«

»Ich weiß«, sagte die Bassfrau und lächelte unbeirrt weiter. »Sie sind Polizeimeisterin Liesel Weppen und Ihr Chef ist der Mann, der da im Trenchcoat an seinem Schreibtisch sitzt, verlegen nach seiner Cognacpulle greift und gleich seinen Hut zurechtrücken wird, weil er nicht weiß, was er sonst machen soll.«

»Schön und gut«, sagte ich und rückte meinen Hut zurecht. »Und Sie wünschen, bitte?« Ich blickte der Frau im blauen Kostüm erwartungsvoll in die warmherzigen Augen und goss simultan mein Glas voll.

»Wollen Sie mir keine von Ihren leckeren *Overstolz*-Zigaretten anbieten, Kommissar Engelmann? Wie man mir sagte, steckt da die Sonne Mazedoniens in jeder Schachtel.«

»Na, Sie sind ja top im Bilde«, staunte ich nicht schlecht und wusste, nachdem ich meinen Hut ja schon zurechtgerückt hatte, jetzt wirklich nicht mehr, was ich noch machen sollte.

»Natürlich, Herr Engelmann. Der Polizeipräsident hat mich bestens informiert.«

»Der ... Polizeipräsident?«, fragte Liesel nun sprachlos.

»Ja, und nun noch mal von vorne. Ich bin Daniela Wirtz-Baldt, die neue hiesige Staatsanwältin.«

»Na, das ist aber eine Überraschung«, sagte Liesel, und ihre Miene hellte sich auf.

Ich freute mich auch und begoss die gute Nachricht gleich mit meinem nächsten Schlückchen. Nachdem ich den vorherigen Staatsanwalt ein paar Monate zuvor als Leiche entlarvt hatte, war ich heilfroh, endlich wieder einen Vorgesetzten beziehungsweise eine Vorgesetzte zu haben, um nicht für den ganzen Scheiß im hiesigen Einsatzgebiet selbst verantwortlich zu sein. »Na, dann willkommen an Bord, Frau Staatsanwalt«, grinste ich und hielt meinem neuen Boss mit dem Bobschnitt meine *Overstolz*-Schachtel hin.

»Danke, Herr Kommissar«, sagte Daniela Wirtz-Baldt, nahm eine Fluppe und beugte sich dann zu mir über den Schreibtisch, um ihr Feuer entgegenzunehmen.

»Der Polizeipräsident berichtete mir auch, dass Sie beide gerade an einem sehr interessanten Fall arbeiten.«

»Stimmt, Frau Staatsanwalt«, sagte ich und steckte mir auch einen Glimmstängel ins Gesicht. »Es geht um das unheimliche Phantom mit der Maske, der fiesen Peitsche und dem langen, grünen Umhang. Bisher hat es zwei Frauen enthauptet und vermutlich kommen noch mehr hinzu.«

Frau Wirtz-Baldt blies den Rauch durch ihre Zähne und brachte ihren Bobschnitt in Schräglage. »Menschenskind, das klingt ja, als wäre das Phantom ein ganz schöner Lümmel!«

»Oder eine Lümmelin«, warf Liesel ein.

»Tja, meine Damen«, seufzte ich und zupfte an meinem Trenchcoatkragen. »Wahrscheinlich müssen wir alles in Betracht ziehen.«

Die Staatsanwältin sog wieder genüsslich an ihrer *Overstolz* und überlegte. »Sollten wir dann nicht schleunigst die Fahndung nach dem Phantom einleiten, Kommissar Engelmann?«

»Ohne Phantombild?«, fragte ich verständnislos. »Es tut mir leid, Frau Staatsanwalt, aber als ich die unheimliche Gestalt verfolgte, hatte ich keinen Fotoapparat dabei.«

»Schade.«

»Also können wir zum jetzigen Zeitpunkt nur mit Sicherheit annehmen, dass das unheimliche Phantom eine Maske trägt, eine Peitsche in der Hand hält und einen grünen, langen Umhang anhat«, resümierte ich und schenkte mir noch einen Cognac ein.

»Daher wohl auch der Name unseres köpfenden Killers«, mutmaßte die Staatsanwältin und jonglierte nachdenklich ihre Zigarette zwischen den schlanken Fingern.

»Das wäre möglich«, gab ich zu und nippte an meinem Glas. »Aber eine Spur haben wir dennoch, liebe Frau Wirtz-Baldt. Bei seiner Flucht hat das Phantom nämlich etwas im Treppenturm des Schlosses verloren. Ich wollte Polizeimeisterin Weppen just davon berichten, als Sie klopften.« Ich fummelte das Dings aus meinem Trenchcoat und legte es auf den Schreibtisch.

Liesels Augen wurden groß wie schöne Murmeln, und meine neue Chefin nickte anerkennend. »Na, das ist doch eine Hammerspur!«, entfuhr es ihr, während sie ihre Zigarette im Aschenbecher neben dem Telefon bei der Cognacflasche ausdrückte.

»Ich denke auch«, sagte ich zufrieden und sah meinen Fund an.

»Bravo, Kommissar Engelmann, ganz schön tüchtig. Von dem, was mir über Sie erzählt wurde, gehe ich davon aus, dass Sie den Fall ›unheimliches Phantom‹ ratzfatz aufklären werden!«

»Davon gehe ich aus«, meinte ich und quetschte nun ebenfalls meine Kippe in den Ascher. »Aber jetzt mal genug von diesen Schauergeschichten. Was führt Sie eigentlich in mein Büro, Frau Staatsanwalt?«

Nun lächelte meine frischgebackene Vorgesetzte wieder, zog zwei Zettelchen aus ihrem blauen Kostüm und wedelte damit.

»Ich wollte Sie heute Abend in den Kintopp entführen, Engelmann.«

»Nein!«, staunte ich in bester Louis-de-Funès-Manier.

»Doch!«, reagierte die Staatsanwältin völlig richtig und grinste breit. »Sozusagen als Einstand. Der Polizeipräsident hat mir nämlich gesteckt, dass Ihr Lieblingsfilm diese Woche im hiesigen *Roxy* läuft.«

»Ooh!«

»Dann also bis um neunzehn Uhr vor dem Kino«, lachte Daniela Wirtz-Baldt, warf ihren Bobschnitt in die Kurve und verließ mein Büro.

* * *

»Das hatten wir doch schon mal«, sagte Horst Frank und wankte um den umgestürzten, blauen Sportwagen herum. Das Blut an seiner linken Schläfe war geronnen und sein Silberblick aus Eis. »Merkwürdig, wie das Leben so spielt«, fuhr er fort, während Heinz Reincke mit der Waffe auf ihn zielte.

»Schieß doch!«, brüllte Horst Frank und Christiane Krüger rief: »Heinz!«, während sie zu den beiden Männern hinunter in die Grube stürmte.

Christiane legte nun ihren Arm um Reincke. Dieser hatte noch immer die Waffe auf Horst Frank gerichtet, der nun an der Karosse lehnte, und ich wusste genau, was Horst als Nächstes sagen würde. Aber kein Kunststück, wenn man den Film dreiundsechzig Mal gesehen hatte.

»Du kannst es nicht, ich sag's ja. Du hast noch nie 'ne Sache zu Ende gebracht.«

Ich schloss die Augen und wusste auch so, dass Heinz Reincke nun erst seinen Kopf und dann das Schießeisen senken würde. Und dann würde er es Horst vor die Füße werfen.

Christiane und Heinz gingen zusammen weg. Ich hörte nur die Schritte, und während Horst sich dann nach der Waffe bückte und sie aufnahm, kamen schon die Martinshörner. Dann fiel der Schuss. Der ging mir jedes Mal durch Mark und Pfennig. Kurz darauf schlugen die Autotüren von den Peterwagen. Und dazu spielte die ganze Zeit diese rattenscharfe Musik. Die Kamera schwebte aus dem Steinbruch in die Höhe … und Schluss.

»Wirklich ein toller Streifen, Engelmann«, schwärmte Daniela Wirtz-Baldt, als das Licht im Saal wieder anging. »Und der Klaus Schwarzkopf als Kommissar … Hut ab.«

»Nicht wahr?«, entgegnete ich und klopfte mir dabei selig die Popcornreste aus dem Schritt. »*Fluchtweg St. Pauli* ist nun mal mein absoluter Lieblingsfilm. Und das, obwohl er in Farbe ist.«

Die Frau Staatsanwalt schälte sich aus dem Kinosessel, ich setzte meinen Hut auf und drückte die Reste meiner *Overstolz* in den kleinen Sitzlehnenaschenbecher. Dann folgte ich meiner Chefin zum Ausgang.

Vor dem *Roxy* blies uns die klare Novemberluft um die Ohren. Obwohl es erst zehn nach neun abends war, konnte sich die Dunkelheit sehen lassen, und die Straßenlaternen hatten ihre liebe Müh mit ihr.

»Wie wär's mit einem Absacker im *Café Inkontinental*, Frau Staatsanwalt?«, fragte ich und zog meinen Trenchcoat zu. »Ich könnte auf Ihren Einstand jetzt dringend einen Cognac gebrauchen.«

»Gerne würde ich in Ihrem Stammlokal noch einen drauf machen, Kommissar Engelmann, aber es ist gleich schon spät, und ich gehe jetzt heim an der Matratze horchen«, sagte Daniela Wirtz-Baldt, und der warme Schein ihrer Augen leuchtete im Licht der Straßenlaternen. »Und Sie halten mich bitte im Fall ›unheimliches Phantom mit der Maske, fieser Peitsche und langem, grünem Umhang‹ auf dem Laufenden, ja?«

»Geht klar. Und danke für den schönen Kinoabend.«

Dann gab sie mir einen Schmatzer auf die Wange, machte sich stehenden Fußes auf den Heimweg und ihre Schühchen klackerten auf den abendlichen Straßen davon.

Ich fischte eine *Overstolz* aus meinem Mantel und klemmte sie mir ins Gesicht. Ich schrubbte ein Zündholz an und machte meiner Kippe Feuer unterm Hintern. Ich nahm einen ordentlichen Zug und drehte das Streichholzbriefchen dann noch eine Weile nachdenklich in der Hand.

Warum hatte das unheimliche Phantom es bloß auf den Stufen des Treppenturms verloren? Im Schimmer der Straßenlaterne las ich erneut, was in schiefer Schreibschrift draufgedruckt stand: *Wunderbar*. Ich schmunzelte in mich hinein. Da hätte ich doch glatt vor lauter Kinoabend die heiße Spur in diesem Fall fast komplett vergessen!

Die *Wunderbar* war eine Vergnügungsspelunke allerunterster Schublade und lag in *Soso*, dem hiesigen Rotlichtviertel. Genauer gesagt, war das Haus mit der *Wunderbar* das einzige Haus von *Soso*. Das machte die hiesige »geile Meile« eher zum »geilen Meter«. Nichtsdestotrotz gaben dort leicht bekleidete Damen alles von sich preis und die zwielichtigsten Gestalten die Klinke in die Hand. Die Kaschemme gehörte einem gewissen Bum Krüger, Schlägertyp, Zuhälter und Schmalspurganove in einer Person, dem ich leider nie etwas hatte nachweisen können.

»Was hatte das Phantom nur in dieser Pinte zu suchen?«, murmelte ich zu mir selbst und pustete Rauch in die Dunkelheit. »Aber wo ich schon mal in der Gegend bin, kann ich ja auch gleich mal überprüfen, ob was an der heißen Spur dran ist.« Also summte ich frohgemut die fetzige Titelmusik von *Fluchtweg St. Pauli* vor mich hin, überquerte die Straße und betrat Bums Lokal.

Kapitel 4

Kaum betrat ich die *Wunderbar*, war Unstrut im Saale. Alles drehte sich zur Tür und glotzte mich an.

»Hier stinkt's auf einmal so«, murrte Handtaschen-Kalle, der mit Juwelen-Karl-Heinz, Messer-Jockel und Dietrich-Dietrich an der Theke hockte. Er kräuselte seine Hakennasenflügel und griff nach seinem Bier.

»'n Abend allerseits«, sagte ich und tippte zum Gruß an meinen Hut. »Lassen Sie sich doch durch mich bitte nicht stören, meine Damen und Herren.«

Damen war natürlich etwas zu hochgegriffen für die aufgebrezelten, halbnackten Häschen, die durch die schummrige Hütte hoppelten, und mit Herren hatte ich es hier auch nicht gerade zu tun.

Ich durchquerte den Laden und ging zur Theke. »Steh nicht dumm rum, Bum«, sagte ich zu dem Klotz, der hinter dem Tresen stand. »Mach mir lieber einen Doppelten. Und bitte diesmal gefälligst ohne Eis, ja?«

»Wie Sie meinen, Kommissar Engelmann«, knurrte der grobschlächtige Wirt durch seine krummen Zähne und griff nach einer Pulle hinter sich. »Was führt Sie denn in meine heiligen Hallen?«

»Ermittlungen«, sagte ich knapp, und Bum stellte mir ein Glas vor die Nase. Der *Scharlachberg* war verdammt nah am Cognac und ich schüttete ihn mir lässig hinters Zäpfchen.

Plötzlich spürte ich ein paar heiße Lippen an meiner linken Muschel und eine Wolke Supermarktparfüm hüllte mich ein. »Na, du Hengst im Trenchcoat, lädst du mich auf ein Likörchen ein?«, säuselte es mir ins Ohr.

Ich schüttelte langsam den Kopf. »Polente, Puppe.«

Dem üppigen Püppchen fiel die verführerische Visage so flott aus dem Gesicht wie alter Mörtel, der von einer Mauer bröckelt. Sie wollte sich abwenden, doch ich packte eins ihrer Handgelenke. »Wo du gerade da bist, Puppe, hast du hier in letzter Zeit zufällig eine unheimliche Gestalt gesehen. Mit Maske, fieser Peitsche, langem, grünem Umhang und so?«

Sie tat so, als würde sie angestrengt überlegen, und ich ließ großzügig ein Fünfzigpfennigstück auf die Theke kullern. Und siehe da – wie durch ein Wunder fiel ihr ganz plötzlich was ein.

»Oh ja, Herr Oberkriminalrat, hab ich. Diese komische Type war in der letzten Woche ein paar Mal hier.«

»Und?«

»Nix und. Hat immer da vorne an Tisch sechs gesessen und auf die Bühne gestarrt. Aber immer nur, wenn *sie* an der Stange getanzt hat.«

»Wer *sie*?«

Das Püppchen beantwortete meine Frage, indem es stumm zur Bühne zeigte. Ich drehte mich um und erblickte eine eingeölte Tänzerin, die auf dem Podest vor einem bordeauxroten Samtvorhang zu den Klängen von Cliff Richards *Living doll* ihre Hüften schwang. Bis auf einen Slip und zwei knappe Streifen Panzerband über den Nippeln war sie nackt und rutschte im Takt der Musik an einer Metallstange erotisch rauf und runter.

Ich musste mich doch sehr wundern, denn ich kannte die Zuckerpuppe aus der Bauchtanztruppe nicht aus Wuppertal, sondern von ganz woanders. »Danke«, nickte ich dem Mäuschen zu, welches sich die fünfzig Pfennig in den Ausschnitt steckte und davonstolzierte, um einen der anderen Hengste anzuquatschen.

Ich bestellte den nächsten doppelten *Scharlachberg* und klebte mit den Augäpfeln weiter an der Bühne, wo das Mädchen wild die Metallstange einfettete. Es fuhrwerkte mit dem Becken wie ein Rodeoreiter ohne Gaul, warf die kastanienbraune Mähne immer wieder in den Nacken und leckte sich dabei die Lippen.

So sah also das Geldverdienen fürs Studium heutzutage aus, kombinierte ich, als plötzlich ein Schwirren zu hören war. Irgendetwas schoss hinter dem Samtvorhang hervor und fegte wie ein Blitz durch die verrauchte Luft! Das Mädchen von der Stange warf ihre Haarpracht in den Nacken, und diese fiel dann samt Köpfchen zu Boden. Als beides auf die Bühne bretterte, ergoss sich Elvira von Undzus kastanienbraune Mähne wie Bratensoße um einen Hefekloß. Der Rest von ihr konnte nicht länger die Stange halten und sackte mit einem quietschenden Geräusch danieder.

Ein Aufschrei ging durch die *Wunderbar* und Bum Krüger ließ sogar meinen frisch eingeschenkten Weinbrand fallen. Es war grausam.

Als ausgefuchster Kriminalist begriff ich augenblicklich, was passiert war, und sprang rüber zur Bühne. »Dass ihr mir hier ja nichts anfasst oder wegräumt!«, rief ich der Meute zu, die nun wie die Geier Richtung Tatort drängten, düste über die eingeölten Leichenteile hinweg und riss den bordeauxroten Vorhang beiseite. Dahinter verbarg sich ein düsterer Korridor. Schnelle Schritte hallten den Gang entlang und entfernten sich. Ich glaubte, etwas Grünes im matten Schein der Notbeleuchtung glimmen zu sehen, und wusste natürlich sofort, was zu tun war.

Ich nahm dementsprechend die Verfolgung auf und zückte das Megafon, das ich stets bei mir trug, aus der Trenchcoattasche. »Achtung, Achtung! Hier spricht die Polizei!«, brüllte ich hinein und lauschte simultan den Schritten. »Stehen bleiben, du Phantom! Ich bin Kommissar Heinz Engelmann, und das Spiel ist aus!«

Dann waren die Schritte plötzlich verschwunden, und eine Tür schlug zu.

»Verdammte Hacke, bitte nicht schon wieder!«, schrie ich in mein Megafon und steckte es in den Mantel zurück, als ich auch schon die geschlagene Tür erreichte. Ich drückte sie auf, schlüpfte hindurch und fand mich in der kleinen Gasse wieder, die zwischen der Kaschemme und dem Kino verlief.

Atemlos hielt ich den Atem an. Von irgendwelchen Schritten war keine Spur mehr zu hören! Und optisch war die Szenerie schwärzer als meine Lungenflügel.

Das Streichholzbriefchen hatte mich also auf die richtige Fährte bugsiert, doch was nützte mir das jetzt? Ich tastete mich in die düstere Gasse vor und suchte sie ab, doch das unheimliche Phantom mit der Maske, der fiesen Peitsche und dem langen, grünen Umhang war wie vom Erdboden verschluckt.

* * *

Noch immer kauerte ich professionell getarnt unter dem dicken Abflussrohr und brauchte jetzt dringend einen Cognac.

Ich musste kurz eingenickt sein, denn plötzlich schreckte mich Motorengeräusch auf, und der eisige Abendwind wehte vom hiesigen Kirchturm drei Glockenschläge herüber. Ich blickte von unter dem Rohr auf und sah die Scheinwerfer eines Wagens neben dem *Roxy* halten. Natürlich legte ich mich nun noch auflauernder auf die Lauer und wartete lauernd in meinem Versteck gespannt auf das, was vor sich ging.

Die Autotür klang exakt wie die meines rosaroten Pandas. Zwei Beine stiegen aus und im Gegenlicht der Scheinwerfer sah ich sie direkt auf mich zukommen! Vorsichtshalber tastete ich in meiner Trenchcoattasche nach der Dienstwaffe.

»Ach, hier sind Sie, Chef!«, hörte ich Liesel Weppens Stimme sagen und zuckte zusammen. Anscheinend meinte sie mich.

»Pssst, hier ist niemand«, zischte ich aus Angst, entdeckt zu werden. Dann hockte sich meine attraktive Assistentin auch schon zu mir. »Ich hab Sie überall gesucht«, flüsterte Liesel aufgeregt. »Da Ihre Zweitschlüssel ja immer am Brettchen im Büro hängen, habe ich mir Ihren Panda vom Präsidiumsparkplatz geschnappt und bin die ganze hiesige Gegend abgefahren. Gott sei Dank ist die nicht so groß. Gut, dass ich Sie in dieser Gasse im Vorbeifahren sofort gesehen habe, Chef, sonst hätte ich noch länger suchen müssen!«

»Aber Sie sehen doch, dass ich hier auf der Lauer liege, Liesel«, erklärte ich meiner Assistentin den Sachverhalt und seufzte. »Was gibt es denn so Dringendes, dass Sie mich unbedingt aufstöbern mussten?«

Liesel biss sich auf die Unterlippe. »Das Phantom hat wieder zugeschlagen!«, zischte sie. »Der Graf rief mich vorhin im Präsidium an und war wirklich schlecht drauf!«

»Ich halt's im Kopf nicht aus!«, sagte ich, obwohl mir die Wort fehlten, und kramte in meinem Mantel nach den *Overstolz*. »Dieses unheimliche Phantom wird mir langsam unheimlich. Da ist es längst zurück im Mäandertal, und ich hänge hier rum wie Falschgeld!« Ich riss eins der *Wunderbar*-Streichhölzer an, gab mir Feuer, und sah dem Qualm nachdenklich dabei zu, wie er durch die kleine Gasse in die Nacht hineingeweht wurde wie heimatloser Nebel.

* * *

Als ich den rosaroten Panda mit quietschenden Reifen auf dem Schlosshof zum Stehen brachte, wanderte Graf Robert von Undzu aufgebracht unter der Trauerweide auf und ab. Im Schein seines Kerzenleuchters sah er noch zerbrechlicher aus als bei unserem letzten Besuch. Der Luftzug der zuknallenden Autotüren hätte ihn fast weggeweht.

»Ach, was ist das alles schrecklich und so furchtbar …«, lamentierte der adelige Wandersmann, als Liesel und ich ausgestiegen waren. »Gut, dass Sie nach meinem Anruf im Präsidium gleich hergekommen sind.«

»Sie hätten mal besser schon im Präsidium angerufen, als Sie den bösen Brief bekommen haben, denn dann wären Ihre Frau und die Mädels nämlich noch am Leben!«

»Wahrscheinlich, Herr Kommissar, aber … ich habe ja immer noch Elvira und ...«

Ich fiel ihm ins Wort und schüttelte den Kopf. »Auch mausetot.«

Das Gesicht des Grafen spannte sich zu einem bleichen Leichentuch, und er schnappte nach Luft. »Und … wie …«

»Schnipp schnapp, Rübe ab«, sagte ich und formte dabei mit den Fingern eine lustige Schere.

»Nein!«

»Doch. Vom Phantom enthauptet«, behauptete ich. »Und zwar live auf der Bühne.«

»Ooh!«, brachte der Graf entsetzt heraus, und im Kerzenschein fielen seine Wangenknochen nun so sehr ein, dass man sie prima als Setzkästchen hätte nutzen können. »Ist das schrecklich«, jammerte er. »Was ist das alles schrecklich.«

So wie Klaus Schwarzkopf in *Fluchtweg St. Pauli* wusste auch ich, dass man einen Kriminalfall möglichst schnell aufklären sollte, also haute ich jetzt mal ein bisschen auf den Putz. »Sie, werter Herr Graf, halten jetzt mal den Mund und reden endlich Klartext!«, pampte ich. »Warum haben Sie mir nicht gesagt, dass Elvira in *Soso* in Bums Lokal die heißen Hüften schwingt?«

»Nun, meine Herrschaften von der Polizei ...«, begann er zögerlich, die dürren Mikadostäbchenfinger nun noch verkrampfter um den Kandelaber geklammert. »Wie würden Sie es denn finden, wenn Ihre rattenscharf aussehende Tochter im hiesigen Rotlichtviertel eine nackte Sohle aufs Parkett legt? Würden Sie damit hausieren gehen? Meine verstorbene Frau und ich haben Elvira zwar gesagt, dass ein derartiges Betätigungsfeld für einen Spross aus unserem Hause höchst inadäquat sei, aber sie wollte sich unbedingt ihr eigenes Geld fürs Studium verdienen und nicht auf das Familienvermögen zurückgreifen.«

»Das kann ich nachvollziehen«, sagte Liesel Weppen und rückte ihre Schirmmütze gerade. »Aber um Elvira müssen Sie sich nun ja keinen Kopf mehr machen.«

Der Graf rang mit den Tränen, und ich holte eine Overstolz aus meinem Trenchcoat. Zeit, auf dem nächtlichen Schlosshof eine durchzuziehen und sich nicht länger mit ollen Kamellen aufzuhalten.

»Aus welchem Grund hatten Sie eigentlich vorhin so miesepetrig im Präsidium angerufen, Herr Graf?«, fragte ich, nachdem ich ein paar kräftige Züge an meiner hochwertigen Zigarette getan hatte.

Der Herr Graf überlegte einen Moment und rief dann aufgebracht: »Eleanor! Du liebe Güte, es ging um Eleanor ... ganz grausam ... bitte kommen Sie!« Er machte auf dem Absatz kehrt und huschte quer über den Hof davon.

Polizeimeisterin Weppen und ich folgten dem Flackern seines Kerzenleuchters und gelangten durch ein hölzernes Tor in den Nordflügel des Schlosses.

»Schnell! Hier entlang!«, drängte der Graf, und sein Atem rasselte dabei wie eine rostige Ankerkette. »Es muss vor etwa einer Stunde gewesen sein, da saß ich beim Sherry im Salon und hörte plötzlich, wie Eleanor in ihrem Zimmer brüllte: ›Das Phantom! Papa, komm schnell, das Phantom ist hier und will mich umbr...‹ Und dann war Stille!«

»Ui! Das bedeutet bestimmt nichts Gutes«, stellte meine attraktive Assistentin mit ernster Miene fest, und gemeinsam folgten wir dem Grafen die schmale Treppe empor, am Wohnsalon vorbei und hinauf in den zweiten Stock.

»Jetzt links und dann die dritte Tür rechts!«, keuchte der Graf, als wir endlich oben ankamen. Ich trat meinen aufgerauchten Glimmstängel auf dem Flur aus, stieß die entsprechende Zimmertür auf – und der Anblick, der sich mir bot, fiel mir gleich ins Auge.

Eleanor saß hinten rechts in einem Sessel, ihr Kopf lag vorne links beim Bett. Dazwischen lief eine Blutspur durchs Zimmer. Liesel fasste sich an den Hals, als hätte man ihr gerade erzählt, dass Dracula in der Gegend sei.

Mein Blick fiel auf das Keksdöschen, das Eleanor auf dem Schoß hatte und mit beiden Händen fest umklammerte. Sollte das etwa etwas zu bedeuten haben? Beim aktuellen Stand der Ermittlungen musste ich allem nachgehen, also folgte ich der Blutspur zum Sessel und griff nach der Dose. Schon auf der Polizeischule hatte ich gelernt, dass man eine Keksdose nie nach ihrem Aufdruck beurteilen sollte, daher sagte mir mein kriminalistischer Verstand auch, dass garantiert keine Zitronenbiskuits drin waren.

Nach einigem Hin und Her überließ mir Eleanor mit leichenstarren Händen das Blechkästchen, ich klappte den

Deckel auf und stieß darin auf einen Stoß Fotografien. Neugierig zog ich sie heraus. Die Fotos waren schwarz-weiß und hatten vergilbte Büttenränder. Die meisten stellten Kinderfotos von Eleanor dar. Die kleine Eleanor auf der Schaukel, Eleanor bei einem Gartenfest mit einem Stück Kuchen in der Hand, Eleanor mir ihrer Schwester Esther beim Federballspielen auf der Schlossterrasse. Ich blätterte weiter. Ein paar Familienportraits waren auch dabei. Eins zeigte einen deutlich jüngeren Robert von Undzu mit Frau Anabelle und Baby Esther auf dem Arm. Dann eins, auf dem die lächelnden Eltern mit allen Töchtern posierten, aufgereiht wie die Orgelpfeifen. Ich erstarrte! Meine Knie wurden zu Butter, und es war, als würde mir die ganze zweite Etage des Schlosses unter den Füßen weggezogen.

»Was haben Sie, Chef?«, fragte Liesel, die neben dem Grafen im Türrahmen stand und sofort merkte, dass etwas im Busch war.

Ich antwortete nicht, sondern starrte weiter wie gebannt auf die Fotografie.

Kapitel 5

Verdammte Hacke, jemand hat die Drähte durchgepeitscht!«, fauchte ich und rückte verärgert meinen Hut zurecht. Mittlerweile wusste ich, wer sich hinter der Maske des unheimlichen Phantoms mit der Maske, der fiesen Peitsche und dem langen, grünen Umhang verbarg. Und daher hätte ich jetzt natürlich gerne die Frau Staatsanwalt verständigt, um Verstärkung anzufordern und das Mäandertal umstellen zu lassen.

Ich knallte den toten Hörer auf die Gabel zurück, durchquerte den Wohnsalon und wandte mich an Liesel. »Behalten Sie mir den Herrn Grafen gut im Auge, denn es ist mehr als wahrscheinlich, dass er der nächste auf der Liste ist, denn außer ihm ist von seiner Truppe ja niemand mehr übrig.«

»Mach ich, Chef!«

»Also, ich verstehe das nicht«, meinte der Graf und hielt das durchtrennte Telefonkabel in der Hand wie eine ausgerollte Lakritzschnecke. »Vorhin funktionierte der Apparat doch noch.«

Wütend wandte ich mich an den Schlossherrn. »Jetzt aber Butter bei die Fische!«, fuhr ich ihn an. »Was haben Sie dem unheimlichen Phantom nur angetan, dass es Ihnen erst einen bösen Brief schreibt und sich dann so blutrünstig an Ihrer Familie rächt?«

Der Adelsmann schluckte. »Na gut, ich werde reden ...«, begann er kleinlaut und schnitt dabei ein Gesicht, dass man jederzeit an Gruselfilme ausleihen konnte. »Das ist so, Herr Kommissar, vor vielen Jahren habe ich die ...«

Ein scharfes Zischen fiel Robert von Undzu ins Wort und peitschte durch die Luft! Dem Geräusch nach war es eine

Peitsche. Sie glitzerte metallisch im gemütlichen Schummerlicht des Salons, schoss heran und wirbelte von hinten um des Grafen Hals. Dieser gurgelte noch ein bisschen vor sich hin, ein vernünftiger Satz war aber nicht mehr aus ihm rauszukriegen.

»Um Himmels willen!«, rief Liesel erschrocken und verschanzte sich hinter mir, während der Deez geschnitten und am Stück von den sehnigen Schultern des Grafen kippte und auf dem Teppich herumkullerte. Dann sackten die adeligen Überreste wie eine klapprige Ziehharmonika zu Boden, und die Peitsche schnackte fauchend dahin zurück, wo sie hergekommen war.

Das ganze Schauspiel dauerte nur Sekunden, machte aber gehörig Eindruck. Ich hatte viele Jahre erfolgreich mit Pathologen zusammengearbeitet, um zu wissen, dass man so was nicht überleben konnte.

Ich riss den Kopf herum und wäre wie angewurzelt stehen geblieben, wenn ich nicht schon gestanden hätte. Das Phantom! Es stand in der Salontür und funkelte uns durch seine Maske mit gehässigen Augen an. Die bluttriefende Peitsche, die allem Anschein nach weder aus Leder, noch aus einem Strick, sondern aus einer Art Laubsägendraht bestand, hielt es im Anschlag.

Ich merkte, wie ich eine Gänsehaut bekam, die mir bis auf die Knochen sickerte.

»Pumpe weg, oder ich peitsche dich voll Blei!«, rief ich und zog im Handumdrehen meine *Mauser PPK* aus dem Trenchcoat. Nun musste ich wirklich Kopf und Kragen riskieren und dabei möglichst beides behalten.

Auch Liesel wollte gerade blitzschnell nach ihrer Dienstwaffe greifen, da holte das unheimliche Phantom plötzlich aus und schwang seine fiese Peitsche nach uns! Ich drückte ab.

Mit einem schrillen Kreischen ließ die grüne Gestalt den Arm sinken und krümmte sich. Dann war sie plötzlich aus dem Türrahmen verschwunden.

* * *

Offenbar hatte ich dem maskierten Monstrum ein ganz ordentliches Loch in die Kutte gebrutzelt, denn die saftige Blutspur führte uns die schmalen Treppen hinunter, auf den Hof und dann hinüber zur Schlosskirche. Immer wieder blitzte Blut im Mondlicht auf und wies Liesel und mir den Weg.

Das Portal der Kirche stand offen, und im fahlen Schein des Mondes erkannte ich sofort, dass es 1616 erbaut worden war. Gemeinsam mit meiner Assistentin schlüpfte ich in das stockdunkle Gotteshaus und riss ein Zündholz an. Im wabernden Licht tat sich der monumentale Altarraum vor uns auf.

Ein prunkvolles, steinernes Epitaph für Adalbert II. thronte im hinteren Teil an der nördlichen Außenwand und reichte fast bis unter die gewölbte Decke. Es musste zweifellos aus dem Jahre 1628 stammen, stellte ich fest, denn neben meinem siebten Sinn für mörderische Verbrechen hatte ich auch für Architektur ein gutes Näschen.

Ich riss ein neues Streichholz an. Vor den drei breiten Stufen, die zum Altar führten, verharrten Liesel und ich. Hier endete nämlich die Blutspur. Dafür glaubte ich, ein Stöhnen zu vernehmen.

»Das kam von unten!«, stellte ich fest und hielt das flackernde Zündholz in Richtung der Steintreppe, die rechter Hand in die Tiefe führte.

»Aus der Gruft?«, fragte Liesel und machte ihre schönen Augen riesengroß.

Wieder drang ein Stöhnen zu uns herauf.

»Los, kommen Sie«, flüsterte ich, brachte das nächste Streichholz in Gang und schritt die Stufen voran, abwärts in die Krypta. Jetzt war es nur noch eine Frage der Zeit, dass mir das Phantom in die Falle gehen würde, denn aus der Schlossgruft gab es kein Hintertürchen.

Wenig später gelangten Liesel und ich in die Krypta. Wieder riss ich ein Zündholz an. Der Raum vor uns war quadratisch und die kreuzgratgewölbte Decke wurde nur von einem einzigen Mittelpfeiler gehalten.

»Da haben wir ja den unheimlichen Halsabschneider!«, sagte ich zu dem unheimlichen Phantom, das sich mit blutverschmiertem, langem, grünem Umhang an den Pfeiler stützte. »Jetzt ist Ende im Gelände!«

»Das hatten wir doch schon mal«, stöhnte die Gestalt und wand sich vor lauter Phantomschmerzen. »Merkwürdig, wie das Leben so spielt.«

Jetzt fehlte nur noch, dass Christiane Krüger angerannt kam und »Heinz!« rief. Doch sie kam nicht.

»Schieß doch!«, fauchte mich das Phantom durch seine Maske an und sank dann mit einem stöhnenden Laut auf die Knie. Die blutige Knute fiel ihm aus der Hand und landete auf dem Steinboden der Krypta.

»Du kannst es nicht, Heinz«, keuchte das vermummte Monstrum und glotzte mich argwöhnisch an.

»Wer steckt denn nun hinter der Maske, Chef?«, fragte Liesel gespannt und ich grinste in mich hinein. »Seit ich die Fotos in Eleanors Blechdose gesehen habe, weiß ich Bescheid«, sagte ich, begeistert darüber, dass ich den Fall so super gelöst hatte. »Das unheimliche Phantom mit der Maske, der fiesen Peitsche und dem langen, grünen Umhang ist niemand anderer als …«

»Halt!«, röchelte plötzlich das Phantom und sein schwerer Atem hallte gespenstisch durch die Krypta. »Ich will es selber verraten!«

Ich schüttelte den Kopf und entflammte das nächste Streichholz. »Du hast doch wohl nicht alle Tassen auf dem Zaun! So etwas löst grundsätzlich am Ende der Kommissar auf!«

»Ach Engelmann, du warst schon immer ein Klugscheißer!«

»Und du bist dieselbe blöde Ziege wie früher«, seufzte ich und zog dem Killer die Kutte vom Schädel.

Zwei eng stehende Augen, umrahmt von buschigen, über der Nase zusammengewachsenen Augenbrauen blickten mich argwöhnisch an.

»Du lieber Himmel«, rief Polizeimeisterin Weppen so überrascht, dass sie fast vom Glauben abfiel. »Elke Pohn!«

»Bingo, Liesel! Meine ehemalige Klassenkameradin Elke Pohn!«

Schon damals, während unserer gemeinsamen Schulzeit, war die Elke böse gewesen. Sie hatte bei den Steiffrollern ihrer Klassenkameraden die Reifen aufgeschlitzt und im Supermarkt die Malschablonen aus den Deckeln der Nutellagläser geklaut. Und am Kiosk hatte sie immer die Gimmicks aus den YPS-Heften stibitzt!

Das war mittlerweile eine halbe Ewigkeit her, und seitdem hatte sie eine ganz ansehnliche kriminelle Karriere gemacht und sich im Laufe der Jahre zu einer international gesuchten Agentin und Auftragskillerin gemausert. Elke Pohn war mir nur kurz zuvor bei einem anderen Fall über den Weg gelaufen und entkommen, doch diesmal würde sie ins Zuchthaus wandern, bis ihr Hören und Sehen verging!

»Woher wusstest du, dass ich das Phantom bin, Heinz?«, fragte Elke und etwas Blut rann ihr aus dem Mundwinkel.

»Du hast einen großen Fehler gemacht. Du hast vergessen, deiner Schwester Eleanor die Dose mit den Familienfotos wegzunehmen, auf denen alle vier Töchter drauf sind!«

»Vier Töchter?!«, fragte Liesel, mehr als verdutzt.

»Allerdings. Esther, Elvira, Eleanor und Elke.«

»Und natürlich hast du mich auf dem Foto erkannt, du verdammter Polyp!«, fauchte Elke und krümmte sich dann wieder vor Schmerz.

»Na klar«, gab ich zurück. »Außerdem konnte das Phantom nur jemand sein, der sich super im Schloss auskennt. Sonst hätte es mir bei den Verfolgungsjagden ja nicht immer entwischen können.«

Liesel kratzte sich baff ihre lange, blonde Mähne. »Aber, Chef, heißt das, der Graf war Elkes Vater und sie ist eigentlich Elke von Undzu?«

»Genau, Liesel. Und als ich das wusste, habe ich ganz schnell eins und eins zusammengezählt.«

»Na, dann erzähl schon, du Streber!«, keuchte Elke, deren Kräfte nun zu schwinden schienen, aber kein Wunder – sie hatte auf dem Weg vom Salon bis in die Schlosskirche bestimmt an die vier Liter Blut verloren.

»Also gut«, sagte ich, munter das nächste Zündholz anreißend. »Der Graf und seine Frau liebten ihre vier Töchter, doch als herauskam, dass die kleine Elke auf die schiefe Bahn geraten war, hat Papa Graf ihr nicht nur den Hosenboden versohlt, sondern sie kurzerhand auch verstoßen und vom Schlosshof gejagt. Dafür hat sich Elke nun an ihm und dem Rest der Familie gerächt und sie in Gestalt des unheimlichen Phantoms verhackstückt, um als Alleinerbin dazustehen.«

Elke Pohns schäbiges Grummeln bestätigte mir, dass ich recht hatte.

»Aber Chef«, warf Liesel ein. »Wenn die Elke eine geborene von Undzu ist, wieso nennt sie sich dann Elke Pohn?«

»*Pohn* ist ein Nachname, den sie sich gegeben hat, weil er im Verbund mit ihrem Vornamen wie ›Al Capone‹ klingt, wenn man ihn ausspricht.«

»Clever«, befand meine attraktive Assistentin. »So ein Name ist für eine Gaunerin natürlich spitze!«

»Allerdings. Aber jetzt ist das Spiel aus!«, sagte ich und wandte mich dann wieder an das demaskierte Phantom, das nun noch gekrümmter am Mittelpfeiler der Krypta lehnte und mittlerweile ein Schatten seiner selbst war. »Aber eins würde mich ja noch interessieren, Elke. Warum hast du überhaupt in dieser unheimlichen Gestalt gemordet und nicht zum Beispiel als der Glöckner von Notre-Dame oder Frankensteins Braut?«

Meine ehemalige Klassenkameradin stieß ein heiseres Krächzen aus, das wohl ein Lachen sein sollte. »Weil gerade keine andere Tarnung mehr in unserem Agentenfundus war außer dem Phantomkostüm.«

»Verstehe.«

Ein weiteres Lachen Elkes wurde zu einem grässlichen Gurgeln, und ich sah, wie ihr Blut aus den Mundwinkeln rann.

»Das sieht nicht gut aus, Chef«, sagte Liesel und blickte ernst drein. »Wenn das so weiter geht, ist Elke Pohn gleich tot.«

»Und kommt deswegen nicht in den Knast? Ha! Das könnte ihr so passen!«, brummte ich und erzählte meiner Assistentin, was ich vorhatte.

* * *

Keuchend schleiften wir Elke aus der Kirche auf den Schlosshof hinaus.

»Ich glaube nicht, dass ich … dass ich es bis ins hiesige Krankenhaus schaffe, Heinz …«, murmelte sie mit rotbraun verkrusteten Mundwinkeln und ihr Kopf schlackerte hin und her.

»Unsinn«, stöhnte ich. »Mit dem rosaroten Panda können wir in einer Dreiviertelstunde da sein, und wenn das Krankenhaus dann um sechs Uhr aufmacht, kann Doktor Sievers dir die Kugel ziehen.«

»Achtung, Chef!«, rief Liesel, doch es war schon zu spät. Elke war uns aus dem Armen gerutscht und zu Boden geklatscht.

»Ich glaube … es … es geht zu Ende … mit mir …«, röchelte Elke Pohn, die mit dem Rücken auf dem Schlosshof lag und mit glasigen Augen in den Himmel starrte.

»Liesel, holen Sie doch schnell den Panda ran«, sagte ich kurz entschlossen. »Dann geht es schneller.«

Liesel tippte an ihre Schirmmütze und rannte los.

»Halt durch, Elke«, sagte ich. »Wenn du erst mal im Zuchthaus bist, wird alles gut.«

Ich glaubte, sie im Mondlicht nicken zu sehen, dann riss sie plötzlich die Augen auf.

»Kumma, da hinten!«, rief Elke aufgeregt und zeigte mit zitternder Hand nach oben. »Ein UFO!«

Ich riss den Kopf hoch und suchte den grauen Himmel ab. »Wo?«

Ich achtete nicht auf die Schritte, die sich auf dem Schlosshof entfernten, ich war viel zu sehr damit beschäftigt, zwischen den Millionen von funkelnden Sternen ein unbekanntes Flugobjekt auszumachen. »Wo denn, zum Teufel?«, fragte ich Elke nun verärgert und sah, dass sie nicht mehr zu meinen Füßen lag. Da hatte mich die blöde Ziege doch glatt mit meinem eigenen Trick verkohlt! Die »Kumma-da-hinten-ein-UFO-Routine« hatte mich schon so manches Mal aus einer brenzligen Situation gerettet, doch nun hatte sie mich ganz ordentlich in die Scheiße geritten. Statt übel im Sterben, hatte Elke Pohn nämlich topfit im Schotter gelegen.

Kopfschüttelnd holte ich eine *Overstolz* aus der Manteltasche, steckte sie an und blinzelte in die Scheinwerfer des sich nähernden rosaroten Pandas. Ich beugte mich zu der Blutspur hinunter, die noch immer von der Schlosskirche rüber zum Nordflügel verlief. Ich tunkte einen Finger hinein – Ketchup. Verdammte Hacke, hatte ich wohl doch vorbeigeschossen …

Ich fühlte mich wie im falschen Film und hatte auf einmal wieder die Titelmelodie von *Fluchtweg St. Pauli* im Kopf. Ich summte sie eine Weile vor mich hin, nippte an meiner *Overstolz* und blies den Rauch zu den Sternen empor, die über dem Schlosshof langsam in der Morgendämmerung verblassten.

Bonusmaterial

Alternative Büroszene

Die Zeiger meiner Armbanduhr beliefen sich gerade mal auf halb acht, und die Morgensonne hatte ganz hübsch Probleme, durch die schmierigen Fenster zu mir ins Büro zu scheinen. Zurück im hiesigen Polizeipräsidium hatten wir die kopflosen Damen in der Gerichtsmedizin deponiert. Sollte sich doch unsere Pathologin, Frau Doktor Anna Lühse, um die Analyse dieser Kapitalverbrechen einen Kopf machen.

»Da können Sie sagen, was Sie wollen, Chef, aber der Graf verschweigt uns was«, sagte Liesel und ging dabei im Büro so doll auf und ab, dass sie den Staub aufwirbelte wie eine Bisonherde die Prärie, wenn sie auf der Suche nach Wasser durch die nordamerikanischen Badlands prescht.

Ich machte derweil mein Cognacglas leer. »Aber so was von, liebe Liesel«, grummelte ich und schenkte mir großzügig nach. »Und überhaupt ist dieser Fall härter als ein Zehn-Minuten-Ei.«

»Was haben Sie denn da eigentlich auf der Treppe aufgehoben?«, fragte Liesel, und mir wurde klar, dass ich das noch gar nicht erzählt hatte.

»Ach, Sie werden staunen, Liesel! Auf der Treppe …«

In diesem Augenblick klingelte das Telefon, das immer auf meinem Schreibtisch neben dem Aschenbecher bei der Cognacflasche stand.

»Es tut mir leid, Liesel«, sagte ich, »ich kann Ihnen das jetzt nicht sagen, ich muss das Gespräch entgegennehmen.« Ich stellte mein Cognacschwenker ab und griff nach dem Hörer. »Ja? Hiesige Mordkommission. Kommissar Heinz Engelmann am Draht.«

»Wirtz-Baldt.«

»Bitte?«

»Wirtz-Baldt«, wiederholte die tiefe Frauenstimme nun mit etwas mehr Schmackes. »Daniela.«

»Was ist denn das für ein Ton?«, sagte ich pampig in den Hörer. »Außerdem haben wir hier keine Daniela!«

»Ich weiß«, konterte der weibliche Bassbariton. »Wenn ich Wirtz-Baldt gesagt habe, dann ist das, weil ich so heiße.«

»Wie?«

»Daniela Wirtz-Baldt.«

»Och. Und was kann ich für Sie tun?«

»Ich bin die neue Staatsanwältin und gleichzeitig ab sofort Ihr neuer Boss, Engelmann. Und wenn's Ihnen nichts ausmacht, dann kommen Sie doch mal in mein Büro rüber.«

Dann machte es Klick in der Leitung und weil ich ohne Telefongespräch mit dem Hörer nichts anzufangen wusste, legte ich ihn auf die Gabel zurück.

Dann saugte ich die Cognacneige aus meinem Glas, erhob mich und ging Richtung Tür. »Bin gleich wieder da, Liesel.«

»Eins muss ich aber noch fragen, bevor diese alternative Fassung unserer Büroszene zu Ende geht, Chef«, sagte Liesel und sah mich dabei mit ihren Kulleraugen an.

»Dann aber schnell, ich muss zur Frau Staatsanwalt.«

»Haben Sie *Fluchtweg St. Pauli* wirklich schon dreiundsechzig Mal gesehen?«

Ich nickte, dann fiel die Bürotür hinter mir ins Schloss.

Alternative Kinoszene

Was für'n Nitro?«, fragte Horst Frank und kam ins Zimmer. Sein längsgestreiftes Hemd war aufgeknöpft und sein Silberblick war aus Eis.

»Der Laster, den wir geknackt haben …«, keuchte Fritz Beckhaus, der von Horsts Jungs ordentlich in die Mangel genommen wurde. »Er war nicht leer. Da stand noch Suppe drin … zwanzig Kanister. Ich bin doch nicht lebensmüde!«

»Wo steckt das Zeug jetzt?«, ließ Horst Frank nicht locker.

»Keine Ahnung«, gab Beckhaus zurück. »Ich hab doch mitten auf der Landstraße 'ne Fliege gemacht …«

»Wo ist Lew Hutton?!«, fiel ihm Horst nun grantig ins Wort, und seine Miene wurde noch härter.

»Jetzt reicht's mir aber!«, brüllte ich in den Saal und drehte mich um. »Was soll denn das sein?«

»Ich weiß es nicht!«, wimmerte Fritz Beckhaus, der von Horsts Gorillas am Schlafittchen gepackt wurde.

»Ich glaub, ich bin im falschen Film!«, schrie ich quer durchs Lichtspielhaus.

»Ruhe!«, rief irgendein Blödmann zwei Reihen vor uns.

»Denk dir mal was Schönes aus«, sagte Horst Frank unterdessen zu seinem Obergorilla, legte sich seinen feuchten Waschlappen um den Hals und verließ das Zimmer.

Daniela Wirtz-Baldt beugte sich zu mir rüber. »Ist das nicht Ihr Lieblingsfilm, Herr Engelmann?«

»Nein!«, rief ich, weil ich echt sauer war.

»Psst!«, zischte es nun von allen Seiten. Auf der Leinwand bezog Fritz Beckhaus mittlerweile ordentlich Senge von Horst Franks Jungs, weil er partout nicht reden wollte.

»Zum Kuckuck, das ist nicht *Fluchtweg St. Pauli*, sagte ich zur Frau Staatsanwalt. »Da läuft *Um null Uhr schnappt die Falle zu*.«

»Ach so«, erwiderte meine Vorgesetzte. »Ich hatte mich schon gewundert, warum da so wenig von St. Pauli zu sehen ist …«

»Das liegt daran, liebe Daniela, dass dieser Streifen hauptsächlich in New York gedreht wurde.«

»Aha.«

»Außerdem ist dieser Jerry-Cotton-Kram völlig unrealistisch, Frau Staatsanwalt. Der Ermittler ballert immer nur wild rum und löst dann mit irgendwelchen Heldentaten und hanebüchenen Schlussfolgerungen den jeweiligen Fall.«

»Nein!«, brüllte Beckhaus, dem etwas Blut aus dem rechten Mundwinkel lief. »Lew hat noch 'ne andere Freundin. Ruth Warren heißt sie. Die wohnt in der Park Avenue ... sie ist ganz scharf auf ihn. Vielleicht, dass er ... oaoaoah.«

»Verdammte Hacke!« Genau wie Fritz Beckhaus reichte es mir jetzt auch. »Ich will *Fluchtweg St. Pauli* sehen!«, blökte ich wieder quer durch den Saal, zum Filmvorführer rauf.

»Schnauze!«, brülle der Blödmann zwei Reihen vor uns jetzt und schmiss mir eine Schachtel Eiskonfekt an die Birne.

»Deckung!«, rief ich zur Frau Wirtz-Baldt und zog sie zwischen die Kinostuhlreihen.

Mittlerweile war *Um null Uhr schnappt die Falle zu* angehalten worden, und nur ein milchiger Lichtkasten war auf der Leinwand zu sehen.

»*Fluchtweg St. Pauli* läuft nebenan im kleinen Saal!«, rief mir nun der Filmvorführer von oben zu.

»Ach so!«, rief ich zurück und tippte zum Dank an meine Hutkrempe.

Dann robbte ich gemeinsam mit der Frau Staatsanwalt zwischen den Stuhlreihen durch bis zum Gang. Es flogen zwar noch ein paar Eiskonfektschachteln, aber sie trafen uns nicht. Geduckt rannten wir auf den Korridor hinaus und durch die nächste Tür in den kleinen Saal des *Roxy*, als Horst Frank gerade zu Sigurd Fitzek sagte: »Mach'n Mund zu.«

Das Küchenfenster zum Hof

Kapitel 1

Es gibt Morgende, da wacht man auf und wünscht sich, man wäre noch am Leben.

Dieser war so einer. Mein Schädel war groß wie ein Medizinball und schwer wie ein Amboss. Und unaufhörlich hämmerte jemand darauf ein. Bumm, bumm, bumm. Ich versuchte aus der Wäsche zu gucken, doch meine Augäpfel fühlten sich an, als wären sie in den Sockeln festgerostet.

Stöhnend rollte ich mich herum, kam auf dem Kreuz zu liegen und stieß gegen die leere Cognacflasche, die mit mir die Nacht verbracht hatte. Ich hörte ihr dabei zu, wie sie eine Weile über das Linoleum kullerte, dann lauschte ich wieder dem Schmied, der in meiner Birne tüchtig zu Werke ging. Bumm, bumm, bumm und nochmals bumm. Ein Metronom direkt aus der Hölle.

Ich rieb mir die schleierhaften Augen, doch der Vorhang hob sich nur sehr langsam. Und der Bühnentechniker, der die Szene ausleuchten sollte, war anscheinend nur eine Aushilfe.

Eine gelbliche Gardine hing wie ein totes Segel kopfüber am offenen Fenster. Meine Nasenflügel waren hart am Wind und rochen den Duft von verschüttetem Schnaps und kaltem Qualm. Man hätte meinen können, ich wäre in einer versifften Hafenkaschemme gestrandet, doch mit dem, was von meinem scharfen Ermittlerblick übrig geblieben war, erkannte ich genau, wo ich mich befand: in meiner Küche unter dem Esstisch.

Nach wie vor dieses erbarmungslose Pochen in meinem Schädel, das nun plötzlich auch von der Wohnungstür herzurühren schien.

»Kommissar Engelmann?«, drang es dumpf zu meinen Öhrchen durch, und ich stutzte. Damit konnte eigentlich nur ich gemeint sein, denn soweit ich mich erinnerte, war ich das. Kommissar Heinz Engelmann. Einer der ausgefuchstesten alten Hasen, die die Kriminalpolizei zu bieten hatte, und zudem Leiter der hiesigen Mordkommission. Gut, Hiesig war zwar nur ein kleines Kaff, in dem fast nie etwas geschah, geschweige denn in Büchern wie *1001 Orte, die man eventuell mal gesehen haben sollte* vorkam, aber wenn hier dann doch mal etwas passierte, dann aber hallo! Und so hatte ich im Laufe meiner zig Dienstjahre schon so manchen Mord und anderes kriminelle Zeugs aufgeklärt.

Bumm, bumm, bumm hämmerte es weiter. Tatsächlich! Da wollte jemand was von mir und war wohl zu blöd, um auf die Klingel zu drücken.

»Hallo? Kommissar Engelmann?!«, brummte eine Bassstimme von draußen.

»Momentchen!«, rief ich und merkte, dass meine Stimmbänder belegter waren als die Liegestühle auf dem Sonnendeck der *Andrea Doria*.

Brummelnd krabbelte ich unter dem Küchentisch hervor, zog mich an einem der Tischbeine in die Höhe und kam zum Stehen. Oder so was Ähnliches. Schwankend rückte ich meinen Hut zurecht und besah mir das Schlachtfeld. Offene Schubladen und Schränke, Besteck und Töpfe auf dem Boden, ebenso mein Eierschneider, ein Quirl und eine zerbrochene Untertasse mit Zwiebelmuster.

»Los, Engelmann! Wir wissen, dass Sie da sind!«, meldete sich erneut die tiefe Stimme.

Ich fand meine Hauspantoffeln gut gelüftet auf der Fensterbank und schlüpfte hinein. Aber nicht bevor ich sie auf den Boden gestellt hatte.

»Bin ja schon unterwegs!«, murmelte ich, stolperte über die leere Cognacflasche und torkelte aus der Küche.

Wieder polterte es an die Wohnungstür, diesmal wortlos.

»Ja, verdammte Hacke, ich komm ja schon.« Ich ging durch die Diele, am Telefonapparat und der Garderobe vorbei und fummelte mit zittrigen Fingerchen die Sicherheitskette auf Seite.

»Nun machen Sie schon auf, Engelmann. Wirtz-Baldt!«

Instinktiv griff ich nach meinem Trenchcoat, der an der Garderobe Falten geworfen hatte, und streifte ihn über. Prompt fühlte ich mich im Dienst und öffnete die Tür. »Wo brennt denn der Schuh?«, fragte ich und sah Daniela Wirtz-Baldt gespannt an.

Die aparte Frau mit dem Bobschnitt auf dem Kopf schnupperte. »Menschenskind, Engelmann, haben Sie bei sich zu Hause 'ne Kneipe aufgemacht?«

»Nein«, schüttelte ich den schwindeligen Kopf. »Sie als Staatsanwältin sollten doch wissen, dass es verboten ist, in privaten Räumen ein Gewerbe zu betreiben.«

Ich sondierte das Treppenhaus hinter ihr. Wachtmeister Meister, unser Mann von der hiesigen Verkehrspolizei, sowie meine attraktive Assistentin, Polizeimeisterin Liesel Weppen standen ebenfalls auf meiner Matte.

»Guten Morgen zusammen.« Ich lächelte so gelöst wie es mit meinem Medizinballschädel ging, doch keiner von den Dreien lächelte in irgendeiner Form zurück. Im Gegenteil, sie starrten mich furchtbar ernst an, wie in einem Fernsehkrimi, wenn gerade einer ermordet wurde. Liesel liefen sogar Tränen über die hübschen Bäckchen.

»Meine Fresse, was ist denn Schlimmes passiert?«, fragte ich ratlos, holte eine Zigarette aus meiner Manteltasche und steckte mir die leckere *Overstolz* zwischen die Zähne.

»Das sollten Sie doch am Besten wissen, Engelmann«, sagte die Staatsanwältin tief und ohne eine Miene zu verziehen. »Dürfen wir reinkommen?«

»Geht nicht.«

»Und wieso nicht, Herr Kommissar?«, schaltete sich nun Wachtmeister Meister in die heitere Fragestunde ein.

»Sieht aus wie Sau da drin, Meister«, erklärte ich ihm, gab mir Feuer und saugte an meiner köstlichen Kippe. »Aber was wollt ihr denn in aller Herrgottsfrühe hier? Ich hab doch heute meinen freien Tag.«

»Herrgottsfrühe?«, meinte der Verkehrspolizist belustigt und Staatsanwältin Wirtz-Baldt ergänzte: »Es ist halb eins mittags.« Meine vierzigjährige Vorgesetzte machte weiterhin aus ihrer Mimik eine Mördergrube.

Ich stand da in meinem Trenchcoat, kräuselte die Zehen in den Pantoffeln, nippte an meiner *Overstolz* und hatte echt keinen Plan, was abging.

»Es … es tut mir so leid, Chef …«, stammelte nun meine Assistentin und zig Tränen liefen ihr über ihr sonst so schnuckeliges Gesicht.

»Was tut Ihnen leid, liebe Liesel … was zum Teufel ist denn überhaupt los, um Himmels willen?«

Wenn dies ein Fernsehkrimi gewesen wäre, hätte man jetzt wenigstens dramatische Musik eingespielt, damit der Zuschauer wusste, wo er dran war, stattdessen aber hallten meine Worte in die gnadenlose Leere des Treppenhauses und blieben dort. Ich bekam ein ungutes Gefühl und trat meine halb gerauchte Fluppe nervös auf der Fußmatte aus.

»Ziehen Sie sich bitte was unter Ihren Trenchcoat, Engelmann«, sagte Daniela Wirtz-Baldt jetzt, sehr amtlich und distanziert. »Und dann kommen Sie mit ins Präsidium. Sie sind verhaftet!«

* * *

»Was bitte soll ich denn angestellt haben?«, fragte ich wieder, weil mir echt die Worte fehlten. Zudem war ich nach wie vor völlig sprachlos.

»Dazu kommen wir noch, Engelmann.«

Mit dem Schein einer Schreibtischlampe im Gesicht, saß ich Staatsanwältin Wirtz-Baldt in ihrem taghellen Büro gegenüber und brauchte dringend einen Cognac. Meine Vorgesetzte hatte aber nur *Dreh & Trink Kirsche* da und ich lehnte dankend ab.

»Erst noch mal ganz von vorne«, sagte sie mit ihrer tiefen Stimme, schob sich eine Handvoll weiße und rosa Minzkissen, die auf ihrem Schreibtisch in eine mundgeblasene Glasschale gebettet waren, zwischen die Lippen und blickte mich fordernd an.

Ich hingegen kriegte die Krise. »Aber Daniela, das habe ich Ihnen doch jetzt schon mehrfach verklickert …«

»Mir schon, Engelmann, aber Ihre Leser wissen doch überhaupt nicht Bescheid!« Die Wirtz-Baldt schüttelte ihren Bobschnitt. »Also bitte.«

Ich klaubte eine *Overstolz* aus dem Päckchen vor mir, denn *Overstolz* war ein guter Freund, der nie enttäuschte. Dann riss ich ein Streichholz an.

»Nun gut«, sagte ich, inhalierte den rassigen Rauch und seufzte wie ein Blasebalg. »Nachdem ich vorletzte Nacht den Fall mit dem unheimlichen Phantom mit der Maske, der fiesen Peitsche und dem langen, grünen Umhang geklärt hatte, war ich echt unrasiert und groggy. Also düste ich heim und schlief bis zum nächsten Nachmittag. Also gestern. Ich habe gegen sechzehn Uhr einen Cognac gefrühstückt, große

Wäsche gemacht und hatte für den Abend nichts anderes im Sinn, als mir was zu kochen und dabei ein paar Pullen Cognac zu köpfen. Und danach wollte ich in Ruhe noch ein bisschen auf dem Sofa in meinem Sokrates-Buch blättern. Neben *Geisterjäger John Sinclair* lese ich nämlich die altgriechischen Philosophen sehr gerne zur Entspannung, müssen Sie wissen. Aristoteles, Herakles, Pythagoras und wie die alle heißen. Tja, und danach wollte ich ab in die Heia.«

Daniela Wirtz-Baldt ließ eine Hand durch ihren Bob gleiten und griff mit der anderen in die Minzkissenschale. »Aber es kam doch alles ganz anders, nicht wahr, Engelmann?«

»Allerdings«, nickte ich und nippte an der *Overstolz*. »Hab also meine Rezeptsammlung aus dem Regal gezogen, mir die gebratenen Hühnerkeulen mit Wirsing an Honig-Cognac-Soße ausgeguckt und wollte loslegen, als ich fast vom Stuhl fiel.«

»Wann war das?«

»Das muss so gegen fünf vor halb neun gewesen sein. Ich war just dabei, den Wirsing in einer Schüssel *Rémy Martin* anzumachen ...«

»Als es geschah?«, wollte die Staatsanwältin wissen und kaute dabei auf einer neuen Portion Minzkissen.

»Richtig! Ich stand in der Küche und hätte plötzlich mein eigenes Wort nicht verstanden, wenn ich Selbstgespräche geführt hätte. Meine Nachbarin von einer Etage drunter, die Frau Scholle, meinte nämlich im Hinterhof in ihren Fünfzigsten reinfeiern zu müssen. Sie hatte den Grill angeheizt, einen Tapeziertisch zum Buffet umfunktioniert, Nudelsalat aufgefahren, und da waren bestimmt an die sechzig, siebzig Gäste, die sich im Hof tummelten, lachten, grölten. Und als Sahnehäubchen auf dem i-Tüpfelchen spielte plötzlich auch noch eine vierköpfige Musikgruppe auf. Flotte Schlager und kessen Jazz und so. Mit Schlagzeug, Trompete, Kontrabass und allem. Höllisch laut, sage ich Ihnen.«

»Und da haben Sie sich aus dem Fenster gelehnt, Engelmann?«

»Sogar ziemlich weit«, bestätigte ich Daniela Wirtz-Baldt und blies dabei eine Ladung Rauch durch ihr Büro. »Ja«, fuhr ich fort. »Ich hab runtergerufen, dass ich gerne kochen und danach in Ruhe den Sofates auf dem Sokra lesen würde. Und, ob man bitte etwas Rücksicht nehmen könne, verdammt noch mal, weil ich sonst nämlich wegen des Krachs die Bullen rufen würde!« Ich blies wieder Rauch durch die Gegend. »Doch weder Frau Scholle noch einer ihrer Gäste reagierte auf mich. Auch die Combo hörte nicht auf zu spielen, und da wurde ich total sauer!«

»Und da haben Sie nicht die Bullen gerufen, sondern wutentbrannt alles, was Ihnen in die Finger kam, aus dem Küchenfenster gepfeffert«, resümierte meine Vorgesetzte und schlug dabei nun einen etwas härteren Ton an. »Töpfe, Teller, Tassen, Besteck …«

»Ja, aber nicht nur das, Daniela. Auch den Pfannenwender, eine Käsereibe, meinen Tauchsieder und sogar den Eierkocher!« Ich drückte meine Kippe aus und sah auf meine Armbanduhr. »Verdammte Hacke, schon sechzehn Uhr sechsunddreißig!«, stellte ich fest. »Hätten Sie, werte Daniela, bitte jetzt endlich die Güte, mir zu sagen, warum ich nun seit fast vier Stunden von Ihnen verhört werde und warum zum Kuckuck ich überhaupt verhaftet worden bin?! Ich hab nämlich heute, wie gesagt, meinen freien Tag!«

Daniela Wirtz-Baldt zog ein Gesicht wie sieben Tage Regenwetter und sah mich damit an. Dann holte sie ein durchsichtiges Plastiktütchen mit was Metallischem drin aus der Schreibtischschublade und knallte es vor meiner Nase auf die Tischplatte.

»Aber … das ist ja mein Tauchsieder!«

»Sie erkennen ihn also«

»Natürlich!«, sagte ich, ziemlich von den Socken. »Den hat mir Liesel vor zwei Jahren zu einem meiner Geburtstage geschenkt. Sehen Sie, die textile Kabelummantelung ist in meinen Lieblingsfarben Grün und Schwarz gehalten.«

»Wunderschön.«

»Nicht wahr? Und da im Griff sind sogar meine Initialen eingraviert.«

»Allerdings!«, brummte mein apartes Gegenüber bierernst und steckte sich die nächsten Minzkissen in den Mund. »Und Sie sind ganz sicher, dass Sie diesen Tauchsieder mit all dem anderen Plunder aus dem Fenster zum Hof geschmissen haben?«

»Ganz sicher, Frau Staatsanwalt«, nickte ich und stutzte dann. »Aber was soll das? Wie kommen Sie an meinen Tauchsieder?«

»Jetzt tun Sie doch nicht so, Engelmann«, meinte meine Vorgesetzte knochentrocken und ihr extrem frischer Atem schlug mir entgegen. »Es handelt sich immerhin um die Mordwaffe!«

»Ich hab wohl was an den Löffeln.« Mein Stutzen schwoll nun flott zu einer ausgeprägten Baffheit an, und ich spürte, wie sich eine nicht ganz unwichtige Frage auf meine Lippen legte. »Was denn für ein Mord?!«

Kapitel 2

»Es gibt absolut keinen Zweifel, Frau Staatsanwalt.« Frau Doktor Anna Lühse ging mit ihren halbhohen Absätzen auf dem PVC-Boden der Pathologie klackernd auf und ab. »Das Opfer hat eine Combustio dritten Grades erlitten. Diese führte erst zu Sepsis, bildete Schwarz-Weiß-Nekrosen, und das Kreislaufversagen folgte unweigerlich. Die irreversible Deterioration von Dermis und sogar der Subkutis haben dann unweigerlich zum Tod geführt.«

»Klingt böse, aber für mich sind das alles böhmische Dörfer, werte Frau Doktor, sagen Sie's doch einfach für minderbemittelte Staatsanwälte.«

»Nun gut, Frau Wirtz-Baldt«, sagte die hiesige Gerichtsmedizinerin und holte tief Luft. »Also, Frau Gertrud Scholle ist gegen halb zwei heute früh in ihrer vollen Badewanne verbrannt!«

»Die Scholle … ist im Wasser … verbrannt?«, stammelte ich ungläubig. »Aber … so was geht doch gar nicht.«

Anna Lühse machte eins der Kühlfächer auf und präsentierte einen knusprigen Rostbraten, der wohl einmal meine Nachbarin von einer Etage drunter gewesen war.

»Und ob das geht!«, sagte Frau Lühse schnippisch und schob das Schollenfilet wieder in die Kühlung.

Ich schüttelte fassungslos den Kopf, während sich Daniela Wirtz-Baldt wieder an die Pathologin wandte. »Was wissen wir denn sonst noch, Frau Doktor?«

»Nun, die Korrosionsrückstände am Heizstab des Tauchsieders …«, legte diese erneut los, »belegen eindeutig, dass dieses Gerät mit dem tödlichen Schaumbad in Berührung kam, beziehungsweise es sogar auslöste!«

»Wie bitte?« Ich kam aus dem Staunen nicht mehr heraus.

»Es sind dieselben Spurenelemente von Apfelaroma dran, die auch in dem Badesalz sind, das wir im Wasser und in einem Glas auf dem Wannenrand gefunden haben«, schloss Anna Lühse ihre Analyse.

»Das erklärt natürlich den Tauchsieder als Mordwaffe!«, warf ich ein und kombinierte gleich weiter. »Falls es überhaupt Mord war!«

»Wie meinen Sie das, Herr Kommissar?« Frau Doktor machte große Augen.

»Es könnte doch auch ein Unfall gewesen sein. Die Frau Scholle feiert im Hinterhof ihren Geburtstag, fängt am Grill Feuer, rennt rauf in ihre Wohnung, um sich zu löschen, weil unten kein Wasseranschluss ist. Als sie oben ist, ist sie schon rabenschwarz und völlig erhitzt. Sie lässt sich eine Wanne ein und hüpft rein. Dabei hat sie sich abgeschreckt wie ein gekochtes Ei. Tja, und der Schock hat sie umgebracht.«

»Klingt rein theoretisch nach einer Möglichkeit«, murmelte Anna Lühse zustimmend, doch die Staatsanwältin war anscheinend anderer Ansicht. »Es gibt da nur einen Haken, Engelmann …«

»Wo? Bei der Scholle im Badezimmer?«

»Nein, ja, mindestens – aber ich meine einen Haken an der Sache.«

»Und der wäre?«

»Ihr Tauchsieder. Wir haben ihn neben der Badewanne gefunden!«

Eine eisige Hand packte meine Magengrube beim Schlafittchen.

»Na? Wie finden Sie das, Engelmann?«, fragte Daniela Wirtz-Baldt düster. »Und passen Sie auf. Alles, was Sie jetzt sagen, werde ich vor Gericht gegen Sie verwenden.«

»Ich finde das kacke!«, stieß ich hervor und hätte dazu gerne auch noch dramatisch mit den Händen gestikuliert, doch die waren mir mit Handschellen auf dem Rücken zusammengebunden worden.

»Wie … wie habt ihr denn überhaupt von dem Badewannenbrandopfer erfahren?«

»Wir bekamen heute Vormittag einen anonymen Anruf«, sagte die Staatsanwältin. »Leider wissen wir nicht, von wem.«

Meine kriminologischen Gedanken fuhren in meinen Gehirnwindungen Achterbahn. »Aber ich hab's nicht getan, die Damen. Ich kann es gar nicht gewesen sein, denn zur Tatzeit lag ich unter meinem Küchentisch!«

»Gibt es dafür irgendwelche Zeugen?«

Ich überlegte. »Nur die letzte Flasche *Rémy Martin*.«

Für einen Moment war es totenstill in der Pathologie.

»Also«, brach ich schließlich das Schweigen. »Wenn ich der Täter wäre, dann …«

»Sie *sind* der Täter, Menschenskind!«, brüllte die Staatsanwältin nun, völlig außer sich. »Polizeimeisterin Weppen!«

Die Tür der Pathologie ging auf und Liesel kam herein. Ihre Augen waren verquollen und ein Teil ihrer blonden Haarmähne klebte tränengetränkt an den zarten Bäckchen. »Jawohl, Frau Wirtz-Baldt?«, fragte sie bibbernd, obwohl sie genau wusste, was kam.

»Abführen!« Die Stimme der Frau Staatsanwalt hatte nun den Charme einer Gefriertruhe, und ich stand da wie ein Schauspieler, der seinen Text vergessen hat.

Meine normalerweise attraktive Assistentin nickte stumm in sich hinein und wieder schossen ihr Tränen in die kajalumrandeten Klüsen.

»Schon gut, Liesel«, sagte ich resigniert. »Ab in den Kerker mit mir.«

»Schön, dass Sie vernünftig sind, Engelmann!«, rief mir meine tiefgefrorene Vorgesetzte noch hinterher, doch Liesel und ich waren bereits auf dem Korridor und die Pathologietür war hinter uns ins Schloss gefallen.

Schweren Schrittes schlurfte ich neben Liesel durchs Präsidium und brauchte jetzt dringend einen Cognac. Oder fünf. »Liebe Liesel, Sie wissen doch, dass ich's nicht war, oder?«

Fräulein Weppen senkte den Kopf. »Recht hat immer der, der die Beweise hat. Das sagt auch Günter Strack in Folge vier von *Ein Fall für zwei*«, schluchzte sie und wieder kullerten Tränen über ihr hübsches Gesicht.

Ich hatte im Laufe meiner Dienstjahre schon Pferde vor dem Porzellanladen kotzen sehen, aber ich ein Mörder? Und was hätte ich für ein Motiv haben sollen? Gertrud Scholle war zwar eine Schreckschraube, die mich jedes Mal angiftete, wenn ich verpennt hatte, die Ascheneimer rauszustellen oder das Treppenhaus nicht planmäßig gewischt oder gebohnert hatte, aber ermorden würde ich sie deshalb noch lange nicht. Außerdem war sie diejenige, die mehrmals täglich Besuch bekam, der Dreck ins Haus schleppte.

Unterwegs zur einzigen Zelle, mit der unser klitzekleines, hiesiges Präsidiümchen ausgestattet war, hielt mich Liesel plötzlich an, blickte mit ihren verheulten Augen in meine unverheulten und gab mir ein Küsschen auf die Wange.

»Machen Sie sich keine Sorgen, Chef«, sagte sie dann. »Lebenslänglich gibt das auf keinen Fall, und wenn Sie nach drei bis zwölf Jahren wieder aus dem Bau sind, dann bin ich furchtbar gerne wieder Ihre Assistentin!«

»Danke, Liesel«, lächelte ich gerührt. »Aber ich bin jetzt nicht mehr Ihr Chef.«

Polizeimeisterin Weppen nickte traurig und wies dann mit ihrem Kopf auf die Toilettentür, vor der wir zum Stehen gekommen waren. »Mögen Sie vielleicht noch einmal Pipi machen, bevor ich Sie wegsperre?«

»Ja, das wäre reizend, Liesel.« Ich fing an zu wippen und kniff die Oberschenkel zusammen.

Liesel sah sich auf dem Gang um und schloss dann den Dienstlokus auf. »Bitteschön.«

»Aber wie soll ich denn *so* …?«, fragte ich und rasselte mit den handbeschellten Händen hinter meinem Rücken.

»Ich krieg zwar mächtig Ärger, wenn ich Sie losmache, Herr Engelmann, aber ich versteh schon«, wisperte Liesel und guckte wieder verstohlen den Korridor entlang.

»Kommen Sie, Liesel. Um der alten Zeiten willen.«

Meine ehemalige Assistentin biss sich kurz auf die Unterlippe, dann löste sie mir die Handschellen.

»Keine Sorge, Liesel. Ich mach ganz schnell Pipi und zieh auch nicht ab. Äh … zisch auch nicht ab, wollte ich natürlich sagen.«

Ich zwinkerte ihr zu, huschte durch die Toilettentür und schob von innen den Riegel vor.

* * *

Die mintgrüne Ape, die gemächlich dahertuckerte, kam mir gerade recht. Mit meinem eigenen Wagen, dem rosaroten Panda, konnte ich schlecht untertauchen, denn den kannte jeder, und ich würde damit auffallen wie eine Nonne im Puff. Aber untertauchen musste ich erst einmal, denn in meine Wohnung konnte ich wohl kaum zurück und ins Büro ging ja auch nicht, denn die Frau Staatsanwalt hatte mich natürlich als Mörder vom Polizeidienst subventioniert.

Ich sprang also vom Diensttoilettenfenster auf die kleine Straße, die an der Rückseite des Polizeipräsidiums entlangführte und formte meine hochgerissenen Arme zu einem Stoppschild. Die drei Reifen des Rollermobil quietschten so doll, dass es nach Gummi stank und die zwei großen Kartons auf der Pritsche rumpelnd nach vorne rutschten.

»Bist du eigentlich bescheuert?!«, rief der Mann am Steuer und kurbelte wütend das Fenster runter. Oder umgekehrt. Es ging alles so schnell.

Ich antwortete nicht, sondern zog meinen Angelschein aus dem Trenchcoat, weil ich meinen Dienstausweis der Frau Staatsanwalt hatte aushändigen müssen, und hielt dem verdutzten Fahrer die Fischereifleppe vor die Fresse. »Ich bin Kommissar Heinz Engelmann von der hiesigen Mordkommission!«, sagte ich und riss die Beifahrertür auf. »Ihr Kleinsttransporter-Dreirad ist beschlagnahmt! Und nun drück auf die Tube!«

»Aber das geht nicht, Herr Kommissar, ich hab noch zu arbeiten«, protestierte der Mann, doch ich hatte mich bereits zu ihm in die Fahrerkabine gequetscht.

»Quatsch, mein Freund, du hast jetzt Feierabend.«

Zu gerne hätte ich dabei auch meine Dienstwaffe gezückt, um etwas Dirty-Harry-mäßiger rüberzukommen, doch meine *Mauser PPK* hatte ich als Mörder meiner Nachbarin natürlich ebenfalls abgeben müssen. »Na los jetzt, schwing dich in die Hufe!«

Der Kleintransporter bewegte sich nicht.

»Und wohin, Herr Kommissar?«

»Egal, erst mal weit weg von der Zivilisation.«

Hiesig war, wie erwähnt, ein kleines Nest, daher wäre man auch weit weg von der Zivilisation gewesen, wenn man hier geblieben wäre, aber ich wollte nichts riskieren. Außerdem hatte ich mich als erfahrener Kriminalist so oft in den Grips eines waschechten Verbrechers hineindenken müssen, dass ich wusste, dass es immer besser war, wenn es dunkel ist! Und noch stand die blutrote Abendsonne schräg am Himmel und machte Licht.

»Ich bin übrigens der Schorsch. Schorsch Busch«, sagte der Fahrer, während er seine Ape nun mit knapp zweistelliger km/h-Zahl am hiesigen Bahnhof und der Kirche mit dem angrenzenden Friedhof vorbei und dann über die paar Seitenstraßen aus unserem Kaff hinauslenkte. »Ermitteln Sie gerade in einem spannenden Fall, Kommissar Engelmann?«

»Da können Sie aber für, Schorsch«, erwiderte ich und versuchte verzweifelt, in der Enge der Fahrerkabine eine *Overstolz* aus meiner Trenchcoattasche zu fischen. »Vermutlich sogar in dem allerspannendsten Fall, den ich je bearbeitet habe!«

»Wow«, machte Schorsch Busch und pfiff begeistert durch die schiefen Beißerchen. »Dann komme ich ja wohl auch in Ihrem neuen Buch vor!«

»Schon geschehen«, nickte ich und hatte endlich eine Zigarette freibekommen. »Und jetzt fahren Sie mal da vorne links ran.«

Der Schorsch tat, wie ihm geheißen, und parkte sein Rollermobil vor einer alten Mühle, die unweit der Landstraße nach Dingenskirchen direkt am Dingensbach lag. Diese Mühle, die einst Werner Müller gehörte und mittlerweile munter vor sich hingammelte, hatte nicht nur bereits in einem meiner anderen Kriminalfälle eine Rolle gespielt, sie war auch der ideale Unterschlupf für bis es stockdunkel war.

Kapitel 3

Wie war mein Tauchsieder nur neben die Badewanne gekommen? Er hätte doch – genau wie mein Besteck, die Töpfe, mein Eierkocher und die ganze andere Aussteuer – unten im Hinterhof liegen müssen. Außerdem war ich in all den Jahren, die wir Boden an Decke gewohnt hatten, nie in Gertrud Scholles Hütte gewesen.

Gedankenverloren hockte ich am Lagerfeuer und starrte in die Flammen. Dann zog ich die Mundharmonika, die ich stets bei mir trug, aus meiner Trenchcoattasche.

Über der alten Mühle machte sich der letzte Streifen Tageslicht gemächlich vom Acker und während ich einen traurigen Blues blies, schlug die hiesige Kirchturmuhr aus weiter Entfernung sieben Mal an.

Schorsch Busch hockte neben mir und hielt einen Maiskolben, den er auf einen Stock gespießt hatte, übers Feuer. Ich spürte, dass er mich seltsam ansah. »Hören Sie, Kommissar Engelmann, ich hab das Gefühl, dass mit Ihnen was nicht stimmt.«

Ich setzte die Mundharmonika ab und schluckte. »Wieso denn?«

»Zum Beispiel, weil Sie mir vorhin gar keinen Dienstausweis, sondern Ihren Angelschein gezeigt haben.«

Ein Adrenalinstoß sagte meiner Blutbahn hallo. »Nun Schorsch, die Sache ist eigentlich streng geheim«, sagte ich und steckte die Mundharmonika ein. »Aber Ihnen kann ich's ja erzählen. Ich ermittle undercover. Wegen des Lachsklaus!«

»Labskaus?«

»Nicht Labskaus – Lachsklaus. Seit Wochen werden nämlich Lachse von unbekannten Tätern aus dem Dingensbach geklaut!«

Schorsch Busch sah mich zweifelnd an. »In dem pieseligen Bach da vorne gibt's Lachse?«

»Jetzt nicht mehr«, sagte ich bitter. »Und deshalb ermittle ich in dem Fall getarnt als Angler.«

»Von mir erfährt keiner ein Sterbenswörtchen, Herr Kommissar«, beteuerte Schorsch und legte zum Beweis einen Zeigefinger vielsagend auf die geschlossenen Lippen. Dann widmete er sich wieder seinem Grillgut. Hätte er geahnt, dass er zusammen mit einem flüchtigen Ex-Bullen, der wegen Mordes gesucht wurde, gemütlich am Lagerfeuer saß, hätte er jetzt garantiert nicht seinen Mais gewendet, sondern am Rad gedreht.

Ich starrte derweil wieder ins Feuer und dachte weiter darüber nach, wer der Halunke oder die Halunkin war, der den heißen Tauchsieder eingestöpselt und die Scholle in ihrer Badewanne eiskalt zu einem toten Backfisch gekocht und diese grausame Thermos-Tat begangen hatte. Und wieso er sie dann auch noch *mir* in die Schuhe schieben wollte!

Die ersten Grillen hatten mit dem Zirpen losgelegt, und ich fummelte eine *Overstolz* aus meiner Manteltasche. Wenig später pustete ich den Rauch besorgt in die Dämmerung hinein. Wenn ich den echten Mörder nicht entlarven würde, wäre ich die längste Zeit Kommissar Heinz Engelmann gewesen und würde nur noch Heinz Engelmann sein und müsste mir womöglich einen vernünftigen Beruf suchen. Apropos …

»Was machen Sie eigentlich so beruflich?«, fragte ich meinen Begleiter am Lagerfeuer und setzte mein falschestes Grinsen auf.

»Ach, Sie fragen, weil ich vor unserer Abreise erwähnte, dass ich eigentlich arbeiten müsste?«, grinste Schorsch zurück. »Nun, mein Job ist bei Weitem nicht so aufregend wie Ihrer, Kommissar Engelmann«, sagte er, zog seinen Maiskolben vom Feuer und prüfte ihn auf Essbarkeit. »Ich liefere bloß Waschmaschinen aus.«

Mein Ermittlergrips pulsierte plötzlich auf Hochtouren und meine Gesichtszüge hellten sich in diesem Augenblick so doll auf, dass ich befürchtete, sie würden die Dämmerung ernsthaft gefährden.

»Was haben Sie da gerade gesagt?«, hakte ich nach und biss aufgeregt auf meine *Overstolz*.

»Ich liefere Waschmaschinen aus«, wiederholte Schorsch Busch und mümmelte weiter an seinem Mais.

»Und diese feinen Waschmaschinchen sind da hinten auf der Pritsche von Ihrem süßen Mini-LKW?«

»Aktuell zwei Stück«, sagte Schorsch stolz. »Warum fragen Sie?«

»Och, nur so.«

Das war natürlich gelogen. Ich hatte nämlich innerhalb der letzten Sekunden einen spitzenmäßigen Plan geschmiedet, um den tödlichen Tauchsiedermord aufzuklären!

»Aber, sagen Sie, Kommissar Engelmann«, begann Schorsch und an seinem veränderten Tonfall merkte ich, dass was im Busch war. »Wann sind Sie denn eigentlich mit Ihrem Kriminalfall fertig?«

»Ich fürchte, ich fange gerade erst mit den Ermittlungen an!«, zuckte ich mit den Achseln, warf meine Kippe ins Feuer und erklärte dem Waschmaschinenmann ganz genau, was er zu tun hatte. Dann stand ich auf. »Wir müssen los!«

Doch Busch blieb in der Hocke und blickte mich mit weit aufgerissenen Glupschern an. »Lassen Sie mich doch bitte aus dem Spiel, Herr Kommissar.«

»Nun kommen Sie schon, Schorsch«, sagte ich nachdrücklich und ging zur Ape. »Oder haben Sie etwa Angst?«

»Nun«, druckste er. »Was ist, wenn es zur Schießerei mit diesen Lachsdieben kommt? Ich habe Frau und Kinder!«

Innerlich lachte ich mich natürlich kaputt, setzte aber mein härtestes Kripogesicht auf.

»Jetzt hör mal«, pflaumte ich. »Wenn du nicht tust, was ich dir gesagt habe, behinderst du mich nicht nur bei polizeilichen Ermittlungen, sondern dann werde ich auch in dieses Buch (*Kommste heut nicht, kommste morden!*, erschienen im Verlag KBV und ab sofort überall im Buchhandel erhältlich) reinschreiben, dass der Waschmaschinenlieferant Schorsch Busch ein fieser, hässlicher Fettsack und zudem ein Vokuhilamioliba sei!«

»Ein was, bitte?«

»Vokuhilamioliba. Ein Mensch, der die Haare vorne kurz und hinten lang trägt und mit Oberlippenbart ausgestattet ist.«

Schorsch Busch lief im Schein des Lagerfeuers puterrot an. »Aber, Herr Kommissar, das stimmt doch nicht!«

»Werde ich aber kackensdreist schreiben«, schmollte ich und verschränkte die Arme vor der Brust.

»Nein … nein, nur das nicht«, bettelte Busch jetzt so weinerlich, als wollte ich ihn jeden Moment exekutieren. »Okay, okay, hab's mir überlegt. Ich bin dabei!«

»Na also!«, grinste ich lässig und winkte den wirklich extrem gut aussehenden Schorsch zu mir.

Kurz darauf bekam der Einzylinder-Zweitaktmotor des mintgrünen Brummers die Sporen und schoss mit sagenhaften 36 km/h durch die anbrechende Dunkelheit. Schorsch lenkte das Rollermobil über die Landstraße Richtung Hiesig. Es gab da nämlich eine Waschmaschine, die noch in dieser Nacht dringend ausgeliefert werden musste …

* * *

Als die Ape schließlich um die Ecke bog, sah ich aus meinem Versteck, dass Wachtmeister Meister die Straße umstellt hatte. Doch damit hatte ich gerechnet. Wie in einem Schwarz-Weiß-Film, der 1942 spielt und in dem böse Soldaten in schummrigem Gaslaternenlicht die Bürgersteige patrouillieren, schritt der einzige, hiesige Verkehrspolizist genau vor dem Haus auf und ab.

Er glaubte wohl, er würde zum Oberverkehrspolizisten befördert, wenn er mich bei der Frau Staatsanwalt reinreichte. Aber den Gefallen würde ich ihm nicht tun, denn mein Plan war viel zu gut.

Durch das wippende Löchlein sah ich, wie er die Hand hob und Schorsch Busch die Ape in die Bremse zwang. Fast wäre ich auf der Pritsche umgekippt.

»Guten Abend. Verkehrspolizei«, sagte Wachtmeister Meister und bedeutete Schorsch, das Fenster herunterzukurbeln.

»'n Abend, Herr Schutzmann«, entgegnete dieser und kurbelte das Fenster herunter. Oder umgekehrt. »Jetzt kommt ein Karton.«

»Hier ist leider Absolutes, mein Herr. Bitte fahren Sie weiter!«

»Aber ich muss eine Waschmaschine ausliefern.«

»Um diese Zeit? Wo muss die denn hin, Ihre Maschine?«, hörte ich Meister fragen und hielt den Atem an. Herr Busch, der sehr gut aussah, muskulös und überhaupt nicht hässlich oder dick war, durfte jetzt keinen Fehler machen.

»In die zweite Etage. Zur Gertrud Scholle.«

Es herrschte einen Moment Stille, und ich konnte mir von meinem Versteck aus denken, dass Wachtmeister Meister eine Grimasse zog. »Oh, den Weg können Sie sich sparen. Die Frau Scholle ist nämlich tot!«

»Das ist natürlich Pech, Herr Kriminalrat«, schmierte Schorsch dem Meister ordentlich Honig ums Maul. »Aber Vertrag ist Vertrag, und ich muss das Gerät ausliefern, ob derjenige nun noch damit wäscht oder nicht.«

»Hmmm«, machte Meister und überlegte offenbar angestrengt. »Was machen wir denn da, guter Mann? Was machen wir denn da?«

»Ja, was machen wir denn da?«, fragte nun auch der Schorsch den Polizeibeamten, welcher antwortete: »Hmm, was machen wir denn da?«

Das ging eine ganze Weile so weiter.

»Ich sage Ihnen, was wir machen, Herr Wachtmeister«, unterbrach Schorsch schließlich die interessante Unterhaltung, sprang aus der Fahrerkabine und trat an die Pritsche. »Sie helfen mir einfach, den Apparillo schnell in die Wohnung hochzuschleppen und dann ist die Sache erledigt und ich kann endlich Feierabend machen.«

Das Blut pochte in meinen Schläfen. Von Wachtmeister Meisters Reaktion hing nun alles ab.

»Hmmm«, machte dieser wieder. »Hmmmm … hmmm … na gut. Die Wohnung von der Gertrud Scholle ist zwar polizeilich versiegelt, aber Vertrag ist Vertrag und wir wollen mal Viere gerade sein lassen, nicht wahr?«

Puh!, dachte ich, und vor Freude rappelte ich im Karton, da wurde ich auch schon von der Ladefläche des Dreirads und ins Treppenhaus gewuchtet. Innerhalb von Sekunden war ich die seekrankste Waschmaschine, die man sich nur vorstellen kann. Gefährlich schaukelnd und begleitet von zweistimmigem Stöhnen, schwebte ich in den ersten Stock hinauf und musste zusehen, dass ich nicht in den Karton kotzte.

Dann waren die Turbulenzen fürs Erste überstanden. Die beiden hatten den Karton abgestellt, und ich hörte durch die Pappe, wie sich der Wachtmeister an Frau Scholles Wohnungstür zu schaffen machte. Dann gab das Schloss ein Klick von sich und wieder ging ich in die Luft. Aber nur kurz, dann landete ich als getarnte Waschmaschine unsanft in Gertrud Scholles ehemaliger Drei-Zimmer-Wohnung.

* * *

Etwas Licht drang von den Straßenlaternen durch die Vorhänge herein, ansonsten war die Wohnung, die sich exakt eine Etage unter meiner eigenen befand, eine recht düstere Angelegenheit. Aber das war ja auch gut so. Nachdem sich die Schritte draußen auf der Treppe entfernt hatten, stieg ich so leise wie es ging aus dem Waschmaschinenkarton. Die ganze Bude stank nach abgekochtem Badeschaum mit Apfelgeschmack.

Ich blinzelte im Zwielicht umher, erkannte an der Wohnzimmereinrichtung, dass ich mich wohl im Wohnzimmer befand, und beschloss, gleich loszulegen.

Ich ging also zur Schrankwand, öffnete die Türen und Schubkästen, inspizierte Bücher, Zeitschriften und Schallplattenhüllen. Nichts. Die gerahmten Fotos auf dem Schreibsekretär schienen auch uninteressant zu sein, und als ich ihn aufklappte, fand ich bloß Siegellack, zwei Füller, Briefpapier, ein angebrochenes Fläschchen Uhu und eine Ansichtskarte mit Urlaubsgrüßen aus Detmold. Ich zog die Karte aus dem Fach, hielt sie so, dass etwas Straßenlaternenlicht auf die Rückseite fiel und las.

Liebe Tante Gertrud!
Viele Grüße aus Detmold. Das Wetter ist trocken und die Sonne

scheint. Am nächsten Dienstagabend bin ich rechtzeitig wieder zurück. Bis dahin,
K.

Ich ließ die Ansichtskarte auf den Teppich segeln, schlich dann ins Schlafzimmer und durchforstete im Halbdunkel den Kleiderschrank. Zwischen Mottenkugeln, fies gemusterten Kleidern und Blusen fand ich hier auch nichts, was auf ein mögliches Mordmotiv hindeutete. Doch dann entdeckte ich sie unter den Stützstrümpfen – und hielt inne. Gertrud Scholles Unterhosen. Fleischfarben und groß wie Sattelschlepperplanen! Fast hätte ich vor Entsetzen laut losgelacht. So eine hätte ich prima im nächsten Winter über meinen rosaroten Panda stülpen können, dann hätte ich morgens nicht Eiskratzen müssen, dachte ich, griff in den Kleiderschrank und steckte kurzerhand eins von den Teilen ein.

Dann machte ich mich aber gleich wieder an die Arbeit und schlich ins Bad. Hier war der Plastikapfelduft natürlich am Schlimmsten, und nur zu gerne hätte ich mal einen genauen Blick auf die verkokelte Wanne geworfen, doch ich wagte es nicht, Licht zu machen. Also begnügte ich mich damit, im Medizinschränkchen und zwischen den Waschlappen und Handtüchern nach irgendetwas zu suchen, was mir weiterhelfen könnte. Doch Fehlanzeige. Aber es musste doch irgendein grausames Geheimnis geben, das die gar gekochte Gertrud mit in die Wanne genommen hatte.

Bevor ich das Bad wieder verließ, machte ich mir aber noch den Spaß und zählte die Haken. Es waren drei.

In der Küche nahm ich alle Schränke genau unter die Lupe, kippte die Vasen auf der Fensterbank und den Brotkorb aus. Ich rückte den Herd von der Wand ab und suchte sogar hinter den Konservendosen im Vorratsregal nach dem, was ich zu finden hoffte. Nur den Kühlschrank machte ich nicht auf, denn der hätte auch Licht gemacht.

Unordnung pflasterte meinen Weg, aber ich musste um jeden Preis den Grund für Gertruds Ermordung herausbekommen, und mein ausgebuffter Spürsinn sagte mir, dass er irgendwo in der Wohnung zu finden sein würde!

In der Diele löste ich die Brokatummantelung vom Telefon, das auf einem Kommödchen stand, und sah drunter nach. Immer noch nichts. Wenigstens hatte das Kommödchen drei Schubladen, die ich mir noch vornehmen konnte. Ich zog die unterste heraus und fand Schuhputzzeug. In der darüber fanden sich Nähgarn, dazugehörige Nadeln und Reservemottenkugeln. Vorsichtig zog ich nun die oberste Schublade heraus und blickte auf ein hiesiges Telefonbuch, mehrere lose Schlüssel, einen Zugfahrplan, ein Päckchen Pflaster … und zuckte plötzlich jäh zusammen!

»Bisher ist der Herr Engelmann nicht in seine Wohnung zurückgekommen, Frau Staatsanwalt«, hörte ich Wachtmeister Meister im Treppenhaus sagen und Schritte polterten die Stufen empor.

Vor Schreck glitt mir die Schublade aus der Hand und knallte rasselnd auf den Dielenteppich.

»Haben Sie das gehört?«, fragte Daniela Wirtz-Baldt und Wachtmeister Meister antwortete nichts.

Ich hielt den Atem an und sah zu Boden.

»Kam das nicht aus der Wohnung des Mordopfers?«, bohrte die Frau Staatsanwalt weiter und aus dem Klang ihres Brummbasses schloss ich, dass sie nun direkt vor der Wohnungstür stand.

Das Herz schlug mir bis zum Hals und darüber hinaus, dass ich Angst hatte, man könne es im ganzen Haus hören, so wie in dieser Geschichte von Edgar Allan Dingsbums.

»Da ist hundertprozentig niemand drin, Frau Staatsanwalt. Ich war nämlich vorhin noch in der Wohnung und habe eine Waschmaschine reingetragen, die Frau Scholle wohl vor ihrem Tod noch bestellt hatte.«

»Wie bitte?«, haute sich Daniela Wirtz-Baldt aus dem Anzug. »Wer hat eine Waschmaschine geliefert?«

»Ein total hässlicher Mann mit Vokuhilamioliba und einem sehr hübschen mintgrünen Kleintransporter.«

»Das gibt's ja gar nicht!«, tobte die Staatsanwältin vor Gertrud Scholles Wohnungstür. »Und wo ist dieser Mensch, Meister? Holen Sie ihn her!«

»Geht nicht, Frau Staatsanwalt«, druckste der hiesige Verkehrspolizist nun. »Ich hab ihn mit seiner Ape weggeschickt, denn da unten ist ja Absolutes!«

Immer korrekt, der Herr Verkehrspolizist, dachte ich schweißgebadet und wagte es nicht, mich zu rühren.

»Menschenskind, öffnen Sie doch endlich die Tür!«, drängte draußen die Daniela. »Wird's bald?!«

Ich starrte noch immer reglos auf die herabgestürzte Schublade und begriff erst jetzt, was ich sah, als auch schon ein Schlüssel ins Schloss gesteckt wurde.

Kapitel 4

Die Stimmen von Frau Staatsanwalt und Wachtmeister Meister wurden immer leiser. Aber nicht etwa, weil die beiden angefangen hätten zu flüstern, sondern weil ich mich am dicken Telefondraht der Post hinab in den Hinterhof hangelte.

Unten angekommen, rückte ich meinen Hut zurecht und sah, wie im ersten Stock das Licht anging. Im Handumdrehen würden meine beiden Ex-Kollegen feststellen, dass jemand die Wohnung fachmännisch durchsucht hatte und ferner begreifen, dass in dem großen Karton im Wohnzimmer absolut keine Waschmaschine war!

Ich tastete mich im Schatten der mondlichtverzierten Dunkelheit an der Rückseite des Hauses entlang. Vorsichtig glitten meine Schuhspitzen durch die Finsternis und stießen blöderweise gegen meinen Pfannenwender, den ich am vergangenen Abend gegen halb neun wutentbrannt aus meinem Küchenfenster geschleudert hatte.

»Haben Sie das gehört, Meister?«, hörte ich Daniela Wirtz-Baldt ein Stockwerk über mir sagen und hielt wie angewurzelt inne.

»Das kam vom Hof«, mutmaßte Meister von oben herab, und ich presste mich ein Stockwerk tiefer an die Hauswand. Während sich die beiden aus dem Küchenfenster lehnten, hinabsahen und die Dunkelheit nach etwas Sichtbarem absuchten, verharrte ich wie ein ausgestopfter Kriminalkommissar.

»Hallo? Ist da unten jemand?«, rief die Frau Staatsanwalt in den Hof hinunter.

»Miau«, machte ich und trat dabei erneut gegen den Pfannenwender.

»Ach, nur ein Kätzchen«, stellte der Verkehrspolizist verzückt fest. »Wie süß.« Und dann verschwanden beide Köpfe wieder in Gertrud Scholles Küche.

Ich atmete tief durch und wischte mir den Schweiß von der Stirn, höchst erfreut, dass diese beknackte Katzennummer nicht nur in einem drittklassigen Kriminalfilm funktionierte.

Dann tastete ich mich weiter an der Hauswand entlang, bis ich Licht am Ende des Tunnels sah – die Hofeinfahrt! Ich lief hindurch, nach vorne zur Straße, und sah mich um. Niemand da.

Einem cleveren Impuls folgend, sprang ich in den weißen 144er Volvo der Staatsanwältin, der auf dem Gehsteig vor meinem Haus parkte, und fummelte unter dem Lenkrad an den Drähten herum, bis der 100-PS-Motor aufbrauste. Dann jagte ich den Wagen mit weitaus mehr als 50 km/h innerhalb geschlossener Ortschaften über die hiesigen Straßen kaffauswärts.

Als ich zwei Minuten später auf der Landstraße Richtung Dingeskirchen war, klaubte ich eine überfällige *Overstolz* aus meinem Trenchcoat und gab mir Feuer. Und nach ein paar genüsslichen Zügen, die die Sonne Mazedoniens auf meinen Gaumen scheinen ließ, ging es mir schon etwas besser.

Fahles Mondlicht sickerte durch den Abendhimmel. Die leeren Rückspiegel versicherten mir, dass mir bestimmt kein Aas aus Hiesig gefolgt war, also lenkte ich den weißen Volvo an den Straßenrand, zog die Handbremse an und holte den Stoß Briefe aus der Innentasche meines knittrigen Mantels.

Als vorhin der Wachtmeister Anstalten machte, die Wohnungstür aufzuschließen, hatte ich blitzschnell den Packen Papier eingesteckt, der von unter dem doppelten Boden der auseinandergebrochenen Kommodenschublade hervorgelugt hatte, denn was so gut versteckt war, hatte ganz sicher etwas zu bedeuten! Dann war ich durch die Diele und über das Küchenfenster zum Hof runter. Gerade noch rechtzeitig, bevor die Polypen die Wohnung betreten hatten.

Jetzt saß ich hier, saugte an meiner *Overstolz* und klappte dann den obersten Brief auf, der auf einen Tag vor zehn Monaten datiert war.

Liebe Tante Gertrud!
Es tut mir leid, aber ich bin hinter Dein Geheimnis gekommen. Wenn Du nicht möchtest, dass die Öffentlichkeit und vor allem Dein Vermieter erfahren, dass Du in Deiner Wohnung ein Bordell betreibst, dann stecke bitte 8.000,- in einen Umschlag und schicke ihn bis nächsten Mittwoch an meine Adresse.
Viele Grüße

Ich machte große Augen und klappte den nächsten Brief auf. Dieser war von vor neun Monaten.

Liebe Tante Gertrud!
Es tut mir leid, aber ich bin hinter Dein Geheimnis gekommen. Wenn Du noch immer nicht möchtest, dass die Öffentlichkeit und vor allem Dein Vermieter erfahren, dass Du in Deiner Wohnung ein Bordell betreibst, dann stecke bitte 10.000,- in einen Umschlag und schicke ihn bis nächsten Mittwoch an meine Adresse.
Viele Grüße

In einem weiteren, vor acht Monaten verfassten Schreiben las ich:

Liebe Tante Gertrud!
Es tut mir leid, aber ich bin hinter Dein Geheimnis gekommen.

Wenn Du auch weiterhin nicht möchtest, dass die Öffentlichkeit und vor allem Dein Vermieter erfahren, dass Du in Deiner Wohnung ein Bordell betreibst, dann stecke bitte 12.000,- in einen Umschlag und schicke ihn bis nächsten Mittwoch an meine Adresse.
Viele Grüße

Auch im nächsten, übernächsten und überübernächsten Brief stand ein ähnlicher Wortlaut, nur die Geldbeträge steigerten sich ins Unermessliche.

Bis ich schließlich am Ende des Stapels einen Brief fand, der das Datum von vor einer Woche trug, und in dem ein etwas anderer Wind wehte:

Liebe Tante Gertrud!
Es tut mir sehr leid, dass Du Dich entschlossen hast, Deine Zahlungen einzustellen. Wir sehen uns demnächst auf der Party zu Deinem Fünfzigsten, und wenn Du es Dir bis dahin nicht anders überlegt hast, mache ich Dir die Hölle heiß!
Viele Grüße

Das war ja ein starkes Stück, dachte ich und erdrückte meine Kippe im Autoaschenbecher. Die Briefe waren nicht nur allesamt mit einem *K.* unterzeichnet – wie die Ansichtskarte aus Detmold – auch die Handschrift war dieselbe! Hatte sich die ganze Waschmaschinenaktion also doch gelohnt, kombinierte ich. Jetzt musste ich nur noch … Moment mal, was war denn das?

Als ich die ganzen Erpresserbriefe just ins Innenfutter meines Trenchcoats zurückstopfte, flatterte ein Flugblatt heraus. Eine Art Werbeanzeige, bunt und mit Foto, und ich hob sie von der Fußmatte. Donner und Doria! Das war doch nicht möglich. Ich verglich das Gesicht auf dem Flugblatt mit meinem Gedächtnis und stellte fest, dass absolut kein Zweifel möglich war! Ha! Offenbar hatte ich nicht nur eine brühend heiße Spur zwischen die Finger bekommen, sondern jetzt wusste ich auch, wer der richtige Mörder war! Und ich konnte die Ratte quasi schon riechen.

* * *

Der weiße Volvo schnurrte unter meinen Pobacken wie ein gedopter Waschbär. Ich hatte das Fenster heruntergedreht, atmete die angenehm feuchte Abendluft ein, die vom nahe gelegenen Dingensbach aufstieg, und mischte den Rauch meiner *Overstolz* im Vorbeifahren dazu.

Dann sah ich auf meine Armbanduhr. Gleich halb zwölf. Mit meinem eigenen Wagen, dem rosaroten Panda, hätte ich keine Chance gehabt, aber mit dem feschen Flitzer der Frau Staatsanwalt würde ich es noch rechtzeitig schaffen!

Wenn ich in diesem Affenzahn weiterfuhr, würde ich gleich an der Nachttankstelle vorbei und in sieben, acht Minuten an die Gabelung kommen. Und da musste ich dann links ab.

Plötzlich ruckelte der Volvo, und ich verschluckte mich an meinen Gedanken. Leicht beunruhigt zog ich an meiner *Overstolz* und warf einen Blick in den Rückspiegel, doch da lag nichts, was ich hätte überfahren haben können. Und selbst, *wenn* – ich hatte es verflucht eilig, denn bestimmt hatte Staatsanwältin Wirtz-Baldt längst die Fahndung eingeleitet. Wenn nicht nach mir, dann doch zumindest nach ihrem gestohlenen Volvo! Und es war nur noch eine Frage der Zeit, wann man mich erwischen würde. Und vielleicht hatte die Daniela ja die Dingenskirchener Kollegen samt Polizeipekinesenstaffel hinzugezogen, um Straßensperren einzurichten und den gesamten hiesigen Landkreis zu durchkämmen. Ich musste also … huch.

Wieder ruckelte es. Was war denn jetzt bitteschön mit der Karre los? Ich nahm den Tachometer ins Visier und stellte fest, dass …

Ruck.

Da war es wieder! Wie gesagt, ich stellte fest, dass der Wagen immer langsamer …

Ruck.

… langsamer wurde. Sollte etwa der Sprit alle sein? Aber das hätte mir doch …

Ruck.

Jedenfalls wird der Volvo langsamer und langsa…

Ruck. Ruck.

Hallo? Ich versuche hier, den Ernst der Lage zu beschr…

Ruckediruck.

Verdammte Ha…

Ruckruckruck.

Hey! Entschuldigung, könnte diese verflixte Ruckelei jetzt bitte mal …

Ruuuuuuuuuuuuuck!

Und dann stand ich da. Und die Benzinnadel stand tatsächlich auf Null. Mein Puls hingegen war jetzt auf hundertachtzig, und wütend warf ich die Zigarettenkippe aus dem offenen Fenster. Es gab ein kurzes PLÖNG und dann flog die Kippe zu mir ins Auto zurück. Erstaunt sah ich auf und stellte fest, dass der Volvo genau neben einer Zapfsäule der Nachttankstelle zum Stehen gekommen war.

Glück muss der Mensch haben, dachte ich und krabbelte durch die Beifahrertür ins Freie.

Ich hatte vollgetankt, bevor sich ein Tankwart blicken ließ, dann war ich unterwegs zum Kassenhäuschen. Auf halbem

Wege fiel es mir jedoch wie Schuppen aus den Haaren und ich stockte. Da ich Schorsch Busch die Waschmaschine hatte abkaufen müssen, bevor ich in den Karton kriechen konnte, war in meinem Portemonnaie jetzt totale Ebbe!

Unruhig klopfte ich meine Manteltaschen nach Knete ab, fand aber keine müde Mark. Nur Zigaretten, Streichhölzer, zig Erpresserbriefe, mein Megafon, ein Flugblatt, mein Schlüsselbund, den Angelschein, meine Mundharmonika, ein ungewöhnlich großes Stück Stoff …

* * *

»'n Abend«, begrüßte mich ein Mann in blauer Latzhose und mit Schieberkappe, als ich eintrat. »Zapfsäule Nummer zwei?«

Ich sagte nicht nein.

Die junge Frau, die neben ihm hinterm Tresen stand, lächelte freundlich. »Genau sechzig Liter …«, sagte sie und tippte den Betrag in die Kasse. »Macht 35,40 Mark.«

»Quatsch«, krächzte ich wie ein Ganove in einem schlecht synchronisierten Gangsterstreifen. »Ich zahle gar nix, dies ist nämlich ein Überfall!«

Die beiden zuckten zusammen, und als ich dann noch den Zeigefinger meiner rechten Hand in der Trenchcoattasche ausstreckte, damit es aussah, als wäre ich bis an die Zähne bewaffnet, war bei den beiden alles zu spät.

»Wenn das s-so ist … dann g-gehen d-die a-a-achtundsechzig Liter Super selbstverständlich a-aufs Haus!«, brachte die junge Frau heraus und versuchte noch immer, freundlich zu lächeln.

»Super«, erwiderte ich pampig und fuchtelte mit dem Finger in der Tasche.

»B-bitte ni-ni-nicht schi-schießen!«, stammelte nun der Mann und starrte mich mit weit aufgerissenen Augen an.

Mein Gesicht konnten die beiden natürlich nicht erkennen, denn ich hatte mir für diesen spontanen Überfall Gertrud Scholles Monsterschlüpfer über den Kopf gezogen. »Und jetzt die Flossen hoch!«, pflaumte ich und guckte dabei ziemlich grimmig aus der Unterwäsche.

Die zwei rissen wie auf Knopfdruck die Arme in die Höhe. »B-b-bitte tun Sie u-uns nichts«, flehte die Frau und zitterte wie Efeu im Wind. »W-wir machen auch k-k-keine Mu-Mucken!«

»Gut«, raunte ich. »Und jetzt hätte ich gern noch 'ne Stange *Overstolz* zum Mitnehmen.«

Der Mann in der zitternden Latzhose griff ganz langsam ins Regal hinter sich und legte dann das orangefarbene Päckchen so vorsichtig auf die Theke, als wäre es Dynamit.

»Besten Dank«, ganovte ich und stopfte die Zigaretten in die Innentasche meines Trenchs. »Und jetzt runter auf den Boden mit euch!«

Offenbar machte ich mich ganz gut als Tankstellenräuber, denn keine zwanzig Sekunden später lagen beide bäuchlings auf den schwarzen Kacheln.

»Und jetzt zählt ihr schön gemütlich bis einhundertfünfzigtausend«, fuhr ich ungehobelt fort. »Und solltet ihr vorher die Polente alarmieren oder gar aufstehen, dann komm ich sofort zurück und ballere euch den Grips aus der Kanzel!«

»Ei-eins«, legten die beiden prompt los und ich grinste unter meiner Schlüpfermaske. »Z-zwei, d-d-drei, v-vier, fün-nef …«

Es würde schon eine Ewigkeit dauern, bis sie auch nur bei hundert waren. Ich hatte allerdings jetzt keine Sekunde mehr zu verlieren und trabte aus dem Kassenhäuschen.

»Neu-neun, z-z-z-zehn, ö-ö-ö-ölf, zw-zw-ölf, dreiz-z-z-zehn …«

Ich riss mir den fleischfarbenen Fetzen vom Schädel und rückte meinen Hut zurecht. Dann sprang ich auch schon in den aufgetankten Volvo, schloss ihn kurz und schlug mich in die Flucht.

Kapitel 5

Jetzt hoffte ich nur, dass ich wirklich noch rechtzeitig kam, denn ich hatte an der Tankstelle bestimmt zehn Minütchen verplempert. Aber dafür reichten wenigstens die Zigaretten bis übermorgen. Leider war in der Zwischenzeit Nebel aufgekommen, und ich konnte nicht schneller als 89 km/h fahren.

Über den Tankstellenüberfall machte ich mir schon wenige Meter später keine Gedanken mehr. Der landete ohnehin auf der Spesenrechnung, nachdem ich diesen Fall gleich bravourös gelöst haben würde. Und da die beiden Pächter mich dank der Unterhose nicht erkannt hatten, fiel auch kein Schmerzensgeld an.

Ich lenkte den Volvo an der Gabelung nach links, rollte über eine kleine Hügelkette hinweg und gelangte etwa dreizehn Minuten später nach Bad Simpsen. Der kleine Kurort, der nur ein paar Kilometer hinter Dingenskirchen lag, schlummerte eingehüllt von Nebelschwaden in der Landschaft.

Von irgendwo aus dem Ort wehte der Nachtwind Musik zu mir herüber.

Die Straßenbeleuchtung war um diese Uhrzeit schon zappenduster, also folgte ich dem einzigen Lichtschein, den ich ausmachen konnte – wie eine Motte, die einen 144er Volvo fährt. Da die Bürgersteige in Bad Simpsen natürlich längst hochgeklappt waren, konnte ich die Kurven schneiden und gelangte so viel flotter als vermutet dahin, wo der Lichtschein schien.

Ich brachte den Wagen zwischen zahlreichen anderen Karossen auf dem Schotterplatz vor dem Gebäude zum Stehen und las das brutzelnde Neonschild über dem Eingang: *Kleinkunstbühne Bad Simpsen*. Die hatten hier doch bestimmt ein Cognäcchen im Ausschank. Das würde mir jetzt gut tun. Ich stieg also aus der Frau Staatsanwalt ihrem viertürigen Volvo und war froh, dass sich der Nebel langsam wieder verzog. Ein zufriedenes Grinsen legte meine Beißerchen frei; und ich betrat das Theater.

Unbedachterweise hatte ich vergessen, an der Nachttankstelle auch Kohle für den Eintritt zu klauen, aber als ich der Kartenabreißdame meinen unwiderstehlichsten Maikäferblick und zehn Schachteln *Overstolz* schenkte, ließ sie mich für umme in den Saal. Hier spielte auch die Musik. Genauer gesagt am hinteren Ende des Raumes, auf der Bühne. Die Klappstuhlreihen davor waren gut gefüllt; und das Publikum lauschte einer älteren Dame mit silbergrauem Haar und in glitzernder Paillettenbluse. Zu den Rhythmen eines fetzigen Swings sang sie mit rauchiger Altstimme und wackligem Gebiss:

»Ja, die Literatur hat's mir angetan,
jedoch kein Heimat-, Liebes- oder Arztroman
weder ein Försterdrama noch ein Gruselschocker
und auch'n wilder Western reißt mich nicht vom Hocker.«

Die Glitzeromi hatte bestimmt schon bessere Tage gesehen und spuckte beim Singen die ersten Stuhlreihen gehörig nass, aber ihre Aura schweißte alle Augenpaare an die Bühne.

»Und es ist mir schnurzpiepegal,
was dieser Superman so kann
Percy Stuart – ja, das ist unser Mann!
Jawoll, ich liebe Krimis

denn Krimis ha'm Niveau
Krimis, die ha'm Schmiss,
Krimis, die ha'm Biss
ach, ich liebe Krimis so!«

Das ging mit direkt ins Blut. Mit wippenden Knien und einer qualmenden *Overstolz* am Zahn, ließ ich dann meinen Blick durch den schicken Schuppen schweifen, und in einer Nische beim Durchgang zu den Klos entdeckte ich die Bar. Ein kuscheliges Nest für Schluckspechte mit guter Sicht auf die Musik. Da flatterte ich hin und zog mir einen Aschenbecher und die Erdnüsse ran. Der bullige Barkeeper begrüßte mich mit einem netten Nicken, und ich bestellte einen dreifachen *Martell*. Dann war der Krimisong zu Ende, und unter tosendem Applaus verließ die alte Dame die Bühne.

Genüsslich schob ich mir den *Martell* hinters Gebiss und kippte ein paar Erdnüsse hinterher, da betrat ein gelackter Frackaffe das Podium. »Liebe Freunde«, verkündete er mit großen Gesten. »Bevor die bezaubernde Coco Lorez zu späterer Stunde für uns noch das Titellied ihres aktuellen Bühnenprogramms *Ich bin nicht tot zu kriegen!* singen wird, kommen wir nun zu unseren Nachwuchstalenten. Diese Combo gehört schon jetzt zu den großen Hoffnungen des hiesigen Jazz. Bitte einen Riesenapplaus für das *Maximum Terzett* mit ihrem Bandleader Trompeter Kraus!«

Das Publikum klatschte und johlte, und die Kapelle kniete sich in eine so fantastische Interpretation von *Basin Street Blues*, dass es mir die Schuhe auszog. Trompeter Kraus mochte Ende zwanzig sein und stieß ins Horn wie Miles Davis an seinen besten Tagen. Von diesem Teufelskerl brauchte ich unbedingt ein Autogramm! Ich bestellte beim Barmann noch einen mehrfachen *Martell* und schnippte im

Takt. Trompeter Kraus und seine Jungs brachten noch eine schmissige Fassung von *Ich will der Knopf an deiner Bluse sein* und den *Radetzky-Marsch* als Rumba, dann gab es eine Pause.

Ich leerte schnell mein Cognacglas, zog mir die Schuhe wieder an und drängelte mich durch die begeisterte Menge zur Bühne. Trompeter Kraus lehnte am Klavier und nippte an einem Sekt.

»Ganz große Klasse, was Sie da machen«, sagte ich und tippte zum Gruß an meinen Hut. »Dürfte ich bitte ein Autogramm haben?«

»Gerne«, lächelte der Musikus und signierte eine seiner Autogrammkarten.

»Danke«, nickte ich. »Ein wirklich tolles Konzert, Herr Kraus. Oder sollte ich lieber sagen … *K.*?«

Der Trompeter hörte auf zu lächeln.

»Meine Nachbarin schickt mich«, sagte ich und nahm die Autogrammkarte entgegen.

»Ihre Nachbarin? Und was habe ich mit der zu tun?«

»Na, immerhin haben Sie sie baden geschickt, Herr Kraus.«

»Ich?«

»Mit lecker Apfelschaum«, ergänzte ich und rieb noch ein bisschen Badesalz in die Wunde.

Trompeter Kraus schluckte. »Sie meinen …«

»Genau, ich meine Tante Gertrud. Die mit dem Bordell eine Etage unter mir. Fast wäre ich Ihnen nicht auf die Schliche gekommen, aber dann fand ich zwischen Ihren Erpresserbriefen auch eine kunterbunte Ankündigung für dieses Konzert hier!«

»Welche Erpresserbriefe?« Kraus tat verdutzt. »Wer sind Sie überhaupt … und was wollen Sie von mir?«

»Geben Sie's auf. Ich bin Kommissar Heinz Engelmann von der Kripo und gleichzeitig der Mann, dem der Tauchsieder gehört.

Der Trompeter machte plötzlich Anstalten wegzulaufen, doch ich packte ihn am Ärmel. »Hiergeblieben!«, zischte ich. »Oder ich polier dir dein Esszimmer!«

»Sie ... Sie können mir gar nichts beweisen, Herr Kommissar!«

Ich grinste wie ein Honigkuchenpferd im Galopp. »Recht hat immer der, der die Beweise hat, das sagt sogar Günter Strack, und jetzt guck mal hier, du Tröte!«

Ich hielt ihm seine Autogrammkarte hin und riss den Stapel Erpresserbriefe aus meinem Mantel.

Trompeter Kraus musste jetzt nicht nur einsehen, dass die Handschriften identisch waren, er guckte auch wie ein Reh, wenn es an der Stoßstange eines PKW klebt.

»Und die Ansichtskarte aus Detmold haben Sie auch geschrieben, nicht wahr?«

Er bewegte den Kopf langsam auf und ab.

»Und warum, Herr Kraus?

»Ich wollte Tante Gertrud schöne Grüße aus dieser schönen Residenzstadt im Landkreis Lippe senden.«

»Nein«, winkte ich ab. »Ich meine doch, warum Sie Ihre Tante erpresst haben ...«

»Ich musste doch mein Musikstudium irgendwie finanzieren«, sagte er heiser und senkte den Kopf. »Und da ich mir denken konnte, dass ein Bordell in einem Mietshaus bestimmt nicht gern gesehen ist, habe ich Tante Gertrud ausgequetscht wie eine Zitrone.«

»Aber eines Tages wollte die Gute nicht mehr zahlen.«

»Die olle Schnepfe meinte auf einmal, dass sie das Bordell drangeben würde, weil die Freier ständig Dreck in den Hausflur trugen, und da kriegte ich Panik!«

»Und haben Sie umgebracht!«, stellte ich finster fest. »Eiskalt in der Wanne verbrannt. Mit dem Tauchsieder, den Sie unter meinem Küchenfenster im Hof gefunden haben!«

Wütend zog ich Trompeter Kraus am Ärmel durch die Menschenmenge zum Ausgang, als plötzlich eine mächtige Explosion das ganze Theater erzittern ließ.

* * *

»Prost, Engelmann!«

»Zum Wohl, Frau Staatsanwalt«

Dann stießen wir an, und ich goss mir den Cognac hinter die Binde, denn für Kaffee war es viel zu früh.

Nachdem die Kollegen von der Dingenskirchener Feuerwehr die Reste des in die Luft geflogenen, weißen Volvos gelöscht und vom Parkplatz gefegt hatten, wurde die einsturzgefährdete Kleinkunstbühne evakuiert. Ein Kollege aus Bad Simpsen war dann so nett gewesen, mich und Trompeter Kraus im Streifenwagen ins hiesige Präsidium zurückzufahren. Jetzt saß der wahre Killer hinter Gittern und ich mit der Frau Staatsanwalt in meinem Büro.

Draußen vor dem Polizeipräsidium graute inzwischen der Morgen und die ersten Sonnenstrahlen des neuen Tages schummelten sich durch die schmierigen Fenster herein.

»Ich hoffe, Sie sind mir nicht böse wegen Ihres Wagens?«, fragte ich und schenkte mir aus der Pulle, die stets neben dem Telefon beim Aschenbecher auf meinem Schreibtisch stand, ein Schlückchen nach.

»Ach wo, Kommissar Engelmann«, lächelte Daniela Wirtz-Baldt und nippte an ihrer Flasche *Dreh & Trink Kirsche*. »Menschenskind, ich bin ja froh, dass Sie den Fall gelöst haben und nicht drinsaßen!«

»Von der kokelnden Zigarettenkippe im Volvo kam wohl auch die Nebelfront auf dem Weg nach Bad Simpsen«, mutmaßte ich, befreite eine *Overstolz* aus meinem Trenchcoat und bot auch meiner aparten Vorgesetzten eine an.

»Ich muss Ihnen etwas gestehen, Engelmann«, druckste diese jetzt, pustete bläulichen Rauch durch mein vergilbtes Amtszimmer und sah mich leicht verschämt an.

»Was denn?«

»Mir war von vorneherein klar, dass Sie nicht der Mörder von Gertrud Scholle sind, auch wenn durch den Tauchsieder alles gegen Sie sprach. Aber nachdem ich Doktor Anna Lühses Analyse gehört hatte, lag auf der Hand, dass es sich um einen so kniffligen Fall handelte, dass nur Sie ihn würden aufklären können.«

»Aber ich hatte ja meinen freien Tag«, konstatierte ich und blies meinerseits Qualm durch die Gegend.

»Daher mussten wir Sie ja irgendwie aus der Reserve locken, Engelmann. Also kam Ihre attraktive Assistentin auf die Idee, Sie einfach als Täter zu verhaften.«

»Na, die Liesel ist mir ja eine!«, sagte ich und brauchte noch einen Schluck Cognac.

»Fräulein Weppen war sicher, dass diese Ungerechtigkeit Sie so fuchsig machen würde, dass Sie durch die Diensttoilette abhauen und den tatsächlichen Mörder schnappen würden!«

Ich grinste und griff nach der Flasche. »Was mir dann ja auch gelungen ist, Frau Staatsanwalt. Dieser Trompeter Kraus wird jetzt für eine ganze Weile nichts mehr blasen, außer vielleicht Trübsal.«

Daniela Wirtz-Baldt lehnte sich zu mir über den Schreibtisch, und ich roch den frischen Duft ihres Bobschnitts. »Das haben Sie echt super gemacht!«

Wie aus dem Nichts zauberte sich ein Funkeln in ihre freundlichen Augen. »Heinz?«, hauchte sie. »Kann es sein, dass ich mich seit gestern ein bisschen in Sie verliebt habe?«

»Schon möglich, verdammte Hacke«, sagte ich verlegen und haute mir den nächsten Cognac hinter den Gaumen. »Nun, Frau Staatsanwalt, würden Sie unter diesen Umständen vielleicht mit mir eine kleine Spritztour in meinem rosaroten Panda unternehmen?«

»Zu gerne würde ich das, Heinz.« Danielas Wangen glühten jetzt, und sie drückte ihre *Overstolz* in meinem Aschenbecher aus. »Wohin fahren wir denn?«

»Raus zur alten Mühle. Dort steht nämlich noch immer meine neue Waschmaschine!«

Bonusmaterial

Verpatzte Pathologieszene

Es gibt absolut keinen Zweifel, Frau Staatsanwalt.« Frau Doktor Anna Lühse ging mit ihren halbhohen Absätzen auf dem PVC-Boden der Pathologie klackernd auf und ab. »Das Opfer hat eine Combustio dritten Grades erlitten. Diese führte erst zu Sepsis, bildete Schwarz-Weiß-Nekrosen, und das Kreislaufversagen folgte unweigerlich. Die irreversible Deterioration von Dermis und sogar der Subkutis haben dann unweigerlich zum Tod geführt.«

»Klingt böse, aber für mich sind das alles böhmische Dörfer, werte Frau Doktor, sagen Sie's doch einfach für minderbemittelte Staatsanwälte.«

»Tut mir leid, Frau Wirtz-Baldt«, sagte die hiesige Gerichtsmedizinerin und holte tief Luft. »Ich habe überhaupt keine Ahnung, was das bedeutet.«

»Wie bitte?«

»Ich weiß es wirklich nicht.«

»Dann gucken Sie doch schnell im Manuskript nach, was der ganze medizinische Kram bedeutet«, schlug ich vor, doch die Frau Doktor schüttelte den Kopf und blickte traurig drein. »Das ist so«, sagte sie geknickt. »Das Skript hab ich leider verlegt.«

»So was Ärgerliches«, brummte die Wirtz-Bald, und auch ich war jetzt stocksauer.

»Aber genau das hier ist doch die Stelle in der Geschichte, wo es zum ersten Mal so richtig spannend wird«, warf ich ein und rückte meinen Hut zurecht. »Und wenn Sie jetzt nicht auf hochdeutsch sagen, wie genau die Frau Scholle gestorben ist, dann weiß auch der Leser nicht Bescheid und legt womöglich beleidigt das Buch weg und liest was anderes!«

»Stimmt«, nickte mir die Frau Staatsanwalt zu. »Vielleicht den neuen Schmöker von diesem Klaus Stickelbroeck.«

»Könnte sein«, sagte ich und sah Frau Lühse vorwurfsvoll an. »Der Klaus erklärt in seinen Büchern nämlich immer alles ganz verständlich, damit der Leser bei der Stange bleibt.«

»Und Georges Simenon verzichtet in seinen Krimis fast völlig auf medizinische Fachbegriffe«, ergänzte die Frau Staatsanwalt.

»Warten Sie mal«, sagte die Gerichtsmedizinerin jetzt und ging zu dem Nierentisch, der in der Pathologie stand. Sie hob die Niere eines unbekannten Organspenders hoch und holte darunter einen Stapel Papier hervor. »Hier ist es!«, rief Anna erfreut. »Ich hatte es als Unterlage benutzt und dann vergessen.«

Hastig blätterte sie in ihrem klebrigen Manuskript, bis sie zur richtigen Stelle kam. »Aha, aha, soso«, murmelte sie, sah dann auf und lächelte.

»Also, Frau Gertrud Scholle ist gegen halb zwei heute früh in ihrer vollen Badewanne verbrannt!«

»Na also, es geht doch!«, freute sich Daniela Wirtz-Baldt. »Und jetzt sind Sie dran, Engelmann.«

»Die Scholle … ist im Wasser … verbrannt?«, stammelte ich, überglücklich, den Satz endlich stammeln zu dürfen. »Aber … so was geht doch gar nicht.«

Anna Lühse machte eins der Kühlfächer auf und präsentierte einen knusprigen Rostbraten, der wohl einmal meine Nachbarin von einer Etage drunter gewesen war.

Alternativer Tankstellenüberfall

Einen schönen guten Abend«, begrüßte mich der Mann mit der blauen Latzhose und der Schieberkappe, als ich eintrat. Die junge Frau, die neben ihm hinter der Kassentheke stand, lächelte freundlich. »Einmal Volltanken. Macht 35,40 Mark.«

»Quatsch«, krächzte ich ungehobelt wie ein Ganove in einem schlecht synchronisierten Gangsterfilm. »Ich zahle gar nix, dies ist nämlich ein Überfall!« Den Zeigefinger meiner rechten Hand hatte ich in der Trenchcoattasche ausgestreckt, damit es aussah, als wäre ich bewaffnet, und fuchtelte wild damit herum. Außerdem hatte ich mir Gertrud Scholles Monsterschlüpfer über den Kopf gezogen und blickte darunter ziemlich grimmig aus der Unterwäsche. »Flossen hoch!«

Die Frau, die ein rosa Rüschenkleid trug, riss sofort die Arme in die Höhe.

»Bitte nicht schießen!«, flehte der Mann und hob dann auch die Händchen. »Äh, die … die achtundsechzig Liter Super gehen selbstverständlich aufs Haus, mein Herr.«

»Super«, krächzte ich und wedelte wieder mit dem Finger in der Tasche.

»Was …«, stotterte die Frau. »Was wollen Sie denn noch?«

»Wo ich schon mal hier bin, hätte ich gerne eine Stange *Overstolz* zum Mitnehmen.«

Der Mann in der Latzhose griff ganz vorsichtig ins Regal hinter sich und legte dann das orangefarbene Päckchen auf die Theke.

»Danke. Und jetzt das Gesicht zum Regal.«

Er drehte sich um. »Schön so bleiben«, knarzte ich. »Und keine Mätzchen! Ich hab, wie man sieht, immer noch die Bleispritze unterm Mantel.«

Der Mann nickte und stieß dabei mit dem Kinn an ein Regalbrett.

Dann wandte ich mich an die junge Frau im rosa Rüschenkleid. »Du da, wie heißen Sie?«

»Cora.«

»Gut Cora. Ausziehen!«

»Aber …«

»Runter mit dem Fummel«, krächzte ich jetzt etwas pampiger unter meiner Maske, denn ich hatte wirklich keine Zeit, ewig auf dieser Tankstelle rumzuhängen.

»Bitte … tun Sie mir nichts«, jammerte Cora und stand noch immer in ihrem Rüschenkleid da.

Ich ließ den Zeigefinger in der Trenchcoattasche tanzen und sie zog sich endlich aus. Das Kleid glitt zu Boden. Drunter trug sie nichts. Nur Pumps.

»Die Schühchen auch.«

Sie zog nun auch ihre rosa Lackschuhe aus.

»Besten Dank, Cora«, sagte ich und drehte mich nun wieder zu dem Mann um. »Und du legst jetzt mal schön die Latzhose ab!«

Er tat, wie ihm geheißen.

»Und jetzt ab auf den Boden mit euch«, sagte ich, und keine zwanzig Sekunden später lagen beide bäuchlings auf den schwarzen Kacheln. »So ist fein«, fuhr ich fort. »Ihr zählt jetzt beide schön langsam bis einhundertfünfzigtausend. Und wenn vorher einer von euch die Polente ruft oder es gar wagt, sich zu bewegen, dann komm ich zurück und blase euch den Stuck aus der Kanzel, klar?!«

Beide nickten und fingen an zu zählen. »Eins, zwei, drei, vier …«

Ich hatte jetzt keine Sekunde mehr zu verlieren, schnappte mir die Stange *Overstolz* vom Tresen, sammelte Coras Klamotten und die Latzhose auf und lief zur Tür. So ohne was an würden die zwei mir wohl kaum folgen.

»... neun, zehn, elf, zwölf, dreizehn ...«

»Und nichts für ungut«, sagte ich, als ich die Klinke zu fassen kriegte. »Meine Chefin wird euch später einmal alles erklären!«

»... siebzehn, achtzehn, neunzehn, zwanzig ...«

Dann sprang ich in den aufgetankten Volvo und schlug mich in die Flucht.

Endstation Gießen

Kapitel 1

Schon im ersten Satz dieser neuen Kriminalgeschichte klingelte das Telefon. Erst einmal, dann mehrfach. Es war sieben Uhr neun, und ich saß in meinem Büro am Schreibtisch. Ich frühstückte gerade meinen zweiten Cognac, weil es für Kaffee natürlich noch viel zu früh war, und ging ran.

»Wirtz-Baldt.«

Ich hörte sofort, dass meine Vorgesetzte Daniela Wirtz-Baldts enorm tiefe Stimme ernster klang als sonst, dachte mir aber nichts dabei. »Schönen guten Morgen, Frau Staatsanwalt«, flötete ich in den Hörer, aalte mich im Stuhl und legte die Füße auf den Schreibtisch. »Was gibt's denn?«

»Sitzen Sie, Kommissar Engelmann?«

»Und wie! Oder glauben Sie, ich nehme mein Frühstück im Stehen ein?«

Wieder nahm ich ein Schlückchen und blies dazu den Rauch der leckeren *Overstolz* durch mein vergilbtes Dienstzimmer.

»Da ist ein Anruf für Sie, Engelmann. Es geht um Liesel«, sagte Staatsanwältin Wirtz-Baldt, und durch den Hörer hörte ich, wie sie schluckte.

»Um meine attraktive Assistentin?«, fragte ich erstaunt und goss mir aus der Flasche, die stets neben dem Telefon beim Aschenbecher auf meinem Schreibtisch stand, ein drittes Frühstück nach. »Aber die ist doch seit gestern in Gießen wegen dieser Fortbildung.«

Danielas Schweigen verhieß wirklich nichts Gutes, und eine gewisse Unruhe machte sich in meinem Magen breit. »Was ist denn mit Liesel?«, hakte ich nach, aber immer noch Stille im Draht. »Sind Sie noch dran, Frau Staatsanwalt?!«

»Nun, Engelmann, laut den Gießener Kollegen ist Liesel nie bei der Polizeihochschule angekommen …«

»Wie bitte?«

»Ich … Menschenskind, ich stelle mal besser durch«, kam es zögerlich durch den Hörer, und es knackte in der Leitung.

»Hallo? Spreche ich mit Kommissar Heinz Engelmann?«, fragte eine sonore Männerstimme. »Mein Name ist Henner Roth. Oberkommissar Henner Roth. Ich rufe aus Gießen an. Es tut mir sehr leid, Herr Kollege, aber es sieht folgendermaßen aus …«

Ich hörte zwar die Worte, die Roth dann sprach, doch meine Gehirnwindungen hatten Probleme, sie zusammenzusetzen. Sie waren wie einsame Güterzugwaggons, die an einem stillgelegten Bahnhof füreinander unerreichbar auf getrennten Abstellgleisen stehen. »Aber … Herr Oberkommissar … das kann doch nicht wahr sein.« Ich merkte, wie mir der Schweiß unter der Hutkrempe ausbrach. »Tot … Roth?«, fragte ich sprachlos in den Hörer und hörte meine eigene Stimme wie durch Watte. »Sie … Sie müssen sich irren!«

»Ich fürchte nein, Engelmann. Die Leiche konnte sich ausweisen.«

Erst rutschten mir das Herz in die Hose, die Füße vom Tisch und schließlich der Hörer aus der Hand. »Ich … ich komme sofort!«, stammelte ich und sprang auf.

Auf diesen schrecklichen Schock brauchte ich jetzt dringend einen Kaffee, doch ich hatte keine Zeit zu verlieren. Ohne mich zu verabschieden, geschweige denn aufzulegen, lief ich wie in Trance aus dem Büro, aus dem Polizeipräsidium, auf den Parkplatz, wo mein Wagen stand. Dann stieg ich in den rosaroten Panda und schmiss den Motor an, der entsprechend aufjaulte, jagte mit Karacho und quietschenden Reifen durch die hiesigen Straßen und kaffauswärts.

Als ich hinter Dingenskirchen auf die Autobahn fuhr, hatte ich noch immer nicht begriffen, was eigentlich los war. Die liebe Liesel … tot? Es wollte mir nicht in den Schädel. Und dann auch noch ermordet?!

Mit durchgetretenem Gaspedal und ganzen 82 km/h schnurrte der rosarote Panda auf dem linken Fahrstreifen dahin. Ich ignorierte die hupenden Lastwagen an meiner hinteren Stoßstange, denn ich war viel zu sehr mit Gedanken beschäftigt. Was wusste ich eigentlich über Liesel? Wer war Liesel Weppen gewesen? Klar, sie war Polizeimeisterin und meine attraktive Assistentin, aber wer war sie tief in sich drin gewesen? Nicht als Polizistin, sondern als Mensch. Von mir aus auch als Frau. Ich wusste, dass Liesel nie geraucht hatte, keinen Alkohol trank, außer nach einem gelösten Kriminalfall mal ein Gläschen Protschesko. Ich wusste, dass sie gerne *Caramac* aß und sich in aufregenden Momenten auf die Lippen gebissen oder sich Affenschaukeln geflochten hatte. Und ich wusste, dass sie zwei Brüder hatte: Fritz und Elmar Weppen. Aber die hatte ich nie kennengelernt.

Während ich nachdachte, schob sich der Asphalt rasant unter meinem Wagen hinweg. Einige LKW hatten mich mittlerweile rechts überholt, aber das störte mich nicht. Ich holte meine Ersatzflasche Cognac aus dem Handschuhfach und nahm einen ordentlichen Schluck. Die ganze Sinniererei hatte mir einen Mund trocken gemacht, der staubiger war, als die Sahara bei Ebbe.

* * *

Es muss so gegen halb elf gewesen sein, dass ich auf den Gießener Ring fuhr. Mit einem Affenzahn, versteht sich. Und dann rechts ab, Richtung Zentrum auf die Heuchelheimer

Straße. Ich nahm noch ein Schlückchen Cognac und steckte die Pulle dann ins Handschuhfach zurück. Einerseits fand ich es dufte, mal wieder in der mittelhessischen Metropole zu sein, andererseits wäre ich gern aus einem ganz anderen Grund gekommen!

Durch den Rückstau an der Ampel schob ich mich wie in Zeitlupe an die Konrad-Adenauer-Brücke heran, und ich wurde zunehmend fickrig. Die Brücke überspannte nämlich nicht nur die Lahn, von da oben konnte man auch wunderbar auf das untere Wehr gucken, auf den Fundort von Liesels Leiche.

Nach der nächsten Grünphase stand der rosarote Panda mitten auf die Brücke, und ich sah rechts unten am Ufer das dreiköpfige Polizeiaufgebot samt Streifenwagen. Dort war Polizeimeisterin Weppen also ihrem feuchten Tod begegnet.

Ich schluckte und krallte meine schweißnassen Hände ums Lenkrad und lenkte den Panda kurz darauf in die Lahnstraße. Ich stellte ihn auf dem Parkplatz bei den Stadtwerken ab und ging mit zitternden Knien Richtung Wehr. Das Wasser rauschte genauso wie der Blutdruck in meinem Kopf. Rechter Hand, direkt unter der Konrad-Adenauer-Brücke, jenseits der Polizeiabsperrung, standen drei, vier Schaulustige und ein paar kreischende Kinder spielten ahnungslos mit Wackersteinen *Fische versenken*.

»Sie müssen Engelmann sein!«, rief mir ein Mann in honiggelber Steppjacke zu. Er stand neben einem Peterwagen, an dem zwei weitere Polizeibeamte lehnten, und winkte mich zu sich.

Ich tippte zum Gruß an meine Hutkrempe und ging hinüber.

»Schön, dass Sie so schnell kommen konnten, Engelmann. Ich bin Oberkommissar Henner Roth«, stellte der Lulatsch sich vor, während er mir eine seiner kohlenschaufelgroßen Hände reichte. Sein bräunlicher Bürstenschnitt waberte leicht im Wind, und ich sah sofort, das Haar hatte Henner Roth gefärbt. »Willkommen in Gießen«, sagte er mit sonorer Stimme und sah mich dabei mit traurigen Augen durch seine Brille an. »Zu dumm, dass es nicht unter besseren Umständen ist.«

Ich senkte leicht den Kopf und nahm ein durchsichtiges Plastiktütchen entgegen, in dem sich etwas befand, das mich an meinen Jugendschwimmpass erinnerte. Ich zog es heraus und klappte den durchgeweichten Personalausweis vorsichtig auf. Das Herz schlug mir bis zum Hals, und ich spürte, wie er sich zuschnürte.

»Ja«, brachte ich heiser heraus, und die Gewissheit, dass Liesel tatsächlich tot war, traf mich mit voller Wucht. »Welcher hinterfotzige Halunke kann das nur getan haben, Oberkommissar Roth?«, fragte ich mit einem Kloß im Hals. Dann steckte ich Liesels Ausweis tatternd in die Tüte und gab sie Roth zurück.

»Wir werden ihn kriegen, Engelmann. Ganz bestimmt.«

So was sagte ich auch immer zu den Leuten, wenn jemand ermordet worden war, doch als ausgebuffter Ermittler wusste ich, dass es dafür keine Garantie gab. »Wo … ist die Leiche?«

»Dort vorne unter der Plane. Wir haben sie vorhin aus dem Wasser gezogen, weil sie ein paar Kanuten im Weg war.«

»Kann ich sie sehen, Roth?«

»Ihre attraktive Assistentin hatte sich in der Bootsgasse verfranst. Kein schöner Anblick, aber kommen Sie.« Der Oberkommissar führte mich um den Peterwagen und seine zwei Streifenpolizisten herum, den abschüssigen Weg zur Lahn hinunter.

Da lag sie. Unter einer Plane auf den Steinen, direkt neben der plätschernden Bootsgasse.

Ich kniete mich neben die Leiche, zog die Abdeckung zur Seite und erschauderte. Mein Magen drehte sich um. Nach Luft schnappend merkte ich, wie ich mir mit zittrigen, eiskalten Fingern den Hut vom Kopf nahm.

»Heilige Mutter Gottes, Maria und Josef, verdammte Hacke!«, stammelte ich zu mir selbst. »Arme Liesel!« Tränen schossen mir in die Augen. »Welcher Teufel hat Ihnen das nur angetan?«

Oberkommissar Roth stand nun hinter mir. »Ertrunken ist Polizeimeisterin Weppen jedenfalls nicht«, sagte er laut, gegen das dolle Wasserrauschen an. »Das Loch in ihrer Stirn deutet eindeutig auf eine andere Todesursache hin! Vorausgesetzt, es handelt sich überhaupt um Liesel Weppen ...«

»Natürlich ist sie das«, sagte ich, wischte mir mit dem Trenchcoatärmel die Tränen aus der Visage und drehte mich zu Roth um. »Ich erkenne ihre Uniform sofort wieder. Und die Schirmmütze auch. Klar, die Klamotten sind alle nass, aber ich erkenne sie zweifellos wieder!«

»Positiv?«

Trotz des abscheulichen Anblicks, gelang es mir nicht, den Blick von der aufgeschwemmten Wasserleiche zu nehmen. »Also, Herr Kollege, bis auf die Haarfarbe stimmt alles. Das heißt ... die Nase der Leiche ist leicht anders, als ich sie in Erinnerung habe, aber die könnte sich durch die Wucht des Einschusses in die Stirn verzogen haben.«

»Geschenkt, Engelmann«, nickte Henner Roth. »Das heißt, Sie bestätigen, dass die Tote Ihre Assistentin war?«

»Ich könnte mir schon vorstellen, dass das hier die tote Liesel Weppen ist. Obwohl sie ja laut Personalausweis Mitte zwanzig ist und jetzt, wo sie hier liegt, eher nach Mitte fünfzig aussieht.«

Mein Gießener Kollege blickte ernst drein. »Sie sind sich also demnach nicht ganz sicher, ob es sich bei dieser Leiche um die aufgedunsenen Überreste Ihrer attraktiven Assistentin handelt?!«

Nachdenklich setzte ich meinen Hut wieder auf und rückte ihn zurecht. »Also, wenn Sie mich so fragen, Oberkommissar Roth, dann ist die Tote unmöglich Liesel Weppen. Ganz ausgeschlossen. Außerdem ist die ja bei genauerem Hinsehen ein Mann!«

Kapitel 2

Da ich keine mehr geraucht hatte, seit ich auf der Fahrt nach Gießen an Wetzlar vorbeigebrettert war, holte ich mir eine *Overstolz* aus der Trenchcoattasche und klemmte sie mir ins Gesicht. Das klappte auf Anhieb, weil meine Hände nun nicht mehr ganz so sehr zitterten.

»Also mittlerweile bin ich ganz sicher, Herr Oberkommissar«, sagte ich, zündete die vorzügliche Fluppe an und nahm ein paar tiefe Züge. »Wenn das hier Liesel Weppen ist, dann bin ich der Papst von China.«

Ich bot Henner Roth auch eine Zigarette an, doch er lehnte dankend ab.

»Gut, dass wir jetzt Gewissheit haben, Kommissar Engelmann. Wir hatten uns natürlich schon gewundert, dass die Person auf dem Passfoto ganz anders aussieht als die Leiche«, bemerkte er. »Aber ein bisschen Spielraum kalkulieren wir immer ein, denn es ist ja heutzutage bekannt, was zum Beispiel Hautcremes und Botoxspritzen mit dem menschlichen Gesicht anrichten können.«

»Da sagen Sie was, Herr Kollege«, rief ich meinem Kollegen zu, denn das Wehr rauschte ohne Unterlass weiter. »Aber um wen handelt es sich, wenn diese tote Type mit dem Loch in der Stirn nicht meine Mitarbeiterin ist?«, wollte ich lauthals wissen.

»Gute Frage«, lobte Roth und hatte ebenfalls eine, die er auch prompt stellte: »Und wie zum Kuckuck kommt die Leiche in Liesel Weppens Dienstklamotten und an ihren Ausweis?«

Nachdenklich drückte ich ein bisschen auf der unbekannten Leiche herum. Offenbar hatte sie jede Menge Wasser geschluckt, denn jedes Mal, wenn ich meinen Zeigefinger gegen die Bauchdecke presste, schoss eine kleine Wasserfontäne aus dem Loch in der Stirn. »Tja, die Sachen muss ihr jemand angezogen beziehungsweise zugesteckt haben«, schlussfolgerte ich und blies den Rauch über die Lahn. »Höchstwahrscheinlich der Mörder!«

Ich drehte mich zu Henner Roth um, welcher zustimmend nickte, während er neben der Bootsgasse auf und ab schritt. Plötzlich kam einer der beiden Polizisten, die bis dahin am Streifenwagen herumgelungert hatten, auf ihn zu.

»Herr Oberkommissar. Ein dringender Funkspruch für Sie!«

»Komme!«

Während Roth dem Uniformierten zum Streifenwagen folgte, nahm ich einen weiteren tiefen Zug von meiner *Overstolz*, ließ die Sonne Mazedoniens meinen Gaumen liebkosen und interviewte meinen Grips. Es tat zwar gut zu wissen, dass Polizeimeisterin Weppen nicht die Wasserleiche war, aber dennoch waren drei essentielle Fragen offen:

Wo steckte Liesel?

Was hatte sie an?

Hatte sie überhaupt etwas an?

»Wahrscheinlich ist Ihre attraktive Assistentin kerngesund, Engelmann«, sagte Oberkommissar Roth und kam wieder zu mir herüber. »Und selbst, wenn sie nicht an ihrer Fortbildung teilnimmt, dann bummelt Fräulein Weppen vielleicht gerade durchs Marktquartier, guckt sich den botanischen Garten an oder hält ihre Füßchen in den Schwanenteich.« Seine Augen sahen mich durch seine Brille tröstend an. »Tut mir leid, dass Sie nun ganz umsonst nach Gießen gekommen sind.« Dann hielt er mir mit dem Versuch eines Lächelns im Gesicht eine seiner Kohlenschaufeln hin.

»Sie müssen weg, Roth?«, fragte ich überrascht und drückte dabei wieder auf die Leiche, der auch prompt wieder ein bisschen Lahnwasser aus der Stirn sprudelte.

»So sieht es aus, Engelmann. Ich habe einen Einbruch an der Backe. Gerade frisch reingekommen.«

Ich stand auf, trat meine Kippe am Lahnufer tot und schüttelte seine monströse Hand. »Dann viel Erfolg bei der Aufklärung, Roth. Ich werde noch ein bisschen in Gießen bleiben, durchs Marktquartier bummeln, mir den botanischen Garten angucken und die Füßchen in den Schwanenteich halten«, sagte ich, hatte aber selbstverständlich nichts dergleichen vor. Ich drückte ihm zum Abschied die Visitenkarte des Hotels, in dem ich immer wohnte, wenn ich vor Ort war, in die Pranke und tippte an meine Hutkrempe.

Henner Roth gab seinen zwei Beamten ein Zeichen, woraufhin sie der Leiche die Plane überzogen und sie in den Kofferraum des Streifenwagens trugen. Dann stiegen die Streifenpolizisten zu Roth in den Wagen, und ich sah dabei zu, wie die vier davonfuhren.

* * *

Ich schmiss den Blinkerhebel nach rechts. Nachdem ich West- und Südanlage hinter mir gelassen hatte, bog ich jetzt am Berliner Platz ab. Selbstverständlich fuhr ich nicht einfach so nach Hause zurück, um die Sache mit der falschen Lieselleiche auf sich beruhen zu lassen. Als Kripobeamter und Leiter der hiesigen Mordkommission wusste ich zwar, dass man mich daheim brauchte, selbst wenn Hiesig nur ein kleines Nest war. Hin und wieder passierte auch dort ein ordentliches Verbrechen, und dann musste ich zur Stelle sein, aber unter diesen dramatischen Umständen mussten die Frau Staatsanwalt

Wirtz-Baldt, Frau Doktor Anna Lühse aus der Pathologie und auch Wachtmeister Meister von der Verkehrspolizei mal ohne mich klarkommen. Der liebe Onkel Engelmann würde nämlich seine Schnüffelnase in den mittelhessischen Wind halten und das Rätsel um seine verschollene Assistentin lösen!

Immer, wenn ich in Gießen war, stieg ich im Hotel am Ludwigsplatz ab, einem gemütlichen Etablissement, in dem einst schon Max Greger und Lotti Krekel übernachtet hatten. Daher war es auch gut genug für mich, und ich war auf dem besten Wege, also gab ich meinem rosaroten Panda die Sporen, düste mit sagenhaften 31 km/h über die Fluten der Wieseck hinweg, und riss kurz darauf das Steuer hart nach rechts, um auf dem Hof des Hotels in einer freien Parklücke zum Stehen zu kommen.

Als ich das Hotel betrat, machte die gut aussehende Frau an der Rezeption ein Gesicht wie vierzehn Tage Sonnenwetter. »Kommissar Engelmann, was für eine Überraschung!«, freute sie sich. »Meine Güte, Sie waren ja ewig nicht hier!«

Mir wurde gleich ganz warm ums Herz. »Stimmt, Frau Keller«, sagte ich und zog meinen Hut. »Zuletzt zum Gießener Krimifestival, als ich aus meinem Buch *Tot ist tot, und Schnaps ist Schnaps!*[2] gelesen habe.«

»Stimmt«, lächelte die hübsche Hotelleitung und reichte mir den Zimmerschlüssel mit der Nummer 205.

»Ich fürchte nur, dass mein Besuch in Gießen diesmal um einiges ernster ist, Frau Keller. Ich arbeite an einem echten, spannenden Fall.«

»So?«

»Ja. Erst dachte ich nämlich, meine Assistentin wäre ermordet worden, doch jetzt ist sie auch noch verschwunden!«

»Oweiowei!« Frau Kellers Laune schlug plötzlich um wie das Wetter an einem Apriltag.

[2] KBV, 2013

»Und das ist um einiges aufregender als der Mumpitz, der in meinen Büchern steht«, sagte ich trocken und steckte den Zimmerschlüssel in meine Trenchcoattasche.

»Verstehe«, sagte Frau Keller besorgt. »Aber tun Sie mir den Gefallen, Herr Kommissar, und vermeiden bitte Schießereien auf dem Hotelflur. Die Einschusslöcher gehen nur ganz schlecht wieder raus!«

»Keine Sorge, liebe Frau Keller«, sagte ich so charmant, wie ich konnte. »Ich wohne nur hier. Ermitteln tu ich woanders.«

Sichtlich erleichtert legte die Chefin des Hotels am Ludwigsplatz eine Hand auf ihre Brust und atmete auf. »Puh. Und ich nehme an, Sie bleiben in unserem Hause, bis Sie den Fall bravourös gelöst haben, Herr Kommissar?«

»Äh … ja, genau«, stammelte ich und bat die liebe Frau Keller mit hochrotem Kopf, meine rechte Hand nun wieder von ihrer Brust entfernen zu dürfen. Dann betrat ich noch immer leicht errötet den Fahrstuhl.

Im zweiten Stockwerk angekommen, stieg ich aus dem schnurrenden Gefährt, und drehte kurz darauf den Schlüssel im Schloss zu Zimmer 205. Es zeigte zur Straße raus, und ich schob die Vorhänge zur Seite.

Irgendwo da draußen war Liesel, irgendwo in dieser großen Stadt. Und da konnte mir der Kollege Henner Roth erzählen, was er wollte, ich hatte felsenfest im Urin, dass meine attraktive Assistentin weder beim Schwanenteich planschte, noch sonst wie auf Vergnügungstour war, sondern in großer Gefahr!

Ich fummelte eine *Overstolz* aus meinem Trench und steckte sie erst zwischen die Lippen und dann in Brand.

Sollte der Herr Oberkommissar sich doch um seinen Einbruch kümmern, ich jedenfalls würde nach Polizeimeisterin Weppen suchen, denn mit ihr hatte ich so manchen Fall gelöst, und das sollte auch in Zukunft so bleiben. Ich trat vom Fenster weg und warf einen Blick in die Minibar, denn ich brauchte jetzt dringend einen Cognac. Da drin war allerdings nur *Asbach*. Immerhin. Knallt auch. Mit der *Overstolz* am Zahn und dem Weinbrand im Anschlag ließ ich mich schlapp auf das flauschige Bett sinken.

Ich nahm einen Schluck *Asbach*, warf die prompt leere Flasche quer durchs Zimmer in den Papierkorb und ließ gedankenverloren meinen Blick wandern. Ich liebte zwar die alten französischen Meister, aber auch der Miró an der Wand konnte mich nicht aufheitern. Im Gegenteil – momentan fühlte ich mich wie ein ausgestöpselter Staubsauger ohne Beutel, den man lieblos über rauen, kalten Beton schiebt. Liesel war wie eine Stecknadel in einem Gießener Heuhaufen, und vielleicht würde ich sie nie wiedersehen.

Plötzlich klopfte es an die Zimmertür.

»Ist offen!«, rief ich matt und zupfte meinen Trenchcoat ansehnlich gerade.

Frau Keller machte die Tür auf und stand auf der Matte. »Entschuldigung. Da war gerade ein Anruf für Sie, Herr Engelmann. Ein gewisser Oberkommissar Roth von der Gießener Polente.«

Mit einem Mal war ich hellwach und sprang wie ein gedopter Laubfrosch vom Bett. »Ja und?!«

»Er hat ausrichten lassen, Sie mögen doch bitte ruckizucki zu ihm aufs Präsidium kommen, er hätte da was für Sie.«

»Wahrscheinlich eine Spur in Sachen Liesel!«, sagte ich begeistert und gab der Frau Keller vor lauter Freude einen Schmatzer neben die lächelnden Lippen. »Bin schon unterwegs!« Dann ließ ich die höchstgradig verdutzte Hotelfachfrau im Rahmen stehen und galoppierte frohgemut aus dem Gebäude.

Kapitel 3

Mahlzeit«, sagte ich zu dem nett aussehenden, jungen Mann, der gerade seiner *Adler* Schreibmaschine zeigte, wo die Hämmerchen hängen. Er war einer von den beiden Streifenpolizisten, die ich vom Wehr kannte. »Ich möchte gerne zu Oberkommissar Henner Roth.«

Der Beamte beendete sein Getippe und sah auf. »Herzlich willkommen bei uns im Gießener Polizeipräsidium, Kommissar Engelmann«, sagte er grinsend und stand von seinem Schreibtisch auf. »Toll, Sie endlich mal persönlich kennenzulernen. Ich bin ein großer Fan!«

»Tatsächlich?«, staunte ich. »Von mir?«

»Natürlich, Herr Kommissar. Ich hab all Ihre Fälle gelesen, und Sie natürlich live beim Krimifestival erlebt. Und in Ihrem Musiktheaterstück *Der Mörder ist immer der Täter* waren Sie auch ganz groß! Wie Sie da den Tortenheberkiller geschnappt haben … einfach fabelhaft«, schwärmte der junge Mann und machte mich ziemlich verlegen.

»Danke … aber dürfte ich jetzt vielleicht Oberkommissar Roth sprechen?«

»Den Chef?«, sagte der sympathische Endzwanziger. »Klar, der erwartet Sie bereits, Kommissar Engelmann, aber dürfte ich bitte vorher noch schnell ein Autogramm haben?« Er schob mir ein Blatt Papier vor die Nase und bleckte mich so erwartungsvoll an, dass seine makellosen Zähne in der Bürobeleuchtung schimmerten.

Als plötzlich ein Schatten auf mich fiel, wusste ich, dass mein Lulatschkollege neben mir stand. »Ach, wie ich sehe, haben Sie meinen attraktiven Assistenten, Polizeimeister

Schwätzer, schon kennengelernt.«

Ich kritzelte meine Unterschrift auf das Papier und drehte mich zu Henner Roth um. »Hab ich anscheinend und jetzt weiß ich auch, wie er heißt«, schmunzelte ich zurück. »Und, Herr Kollege, was macht Ihr Einbruch?«

»Ach«, schlug Roth die Hände über dem Kopf zusammen. »Ich bin keinen Schritt weiter.«

»Wo ist denn überhaupt eingebrochen worden?«, fragte ich aus reiner Höflichkeit, denn eigentlich interessierte mich bloß, ob er was Neues von Liesel wusste.

»Wenn Sie sich mit unserer Stadt ein bisschen auskennen, dann wissen Sie ja sicher, dass Gießen nicht nur bekannt ist für die Universität, Justus von Liebig und das Stadttheater, sondern auch bei der Tiermedizin einen Fuß ganz vorne in der Tür hat«, holte Oberkommissar Roth weit aus, und ich rollte innerlich mit den Augen. »Und?«, fragte ich die Frage, die mein Gießener Kollege wohl an dieser Stelle am meisten gebrauchen konnte, um fortzufahren.

»Unbekannte Täter sind letzte Nacht in die Veterinärklinik eingebrochen und haben einen Medikamentenschrank erbrochen und leer geräumt«

»Oha«, stellte ich fachmännisch fest und wollte nun endlich wissen, was Sache war. »Die Frau Keller vom Hotel am Ludwigsplatz sagte mir, dass Sie mich dringend sprechen wollen!«

»Ja natürlich, Engelmann. Lassen Sie uns doch in meinem Büro einen Kaffee trinken und dann sage ich Ihnen, was ich auf dem Herzen habe.«

»Ich nehme lieber einen Cognac.«

»Wir haben leider nur *Mariacron* da«, meldete sich Polizeimeister Schwätzer zu Wort. »Sie wissen ja, es wird überall gekürzt.«

»Das geht notfalls auch«, nickte ich dem Schwätzer zu und folgte Roth in dessen Büro. Mittlerweile war ich so gespannt, dass sich das Blut in meinen Adern anfühlte, als wäre es elektrisch geladen.

»Eben kam ein Anruf rein, der Sie interessieren könnte, Engelmann«, sagte der Oberkommissar und deutete auf ein TK-25-Tonbandgerät von Grundig. »Ich habe alles mitgeschnitten.«

»Sapperlot, Sie sind ja ganz schön modern ausgestattet«, staunte ich nicht schlecht und guckte mir die imposante Bandmaschine an, die neben dem Telefon beim Aschenbecher auf seinem Schreibtisch stand. »Davon kann ich in unserem hiesigen Präsidium nur träumen. Das ist überhaupt eine ganz kleine Klitsche und nicht so ein Klotz wie Ihr Hauptquartier hier. Echt geil.«

»Kein Wunder«, erklärte Roth mit sonorem Klang. »Dies ist die ehemalige Gail'sche Zigarrenfabrik, Engelmann. Hier im Hause hat Georg Philipp Gail, der übrigens von 1785 bis 1865 gelebt hat, leckere Zigarren hergestellt. Und zwar ab 1840, das muss man sich mal vorstellen. Später dann auch Kautabak, Pfeifentabak und Schnupftabak. Bis dann die Fabrik schließlich 1963 …«

Gottlob kam in diesem Augenblick Polizeimeister Schwätzer herein und unterbrach Roths Heimatkunde. Außerdem würde ich sowieso bei *Overstolz* bleiben, denn diese Zigarettenmarke war ein guter Freund, der nie enttäuschte. Das sagte auch die Werbung im Rundfunk.

Schwätzer stellte eine Tasse Kaffee und ein Kännchen *Mariacron* auf den Schreibtisch seines Chefs und verschwand wieder.

»Aber nun zur Sache!«, sagte Roth, nachdem er ein Schlückchen Kaffee intus hatte, und drückte den Abspielknopf des Tonbandgeräts.

Das Telefon auf der Aufnahme klingelte. Erst einmal, dann

mehrfach, so wie es bei meinem Apparat manchmal auch vorkam.

»Ja, Gießener Polizeipräsidium, Durchwahl -5113, Oberkommissar Henner Roth am Apparat«, hörte ich Oberkommissar Henner Roth sagen, obwohl er neben mir stand und Kaffee trank. Verrückte Technik!

»Mein Kollege ist verschwunden«, sagte eine Männerstimme auf der Aufnahme.

»Du liebe Güte, ich bin doch kein Fundbüro!«, tönte Roths Stimme. »Aber wo Sie schon mal in der Leitung sind, wie heißt der Kollege denn?«

»Herr Jeschke.«

»Und was arbeiten Sie?«

»Ich bin Beamter.«

»Ach so.«

»Genau wie der Herr Jeschke«, fuhr die Männerstimme fort und wurde zunehmend aufgeregter. »Ich glaube, dass er entführt wurde … der Herr Jeschke … das war nämlich so… wir arbeiten beide im Rathaus, in einem Büro …«

Henner Roth tippte mir jetzt auf die Schulter und machte dann eine Geste mit seiner Augenbraue, die andeutete, dass nun der interessante Teil der Tonbandaufnahme kam.

Es habe gestern Nachmittag das Telefon geklingelt, berichtete der aufgebrachte Anrufer weiter. Jeschke sei drangegangen und plötzlich ganz nervös gewesen. Er habe dem Anrufer einen Moment zugehört und dann erst: »Ja … ja gut, ich bringe Ihnen die Akten«, gefolgt von: »Aber nicht erschießen, das haben Sie versprochen« geflüstert. Daraufhin habe sich Jeschke hektisch einen Aktenordner aus dem Schrank geschnappt und sei zur Bürotür gegangen.

Weiter sagte der Anrufer: »›Wo willst du denn hin, Friedhelm?‹, habe ich ihn gefragt, weil der Herr Jeschke ja mit Vornamen Friedhelm heißt, doch er hat nicht geantwortet, sondern ist einfach gegangen. Durch das Bürofenster sah ich dann, wie ein finster aussehender Kerl den Herrn Jeschke in ein Auto zerrte, das mit laufendem Motor an der Bushaltestelle wartete. Ein tannengrüner Ro 80.«

»Wie alt etwa?«, hörte ich Henner Roths Stimme auf dem Tonband fragen.

»Das konnte ich auf die Entfernung leider nicht genau sehen, Herr Oberkommissar, aber ich denke Baujahr 1971/72.«

»Nein, ich meine doch den Kerl«, hatte Roth nachgehakt.

»Der war so um die vierzig«, kam die aufgezeichnete Antwort. »Und eine Frau saß am Steuer des Ro. Keine Ahnung, wie alt die war … und dann fuhren die beiden mit dem Friedhelm und dem Auto ganz schnell weg. Links rum, auf die Südanlage. Die Reifen quietschten sogar, so doll sind die abgebogen! Also wenn Sie mich fragen, Herr Oberkommissar, dann ist der Aktenordner weg, und dem Friedhelm ist was passiert!«

Roth hielt das Tonband an.

»Na, was sagen Sie dazu, Engelmann?

»Tja, man sollte nie mit Fremden mitgehen, das hat mir schon meine Mama eingebläut.«

»Und sonst? Könnte dieser Friedhelm Jeschke nicht unsere unbekannte Wasserleiche sein?«

»Allerdings, Herr Kollege«, sagte ich begeistert und schenkte mir noch etwas *Mariacron* aus dem Kännchen nach. »Falls das Gangsterpärchen sein Versprechen nicht eingehalten, den Jeschke durch die Stirn geschossen und ihn dann in die Lahn geschmissen hat, dann mit Sicherheit!«

»So was hab ich auch überlegt, Engelmann«, freute sich nun auch Henner Roth und sah auf die Wanduhr, die in seinem frisch gestrichenen Büro über der Tür hing. »Und deshalb habe ich mit unserem anonymen Anrufer in einer halben Stunde auch ein kleines Rendezvous vereinbart. Aber hören Sie selbst!« Und dann drückte mein Gießener Kollege erneut den Abspielknopf seiner Bandmaschine.

»Vielleicht hab ich da was für Sie, guter Mann …«, kam Roths Stimme jetzt wieder aus dem Lautsprecher.

»Was denn, Herr Oberkommissar?«

»Eine Frage.«

»Gern. Welche denn?«

»Wie alt war denn der Herr Jeschke?«

»Wieso *war*?«

»Och nix. Das ist Polizeijargon für Präsens.«

»Er war so um die Mitte fünfundfünfzig.«

»Das kommt hin!«

»Sie kennen den Herrn Jeschke auch, Herr Oberkommissar?«

»Kann sein. Am besten, Sie treffen mich in einer halben Stunde in der Langhansstraße.«

»Wieso? Was ist denn da?«

»Die Pathologie!«

* * *

»Ta-daaa!«

Der Gießener Gerichtsmediziner hob das Laken hoch und der Mann mit der Männerstimme machte ein Gesicht, wie wenn man angeekelt in eine fette Spinne fasst.

»Das ist der Herr Jeschke. Ohne Zweifel«, murmelte er geknickt und wandte sich dann an Roth und meine Wenigkeit. »Also ist der Friedhelm doch tot.«

Oberkommissar Roth und ich nickten unisono. Der Gießener Gerichtsmediziner klappte das Laken wieder zu, und dann standen wir vier eine Weile schweigend in dem nackten, gekachelten Raum. Durch ein Fenster drang bleiches Licht herein und gesellte sich zu dem Schein der Neonröhren.

»Aber …«, fragte schließlich der Mann. »Wieso trägt der Herr Jeschke denn diese klamme Polizeikleidung am Leib?«

»Das ist eins der vielen Rätsel, die wir noch knacken müssen«, sagte ich und seufzte.

»Was wir aber mit Sicherheit wissen«, schaltete sich jetzt der Gießener Gerichtsmediziner ein, »ist, dass die Leiche nicht ertrunken ist, sondern vorher erschossen wurde, was der Laie auch an dem riesigen Loch in Jeschkes Stirn sieht.«

»Na, Engelmann, was hab ich gesagt?«, stupste mich Henner Roth in die Seite.

»Das viele Lahnwasser ist erst nach dem Tod durch das Einschussloch in den Körper des Opfers gelaufen.«

»Das klingt logisch, Herr Doktor«, sagte ich und überlegte. Dann drehte ich mich zu Roth. »Aber warum zwingt man einen Mann, mit einem Aktenordner aus dem Rathaus zu kommen und bringt ihn schussendlich auch noch um?«

Der Herr Oberkommissar hatte keine Antwort parat. Jeschkes Kollege auch nicht. Und der Gießener Gerichtsmediziner hielt sich raus.

»Ein Motiv für den Mord wäre wirklich schön, Engelmann«, murmelte Roth, und plötzlich kam mir ein Gedanke, der fast eine Idee war. »Vielleicht war der Aktenordner ja wichtig«, sagte ich und wandte mich nun wieder an den Mann mit der Männerstimme. »Haben Sie vielleicht bei Ihrem Job mit bestimmten Dokumenten zu tun, die für irgendwen interessant sein könnten?«

»Für irgendwen sind die bestimmt sehr interessant, Kommissar Engelmann«, bestätigte der Kollege von Herrn Jeschke meinen Verdacht. »Der Friedhelm und ich verwalten alle Pläne der … argh!«

»Die Argh?«, fragte ich verständnislos. »Was soll das denn sein, Mann? Die Allgemeine Rudergemeinschaft Hessen?«

»Nein Engelmann!«, rief Roth aufgeregt. »Argh sagt man, wenn man mitten im Satz eine Kugel in den Kopf kriegt!«

»Was?!«

Jetzt begriff ich auch, was passiert war. Ein Schuss war von draußen durch die Fensterscheibe gepeitscht. Blut und Glas flogen durch die Pathologie und, so wie es aussah, hatte das nächste Opfer ein Loch in der Stirn – diesmal allerdings von hinten!

Der Mann brach nun leblos vor meinen Füßen zusammen, wie ein achtlos in den Keller geworfener Kartoffelsack.

»Schnell, Engelmann!« Roth rotierte und zog seine Dienstwaffe.

»Soll ich den gleich hierbehalten?«, rief uns der Gießener Gerichtsmediziner nach, während Roth und ich auch schon auf die Langhansstraße sprangen.

Draußen angekommen, hätte ich gar nicht hinsehen müssen, ich erkannte schon am Quietschen, dass es sich um die Reifen eines tannengrünen Ro 80 handelte.

»Jetzt haben wir die Verbrecher!«, brüllte Roth und ballerte auf die Reifen, doch die quietschten munter weiter und der Wankelmotor des Wagens drehte auf.

»Stimmt, jetzt müssen wir sie nur noch kriegen!«, entgegnete ich trocken, fummelte lässig eine *Overstolz* aus der Manteltasche und sah dabei zu, wie der tannengrüne Flitzer mit einer stinkenden Gummiwolke in Richtung Klinikstraße davonwankelte.

»So ein Mist!«, fluchte der Oberkommissar und steckte die leere Waffe in seine honiggelbe Steppjacke zurück.

»Unser flottes Killerpärchen kriegen wir schon noch«, beruhigte ich Roth und gab mir Feuer. »Ein tannengrüner Ro 80 fällt in Gießen doch auf wie ein Priester in Unterhose.«

Oberkommissar Roth guckte ziemlich bedröppelt. »Ach Engelmann, wenn wir doch nur wüssten, mit welchen Unterlagen der Jeschke und sein Kollege im Rathaus zu tun hatten.«

»Apropos sein Kollege ...«, sagte ich und blies dabei eine Ladung Rauch über die Langhansstraße. »Wie hieß der eigentlich?«

Kapitel 4

Nachdem ich Roth mit dem rosaroten Panda im Präsidium abgesetzt hatte, war ich zum Hotel am Ludwigsplatz zurückgefahren.

»Hallo, Kommissar Engelmann«, lächelte Frau Keller hinter ihrem Rezeptionstresen, als sie mich hereinkommen sah. »Und? Haben Sie Ihre verschwundene Assistentin inzwischen gefunden?«

»Nein, bisher leider nicht«, sagte ich. »Dafür wissen wir jetzt, wer die Wasserleiche wirklich war und haben noch einen neuen Toten dazubekommen, der sich passenderweise direkt in der Pathologie abgelegt hat.«

»Alle Wetter«, staunte die hübsche Hotelchefin. »Da kriegen Sie ja bei Ihrem Besuch in Gießen ganz schön was geboten, Herr Kommissar!«

Ich nickte und machte ein komisches Gesicht dazu.

»Kann ich denn noch etwas für Sie tun, Kommissar Engelmann?«, fragte Frau Keller und sah mich mit erwartungsvollen Augen an. Konnte sie. Und zwar bei Gelegenheit bitte die ganzen Kindergetränke aus meiner Minibar nehmen und mit *Asbach* auffüllen. Ferner bat ich sie, mich um achtzehn Uhr zu wecken, sofern ich schlafen sollte, da ich um neunzehn Uhr mit Oberkommissar Roth zum Abendessen verabredet war.

Frau Keller versprach, meine Wünsche zu erfüllen. »Ihr Zimmer ist übrigens noch auf, Herr Engelmann. Sie sind ja eben so mir nichts dir nichts weggerannt.«

Ich stutzte. »Aber in meinem Zimmer hängt doch ein Miró. Der ist doch bestimmt über eine Million wert! Haben Sie denn keine Angst, Frau Keller, dass der gestohlen wird, wenn die Tür offen bleibt?«

»Hier kommt selten was weg, Herr Kommissar. Und selbst wenn, dann würden Sie den Diebstahl doch bestimmt aufklären, oder?«

Sie zwinkerte mir zu, und ich musste grinsen. Dann tippte ich zum Gruß an meinen Hut und wollte gerade zum Aufzug gehen, als ich doch noch mal wie angewurzelt stehen blieb. »Ach, liebe Frau Keller, machen Sie mir doch bitte jetzt gleich eine Verbindung mit dem Rathaus und stellen das Gespräch auf mein Zimmer, ja? Am besten holen Sie mir direkt die Frau Bürgermeister ans Rohr.«

* * *

Ich sah Roth. Er saß schon drinnen am Tisch. Ich war zu Fuß vom Hotel zum Lindenplatz geschlendert, um etwas frische Luft zu schnappen und ein paar *Overstolz* zu qualmen. Nun betrat ich das asiatische Restaurant und setzte mich zu meinem Gießener Kollegen.

»Guten Abend, die Herren. Herzlich willkommen bei *Kim Phat*«, begrüßte uns ein Mann, der gleichzeitig Asiat war.

»Hallo Herr Phat«, sagte ich, und da ich einen Bärenhunger hatte, legte ich gleich los: »Ich hätte gerne eine große Portion Ragout fin in Blätterteig mit einem Pfützchen Worchestersoße drauf.«

Der Kellner schüttelte den Kopf. »Oh, tut mir leid, mein Herr, Worchestersoße haben wir nicht.«

»Nicht? Na dann nehm ich halt das Zigeunerschnitzel. Medium. Und bitte nicht mit Pommes, sondern mit Kroketten.«

»Gibt's bei uns leider auch nicht, mein Herr.« Der Mann schüttelte erneut den Kopf und legte die Augen in Schlitze.

»Auch kein Zigeunerschnitzel, Herr Phat?«, sagte ich etwas enttäuscht. »Das ist ja phatal.«

»Aber, mein Herr ...«, strahlte der Kellner nun und zeigte auf das üppig gefüllte Laufband hinter sich. »Wir haben lecker Sushi.«

»Hören Sie mal, mein lieber Kim«, brummte ich. »Der Fisch, der da Karussell fährt, ist ja noch gar nicht durch!«

»Also, ich weiß schon, was ich nehme«, meldete sich Oberkommissar Roth zu Wort und bestellte die Nummer 54[3], ein Portiönchen Krabbenbrot und dazu einen Litschischnaps.

»Davon nehme ich bitte auch drei. Essen tu ich lieber nix«, gab ich meine Bestellung auf, woraufhin der Kellner kochend abdampfte.

»Alles ein Schuss in den Ofen, Engelmann«, sagte Roth, fuhr sich durch seinen Bürstenschnitt und sah mich niedergeschlagen durch seine Brillengläser an. »Wir haben heute Nachmittag mit Hilfe von Verkehrspolizei, Bundesgrenzschutz, einer Hubschrauberstaffel der Hessischen Landespolizei und zweihundert Lawinenhunden das gesamte Gebiet von Launsbach bis zum Kloster Schiffenberg nach dem tannengrünen Ro 80 durchkämmt, aber Fehlanzeige!« Dann seufzte der Oberkommissar so inbrünstig, dass die Servietten vom Tisch segelten.

Der Kellner tauchte wieder an unserem Tisch auf. »So, die Herren, Ihr Litschischnaps. Bitteschön.«

»Danke Kim.«

Er stellte uns die Gläschen hin und subtrahierte sich wieder.

Roth und ich stießen an, tranken, und dann wurde Roth wieder ernst. »Mit dem Einbruch in die Tierklinik komme ich auch nicht recht voran. Mein attraktiver Assistent, Polizeimeister Schwätzer hat zwar vorhin einen Anwohner vernommen, der gesehen haben will, wie gegen dreiundzwanzig Uhr

3 Gebratenes Hühnerfleisch mit Zitronengras und Paprika (scharf) »Vietnam-Art«

zwei düstere Gestalten aus der Klinik geklettert, die Straße Am Steg und links rum auf den Hollerweg gehuscht seien, wo sie plötzlich wie vom Erdboden verschluckt gewesen seien, aber was nützt uns das?«

Ich sagte nichts dazu. Ich zuckte nur mit den Achseln, rückte nachdenklich meinen Hut zurecht und machte mich dann über den nächsten Litschischnaps her. Dann fiel mir ein, was ich dem Oberkommissar noch dringend erzählt haben wollte. »Übrigens, ich habe eben mit der Frau Bürgermeister geklönt.«

»Aha?« Seine Augen gewannen nun wieder etwas an Glanz zurück.

»Ja. Und jetzt kann ich mir auch denken, was in dem Aktenordner war, den Jeschke aus dem Büro geschleppt hat, denn er und sein Kollege …«

»Wie hieß der denn nun?«

»Hab ich vergessen zu fragen. Also, Roth, der Friedhelm Jeschke und sein Kollege waren zuständig für die Verwaltung von …«

In diesem Augenblick brachte Herr Phat das Essen. »So, guten Appetit.«

»Hm. Sieht sehr lecker aus. Danke.« Henner Roth widmete sich seiner Nummer 54 und in seinen Riesenhänden wirkten die Essstäbchen wie Zahnstocher.

Ich hielt mich an den Litschischnaps, kaute ab und zu auf einer Scheibe Krabbenbrot, die ich in Samba Olaf getaucht hatte.

»Puh, da kommt ganz schön viel Papierkram auf mich zu«, meinte mein Gießener Kollege zwischen zwei Happen. »Bei zwei Fällen gleichzeitig.«

»Und das Verschwinden meiner Assistentin steht ja auch noch im Raum!«, warf ich ein und kippte Litschischnaps Nummer drei.

Roth schüttelte den Kopf und bugsierte ein Stück Huhn in seine Luke. »Aber Engelmann, das hat doch nichts miteinander zu tun.«

»Ich denke doch!«, protestierte ich. »Und ich will nicht länger Kommissar Heinz Engelmann, der ausgefuchste, alte Hase von der Mordkommission sein, wenn es keinen Zusammenhang gibt zwischen den Morden an Jeschke und seinem Kollegen, dem Einbruch in der Vet-Klinik und Liesels Abwesenheit.«

Roth guckte wie ein Auto mit Bürstenschnitt und Brille.

»Die zwei düsteren Gestalten, die eine Ladung Medikamente aus eurem Veterinärium geklaut haben, haben ganz sicher auch Jeschke und seinen Kollegen durchlöchert«, kam ich in Fahrt. »Und es sind auch dieselben zwei Leute, die einen Ro 80 fahren, der momentan genauso verschollen ist wie Liesel Weppen.«

Roth verschluckte sich, doch ich fuhr unbeirrt fort. »Und mit Liesels Verschwinden müssen die beiden folglich auch etwas zu tun haben, denn sonst hätten sie ihr kaum den Personalausweis und die Dienstklamotten abnehmen können, um den toten Jeschke damit auszustaffieren, was uns total in die Irre führen sollte!« Ich holte Luft und blickte Roth hochrot an.

»Meine Güte, Engelmann«, sagte dieser und griff grinsend nach seinem Schnaps. »Sie sind ein Teufelskerl!« Er winkte dem Kellner und bestellte noch ein paar Lagen Litschi. »Das heißt, Engelmann, wir haben, wenn man alles zusammenzählt, nur *einen* Fall!«

»Jawoll, und ich glaube, dieser Fall wird noch sehr spannend, falls er es nicht schon ist.«

* * *

Nach seinem vierten asiatischen Absacker war Roth blau. Also schleifte ich ihn aus dem *Kim Phat* und rüber zum Brandplatz, wo ich ihn in ein Taxi warf, das ihn hoffentlich heimbrachte.

Mittlerweile hatten wir nach zweiundzwanzig Uhr und die abendlichen Straßen waren dunkel. Ich trabte zum Hotel am Ludwigsplatz zurück und sprang dort in meinen rosaroten Panda, denn wie hatte meine Omma immer so schön gesagt: Man soll sich die Füße vertreten, solange sie noch warm sind. Gute Frau, meine Omma!

Der Oberkommissar hatte da beim Abendessen nämlich etwas gesagt, das meinen Ermittlergrips ganz gehörig in Wallung versetzte. Und daher wollte ich mir diesen Hollerweg mal ein bisschen genauer anzusehen.

Nachdem ich eine Weile durch Gießen geeiert war, fiel mir allerdings auf, dass ich absolut keinen Plan hatte und daher auch überhaupt nicht wusste, wo sich dieser vermaledeite Hollerweg befand. Ich war ja hier nicht in meiner Heimat Hiesig, wo man nach zwei Minuten Fahrt schon überall war, wo man hinwollte, sondern ich gurkte durch einen Moloch von Straßen, in einer Stadt mit über fünfhundert Einwohnern.

Ich kam an einer Bushaltestelle vorbei, wo ein Pärchen am Knutschen war, und kurbelte das Fenster runter. »Wo ist denn der Hollerweg?«

»Beim Güterbahnhof.«

»Aha. Danke.«

Weiter ging die Reise und nach einer Weile sah ich im Laternenschein etwas, das aussah wie ein Gütergelände mit zahlreichen Gleisen. Doch dies war noch immer nicht der Hollerweg, denn auf einem Straßenschild stand Margaretenhütte. Nach einigen Metern kam ich an ein weiteres falsches

Schild. Ich war also komplett auf dem Holzweg. Oder besser gesagt auf dem Hüttenweg.

Ich ging in die Eisen und zwang den Panda von 26 auf 0 in dreiunddreißig Sekunden. Momentchen mal, dachte ich, ich war doch gerade eben an einer Tankstelle vorbeigekommen. Ich wendete, hielt kurz darauf vor dem Tankstellenhäuschen und hüpfte hinein.

»Entschuldigung, würden Sie mir bitte sagen, wo ich den Hollerweg finde?«

Der Tankwart mochte Mitte dreißig sein und sah mich freundlich an. »Da sind Sie gar nicht so verkehrt. Der Hollerweg ist nämlich genau vis-à-vis, auf der anderen Seite der Eisenbahnschienen.«

Ich grinste, zog zum Dank meinen Hut und wollte gerade mit einer professionellen Pirouette aus der Tankstellentür tänzeln, da fiel mir etwas ins Auge, das hinter dem Mann zwischen Gummibärchen, Tabakwaren und Motoröl im Regal klemmte. »Oh, ich hab solchen Hunger, dürfte ich bitte ein *Caramac*?«

»Macht fünfunddreißig Pfennig«, lächelte der Tankwart und legte den Karamellriegel vor mich auf die Theke. »Das ist ja seltsam …«

»Was ist seltsam?«, fragte ich und drückte ihm das Geld in die Hand.

»Na ja«, sagte der Tankwart. »Erst verkaufe ich die Dinger jahrelang nicht – und dann gleich zweimal in zwei Tagen.«

»Was sagen Sie da?« Ich stand plötzlich so sehr unter Strom wie ein ganzes Umspannwerk. »Wer hat denn in letzter Zeit außer mir noch ein *Caramac* gekauft?«, sprudelte es aus mir heraus.

»Eine attraktive, junge Frau. Sie trug langes, blondes Haar und Polizeiuniform.«

»Potz Blitz!« Mein Blutdruck schlug Purzelbäume. »Wann war das?«

»Gestern Abend gegen kurz nach elf. Das war sowieso eine ganz komische Geschichte …«

Ich hielt es kaum noch aus.

»Nun, die Blondine hat den Karamellriegel gekauft, ging raus, biss rein und hat dann plötzlich: »Hey, Sie da, stehen bleiben!« zu irgendwem gerufen und ist dann Richtung Hüttenweg losgerannt, so wie bei einer Verfolgungsjagd im Krimi!«

»Ein Auto hat sie nicht dabeigehabt?«

»Nein.«

»Ich bin rausgerannt, hab aber die Frau nicht mehr gesehen. Dafür aber ein Auto …«

»Kunststück, Sie haben ja auch 'ne Tankstelle, junger Mann.«

»Nein, ich meine ein Auto, das man sonst nicht sieht. Hinten an der Ecke Hüttenweg.«

»Jetzt sagen Sie nicht, es war ein tannengrüner Ro 80?«

»Woher wissen Sie das? Sonst sieht man die ja immer nur in Eisblau metallic oder Orange.«

»Tanke schön!«, rief ich, verließ das Tankstellenhäuschen und bestieg den rosaroten Panda. Dann gab ich Gummi, fuhr mit aufheulendem Motor Richtung Hollerweg und hatte auf einmal das Gefühl, als würde mir ein Wagen folgen …

Kapitel 5

Als ich den Panda gegenüber der Tierklinik abstellte, war das Auto plötzlich aus meinem Rückspiegel verschwunden.

Ich stieg aus und öffnete mein *Caramac*, aber nicht, ohne mich vorher gründlich in der Dunkelheit umzusehen. Als ich feststellte, dass mir anscheinend niemand gefolgt war, biss ich hinein und bog kauend in den Hollerweg ein. Hier, oberhalb des Gütergeländes am Bahndamm fegte es ganz ordentlich, und ich musste meinen Trenchcoat zuschnüren und mehrfach meinen Hut zurechtrücken. Dann klopfte auch noch der Litschischnaps an meine Blase und ich musste Pipi. Holler die Waldfee! War das da vorne hinter dem Mäuerchen etwa eine öffentliche Toilette?

Ich ging durch ein Metalltörchen zu dem kleinen Steinhäuschen, das neben dem Hollerweg oberhalb der Gleisanlagen auftauchte, doch leider war die Gittertür am Toilettenhaus verschlossen. Schade. Also pinkelte ich kurzentschlossen an einen Personenzug, der just mit hell erleuchteten Fenstern in Zeitlupe an mir vorbeirollte. Ich nickte den Fahrgästen freundlich zu und schloss dabei meinen Hosenstall. Dann sah ich noch einmal zu dem Steinhäuschen hin. Gerade wollte sich eine Idee in mir formen, da tippte mich ein zierlicher Finger auf die linke Hüfte.

»Na Süßer, wie wär's? Sagen wir hundertfünfzig?«

Die junge Frau, die auf einmal dastand, sah zum Anbeißen aus, und ich beguckte sie mir von unten nach oben: Hochhackige, glänzende Lederstiefel, türkisfarbene Leggins, ein grobmaschiges Netzhemd, durch das ein pinker Büstenhalter Hallo rief. Ihr Gesicht war außerordentlich hübsch und wurde von langen, braunen Haaren eingerahmt. Vielleicht hatte sie etwas zu viel Schminke aufgelegt, aber das war ja Geschmackssache. Ich roch den Braten jedenfalls sofort und schmunzelte in mich hinein.

»Hundertfünfzig Mark?«, fragte ich so doof wie möglich. »Wofür das denn?«

»Na wofür 'n wohl.« Sie knetete sich die Körperrundungen und rubbelte über ihre hautengen Leggins.

»Lassen Sie mich raten, Sie sind ...«

»Klaro, Süßer, ich bin aus Gießen.«

»Nein«, winkte ich ab. »Ich meine doch ...«

»Ach so, Süßer«, hauchte die steile Brünette und knetete munter weiter. »Ja klar, es ist hier in der Gegend rund um den Hollerweg doch nicht verwunderlich, dass ich Nutte bin. Und du?«

»Ich bin keine, Nutte.«

»Nee, ich meine, wo bisten du so her? Wohl nicht von hier, was?«

»Nein, ich bin der Heinz von der hiesigen Mordkommission in Hiesig, aber meine Freunde nennen mich Kommissar Engelmann.« Ich hielt ihr dabei meine Zehnerkarte für die Autowaschanlage hin, weil ich meinen Dienstausweis im Hotel am Ludwigsplatz vergessen hatte.

»Ach 'n Polyp biste.« Das Schneckchen schien nicht gerade aus dem Häuschen. »Dann ist mir die Lust vergangen. Haste mal 'ne Fluppe?«

Ich gab ihr eine *Overstolz*. »Was willste 'n eigentlich hier im Hollerweg?«, fragte sie jetzt und rauchte.

»Das ist geheim, Nutte«, sagte ich so geheimnisvoll wie Schlemihl aus der Sesamstraße.

»Geheim?«, flüsterte Nutte und sah mich mit großen, geschminkten Augen an.

»Genau!«, zischte ich zurück. »Oder haben Sie zufällig gestern Abend was gesehen?«

»Gestern? Ach, du meinst, als der Einbruch war?«

Ich nickte vielsagend.

»Kann schon sein, Heinzilein«, lächelte das Schneckchen verschmitzt und zeigte ihre schönen Zähnchen. »Da musste aber was springen lassen.«

»Gerne doch«, lächelte ich zurück. »Ich lade Sie auf einen Schoppen und ein paar Erdnüsschen ein, und Sie erzählen mir alles, was Sie wissen, ja?«

»Gebongt.«

»Gibt's hier vielleicht ein gemütliches Lokal in der näheren Entfernung?«

Nutte nickte. »Logo, Heinzilein, da weiß ich, wo wir hingehen.«

* * *

Man hörte schon von draußen, dass das *Klimbim* brechend voll war.

Einige Gäste standen zum Nichtrauchen vor der urigen Eckkneipe und lehnten lässig am Zigarettenautomaten, um den Kontakt zum Nikotin nicht komplett zu verlieren.

Das Publikum im *Klimbim* war so bunt gemischt wie eine Tüte Konfetti und stand so eng beieinander wie Sardellen im Glas. Geräucherte Sardellen in Feierlaune, um genau zu sein. Die Luft war nicht nur zum Schneiden, da musste man mit einer Kreissäge ran. Es war traumhaft.

Nutte und ich wuselten uns durchs Volk, drei Stüfchen hoch, und landeten im hinteren Teil des Schankraums. Das war wie Stagediving, nur vertikal. Wir fanden tatsächlich noch zwei freie Plätze beim an die Wand genagelten *Kaffee-*

Hag-Schild, unter einer Wanduhr, auf der es fünf vor zwölf war.

Über uns hing ein Teekesselchen, und ich hoffte inständig, dass es keine doppelte Bedeutung hatte. Ich brauchte jetzt dringend einen Cognac, also zückte ich das Megafon, das ich stets bei mir trug. »Achtung, Achtung, hier spricht die Polizei!«, blökte ich los. »Kann man hier vielleicht ein paar Congnäcchen bekommen?!«

Die Gläser an der Theke vibrierten von der Druckwelle meiner Ansage und alle starrten mich an. Vermutlich hatten die meisten noch nie so ein modernes Megafon gesehen.

Ein Mann, den ich auf Anfang fünfzig schätzte, reckte den Kopf hinter der Theke hervor und guckte mich so verdattert an, als wollte ich eine Atombombe bei ihm kaufen. »Cognac?!«

»Ich stelle hier die Fragen!«, blaffte ich in meine Flüstertüte. »Sind Sie der Chef?«

Er nickte nett. »Ich bin Heinz Mohr«

»Tach, Heinz!«, quakte ich ins Megafon, »ich bin auch Heinz, und ich brauche jetzt dringend ein paar Cognäcchen!«

»Natürlich, Heinz!«, sagte Heinz und setzte sich in Bewegung.

»Und für Nutte hier bitte ein Schöppchen! Und dazu hätten wir gerne 'ne Packung Erdnüsschen!« Dann steckte ich mein Sprachrohr wieder in den Trenchcoat zurück. »Ich habe aber auch *Hanuta* da!«, rief Heinz Mohr noch, bevor er in den Keller hechtete.

Kurze Zeit später hatte der Mohr seine Schuldigkeit getan und seine beste und einzige Flasche Cognac heraufgeschleppt. Nachdem er sie von Staub und getrockneten Spinnweben befreit hatte, schenkte er mir ein und ein und noch mal ein. Nutte trank derweil ihren Schoppen und mümmelte Erdnüsse.

Aus den Lautsprechern knallte *My Generation* von den Who und die *Klimbim*-Sardellen schwangen die Hüften, während ich mich meinem Schneckchen zuwandte. »Und jetzt erzählen Sie mir doch mal, was Sie in der letzten Nacht am Hollerweg gesehen haben.«

»Klaro, Süßer«, sagte Nutte und ließ eine Erdnuss zwischen ihre makellosen Zähnchen purzeln. »Aber erst muss ich mal die Nase pudern.«

Dann stand sie auf, zog sich die türkisfarbene Leggins glatt und ging aufs Klo.

»Wie sieht's aus, Heinz«, stieß mich der Wirt an. »Noch einen? Oder haste den Kanal etwa schon voll?«

Der Mohr ließ mir wieder die Luft aus dem Glas, und offenbar schwemmte mir der gute Tropfen die Reste vom Litschischnaps aus den Gehirnwindungen und brachte meinen kriminalistischen Spürsinn voll in Gang.

Was hatte der Heinz da gerade eben gesagt? Verdammte Hacke, warum war ich da nicht selbst drauf gekommen!

Und dann fiel mir auch wieder das ein, was mir die Frau Bürgermeister am Nachmittag am Telefon erzählt hatte, und was ich Roth nicht mehr hatte sagen können, weil das Essen serviert wurde. Oh Mann, Engelmann! Dieser Fall war ja so was von klar, und ich hatte plötzlich das Gefühl, nicht nur eins und eins zusammengezählt zu haben, sondern ein ganzes Mathematikum auf meiner Seite zu haben.

Also drückte ich schnell eine adäquate Anzahl Münzen in Heinz Mohrs Patschehändchen, ließ mir einen Beleg über Speisen und Getränke ausstellen und sah dann, wie mein Schneckchen endlich vom Pott kam.

Ich packte Nutte beim Netzhemd, und gemeinsam arbeiteten wir uns aus dem *Klimbim*. Während mir die viele Luft ihren frischen Faustschlag in die Fresse ballerte, sang Aretha

Franklin drinnen aus den Lautsprecherboxen: »Friedhelm, ooh Friedhelm – Friiiiiiiedhelm!«

Für Friedhelm, also den Herrn Jeschke, war es zu spät. Für seinen namenlosen Kollegen auch, aber ich hatte noch die Chance, Liesel Weppen zu retten …

Kapitel 6

Ich ließ den rosaroten Panda durch das nächtliche Gießen schießen. Der Hut flog mir fast vom Deez, so schnittig bog ich von der Ebelstraße in die Wilhelmstraße, auf die Frankfurter und bei der Vet-Klinik rechts ab. Dann bremste ich mit rauchenden Reifen auf Höhe des steinernen Toilettenhäuschens am Hollerweg.

An dieser Stelle wurden die beiden Gestalten nach dem Einbruch in der Klinik vom Erdboden verschluckt. Kein Wunder, denn das war überhaupt kein Toilettenhäuschen! Und das Gaunerpärchen wusste bestens Bescheid, hatten sie doch mit Friedhelm Jeschke einen Fachmann gekidnappt. Dieser war nämlich, wie sein namenloser Kollege, nicht nur bei den städtischen Wasserbetrieben, sondern auch Fachmann für das gesamte Tunnel- und Kanalnetz in und um Gießen herum. Das alles und noch viel mehr hatte mir nachmittags die Frau Bürgermeister am Telefon erzählt.

Ich stand jetzt vor dem Häuschen und trat so oft vor das Gittertor, bis das Schloss auseinanderbrach. »Sie warten hier«, sagte ich mit Nachdruck. »Das ist nichts für Nutten!«

Dann schaltete ich die Taschenlampe an, die ich aus dem Handschuhfach geholt hatte, wo ich sie immer bei der Ersatzpulle Cognac aufbewahrte, und lief fünfzehn glitschige Stufen in die Tiefe.

Am Fuß der Treppe führte ein Tunnel nach links, unter den Eisenbahngleisen her. Wenn mich mein kartografischer Spürsinn nicht täuschte, dann konnte man hier gebückt durchkrabbeln und kam jenseits der ganzen Schienen, am Hüttenweg raus. Ich ließ meinen Tunnelblick schweifen und guckte in die Röhre. Dann machte ich mich auf den Weg, watschelte durch die Wasserrinne. Röhren, die beidseitig des schmalen Gangs verliefen, rauschten vor sich hin, und da war kein Licht am Ende des Tunnels, nur das Flackern meiner Taschenlampe.

Hier lang musste das Ganovenpärchen mit den gestohlenen Medikamenten geflohen sein, um dann an der Margaretenhütte wieder ans nächtliche Tageslicht zu krabbeln und in den tannengrünen Ro 80 zu steigen. Und wie es der Zufall wollte, hatte Liesel die beiden gesehen, als sie sich an der Tankstelle ihr *Caramac* kaufte, und das hatte den Räubern natürlich gar nicht geschmeckt!

Mit triefenden Tretern und mindestens zweihundert Metern Tunnel im Rücken, gelangte ich jetzt aus dem gewölbten Kanal in einen eckigen Raum. Ich ließ den Schein der Taschenlampe umhertanzen.

Für Polizeimeisterin Weppen war Hängen im Schacht, denn ich sah, dass man sie an die Stahlsprossen eines Gulliausgangs geknotet hatte! Sie trug Cordhose und Jeanshemd – vermutlich Herrn Jeschkes ehemalige Anziehsachen.

»Oh Gott, liebe Liesel!«, rief ich. »Was haben Sie denn da für Klamotten an!«

Die verheulten Augen meiner Assistentin fingen an zu leuchten. »Hallo, Chef! Schön, Sie zu sehen.«

Gerade wollte ich Liesel befreien, um hier nicht länger rumzuhängen, da hörte ich ein hässliches Klicken an meiner Schläfe.

»Ah, Freunde der Nacht«, sagte ich und machte gute Miene zum bösen Spiel. »Ihr zwei beiden seid also die Halunken, die armen, kranken Gießener Kleintieren die Medizin stibitzen und ganz nebenbei auch noch zwei Morde begehen.«

»Halt die Klappe, du Kanalratte!«, fauchte die Frauenstimme hinter mir, doch ich ließ mich nicht aus dem Konzept bringen. »Und jetzt wollt ihr wahrscheinlich noch einen begehen, was?«, fuhr ich freundlich fort. »Aber ich warne euch, Leute. Ab drei Morden gilt man als Serientäter.«

»Quatsch nicht!«, blaffte mich die Frau an, doch da kannte sie mich schlecht. »Klasse Idee übrigens, das mit dem Kanal als Fluchtweg«, schwärmte ich. »Und echt clever, den Friedhelm Jeschke als Hollerwegtunnelführer zu kapern und ihn zu beseitigen, wenn er euch alles gezeigt hat.«

»Danke«, sagte nun eine Männerstimme hinter mir. »Und sein Kollege, dessen Name wir übrigens nicht kennen, musste sicherheitshalber auch von der Bildfläche verschwinden.«

»Und du und deine kleine, blonde Freundin jetzt auch!«, keifte die Frau und drückte den Lauf ihrer Kanone noch etwas fester gegen meine Birne.

»Nicht so schnell, Frollein!«, sagte ich. »Vorher muss ich noch was wissen.«

»Was denn?«

»Wo sind die ganzen Medikamente?«

»Im Ro 80 versteckt. In der Stoßstange, im Tank, unterm Sitz.«

»Und wo bitte habt ihr den Ro 80 versteckt, dass Oberkommissar Roth ihn nirgends finden konnte?«

»Haha. Der wird längst nach Mexiko verschifft, wo wir das Zeug als teure Drogen verkaufen werden, weil die einheimischen Gringos die Etiketten nicht lesen können!«

»Ich dachte mir so was in der Art.«

»Schön. Und jetzt sprich dein letztes Gebet.«

»Nein!«, brüllte Liesel und dann knallte der Schuss. Doch erstaunlicherweise war nicht ich tot, sondern die Gangsterin neben mir. Das plumpsende Geräusch, das sie neben meinen klammen Knöcheln auf dem Steinboden machte, bestätigte mir das.

Positiv erstaunt fuhr ich herum. »Nutte!?«

»So isses, Heinzilein«, grinste die gut aussehende Brünette im Netzhemd. »Aber eigentlich bin ich …«

»Ich weiß schon«, sagte ich. »Sie sind Polizeimeister Schwätzer und sollten mir im Auftrag von Oberkommissar Roth etwas auf die Fingerchen schauen, damit ich keine Dummheiten mache, stimmt's?«

Schwätzers Grinsen war weg, und er strich sich die Falten aus der Leggins. »Wie haben Sie das nur rausbekommen, Kommissar Engelmann?«

»Drei, Schwätzer«, seufzte ich und fummelte eine *Overstolz* aus meinem Trenchcoat. »Erstens, wenn Sie jemanden unbemerkt verfolgen wollen, dann tun Sie das niemals im Streifenwagen.« Ich gab mir Feuer und erzählte weiter. »Zweitens, wenn Sie als Prostituierte hundertfünfzig Mark verlangen, merkt man gleich, dass Sie keine Ahnung von den aktuellen Preisen haben.« Ich nahm den nächsten Zug von meiner *Overstolz*. »Und außerdem sind Sie vorhin im *Klimbim* aus Versehen aufs Männerklo gegangen.«

Polizeimeister Schwätzer nickte niedergeschlagen und zog sich die Perücke vom Kopf.

»Und was wird jetzt aus mir?«, fragte mich jetzt der Ganove, der noch immer bei uns stand und ratlos dreinblickte.

»Wenn mich nicht alles täuscht, sind Sie verhaftet.«

* * *

Der Duft von frischem Rührei lag in der Luft und vom Frühstücksbuffet lächelten Wurst, Käse, Müsli und leckerer Lachs mit Meerrettichcreme zu uns an den Tisch herüber. Frau Keller stellte mir den nächsten *Asbach* hin und schenkte Liesel einen Kaffee ein.

»Schön, dass Sie wieder aufgetaucht sind, Fräulein Weppen«, lächelte die hübsche Hotelchefin. »Und Sie sind ja jetzt auch richtige Berühmtheiten in Gießen.«

»So?«

Frau Keller hielt uns die heutige Zeitung vor die Nasen, und ich staunte nicht schlecht. Ein großes Foto von Liesel zierte die Titelseite des *Gießener Allgemeinen Anzeigers*, und die Schlagzeile lautete:

Kommissar Engelmann rettet seine attraktive Assistentin aus Gießener Untergrund.

Im dazugehörigen Artikel stand lang und breit, dass ich im selben Aufwasch auch den Klinikeinbruch sowie die Morde an Herrn Jeschke und seinem Kollegen aufgeklärt hatte. Wie der mit Namen hieß, wussten die von der Zeitung also auch nicht.

Ich legte den *Gießener Allgemeinen Anzeiger* weg, bat Frau Keller um den nächsten *Asbach* und lud sie ein, sich auch einen einzuschenken. »Gerne, Herr Kommissar«, freute sie sich, verschwand aus dem Frühstücksraum und kam kurz drauf mit zwei prall gefüllten Gläsern zurück.

»Wir müssen ja schließlich Ihren Erfolg in Gießen begießen«, meinte sie, und wir ließen die Gläser klingeln. Liesel ging lieber noch mal zum Buffet und nahm sich ein Brötchen, Butter und Rührei. Schließlich hatte sie seit dem *Caramac* von vorgestern Abend nichts gegessen.

Ich leerte mein Glas und blickte aus dem Fenster, vor dem die Morgensonne munter auf den Ludwigsplatz schien. Als plötzlich ein orangefarbener Ro 80 am Hotel vorbeidüste, fiel mir etwas ein. »Ach übrigens«, sagte ich. »Die Flusspolizei hat den tannengrünen Ro 80 noch in der Nacht zwischen

Lahnstein und Rotterdam sichergestellt und an Land gezogen. Er war tatsächlich bis an die Zähne mit den gestohlenen Medikamenten präpariert.«

»Und woher wissen Sie das?«, wollte Liesel wissen, die sich nun über ihr Frühstück hermachte.

»Das hat mir Oberkommissar Roth am Telefon erzählt, nachdem er mich in aller Herrgottsfrühe anrief und ich aus dem Bett gefallen war.«

»Dann ist ja alles gut, Chef.«

»Allerdings«, stimmte ich zu. »Aber sagen Sie mal, Liesel, was zum Henker ist das eigentlich für eine Fortbildung, für die Sie nach Gießen gekommen sind?«

»Erweiterter Umgang mit der Schreibmaschine«, sagte meine attraktive Assistentin und biss von ihrem Wurstbrötchen ab.

»Aha.« Ich blickte auf meine Armbanduhr und sah, dass die Zeiger sich auf kurz vor neun beliefen. »Und müssen Sie dann nicht gleich an der Polizeihochschule sein?«

»Nein, Chef«, schmunzelte Liesel und griff nach ihrer Kaffeetasse. »Ich hab mich total vertan, die Fortbildung ist erst nächste Woche.«

Bonusmaterial

Verpatzte Szene im Polizeipräsidium

Und, Herr Kollege, was macht Ihr Einbruch?«

»Ach«, seufzte Roth. »Ich bin keinen Schritt weiter.«

»Was ist denn überhaupt geklaut worden?«, fragte ich aus reiner Höflichkeit, denn eigentlich interessierte mich nur, ob er was Neues von Liesel wusste.

»Wenn Sie sich mit unserer Stadt ein bisschen auskennen, dann wissen Sie ja sicher, dass Gießen nicht nur bekannt ist für den Flachsmarkt, die Kulturrampe und Eishockey, sondern auch bei der Rizinusölproduktion einen festen Fuß in der Tür hat«, holte Oberkommissar Roth weit aus, und ich rollte innerlich mit den Augen.

»Und sonst geht es Ihnen aber noch ganz gut, was?«, fragte ich die Frage, die mein Gießener Kollege wohl an dieser Stelle am meisten gebrauchen konnte, um nicht fortzufahren.

»Wieso?

»Weil das Krefeld ist und nicht Gießen.«

»Krefeld?«

»Ja.«

»Oh, pardon«, sagte Roth und lief rot an.

»Gießen ist bekannt für Justus-von-Liebig, das Stadttheater und die Uni, kapito?«

»Tut mir leid, Engelmann.«

»Also«, seufzte ich. »Noch mal ab der Stelle, wo ich Sie frage, was denn Ihr Einbruch macht.«

»Alles klar.«

»Und, Herr Kollege, was macht Ihr Einbruch?«

Der rote Greis

Kapitel 1

Jawoll, ich liebe Krimis!«, sang Coco Lorez, und ich grölte lauthals mit.

Gut gelaunt schaltete ich in den vierten Gang, und mein Wagen, der rosarote Panda, schnurrte nicht nur unter meinem Hintern, sondern auch munter die Straße entlang. Ich drehte den Autokassettenspieler noch etwas lauter und bog auf die Landstraße ein, die mich nach Hause bringen würde. Die paar Urlaubstage hatten gut getan, doch nun freute ich mich wieder auf die Arbeit im hiesigen Polizeipräsidium, denn obwohl Hiesig nur ein kleines Nest war, so hatte ich als Chef der Mordkommission oftmals gut zu tun, denn selbst in unserem Kaff lagen Gut und Böse manchmal so nah beieinander wie Rosi Mittermaier und Christian Neureuther.

Ich freute mich auf Polizeimeisterin Liesel Weppen, meine attraktive Assistentin, die mich schon bei so manchem kniffligen Fall unterstützt hatte, und natürlich freute ich mich auf mein Büro und einen doppelten Cognac aus der Flasche, die immer neben dem Telefon beim Aschenbecher auf meinem Schreibtisch stand.

Die Mittagssonne blinzelte durch die hohen Bäume, die die Landstraße säumten und in einem Affenzahn an mir vorbeiflogen. Jetzt, wo es ein, zwei Kilometer schnurstracks geradeaus ging, hatte ich den rosaroten Panda auf 49 km/h hochgejubelt. Ich fummelte eine *Overstolz* aus meiner Trenchcoattasche und gab mir mit dem hochmodernen, glühenden Zigarettenanzünder Feuer. Begeistert pustete ich den köstlichen Rauch von innen gegen die Windschutzscheibe und mit einem breiten Grinsen trommelte ich den Rhythmus von Coco Lorez' fetzigem Swing auf dem Lenkrad mit.

Natürlich konnte ich zu diesem Zeitpunkt nicht ahnen, dass ich just dabei war, in einen mörderischen Kriminalfall zu schliddern, in dem es mir so richtig an den Kragen gehen würde.

Und keine hundert Meter später war es dann auch schon so weit. Das Grinsen verging mir schlagartig, weil ich meine Gesichtsmuskeln dringend für eine erschrockene Grimasse brauchte. Durch die verrauchte Innenseite der Windschutzscheibe sah ich nämlich, wie plötzlich ein Mann aus dem Dickicht der Bäume auftauchte und vor mir auf die Landstraße wankte. Ich klemmte meine *Overstolz* zwischen die verbissenen Lippen und trat auf die Bremse. In einer Wolke aus verbranntem Gummi brachte ich den rosaroten Panda zum Stehen und sprang aus meiner Karosse. Der Mann, der nun mitten auf der Fahrbahn stand, hatte mir den Rücken zugewandt, und so sah ich die große Platzwunde an seinem Hinterkopf sofort. Ferner fiel mir jetzt auch auf, dass der Mann nur zwei Tennissocken und eine Feinrippunterhose am Leib trug. Sein ganzer Körper war mit Matsche verschmiert und mit Blättern beklebt, so als hätte er eine Weile im Straßengraben gelegen.

Vorsichtig tippte ich dem Mann auf die Schulter, und als er sich schwankend umdrehte, erkannte ich ihn. Es war Wachtmeister Meister, der hiesige Verkehrspolizist.

»Verdammte Hacke, Meister«, staunte ich ihn an und stellte ihm die alles entscheidende Frage: »Zigarette?«

Ich hielt ihm meine Schachtel mit den *Overstolz*-Zigaretten hin, doch der Wachtmeister nickte waagerecht mit dem Kopf. »Was machen Sie denn hier?«, bohrte ich weiter. »Wenn ich Sie nicht rechtzeitig gesehen hätte, hätte ich Sie fast überfahren!«

Noch immer rang der dünn bekleidete Verkehrspolizist mit dem Gleichgewicht und sah mich mit tiefblauen Augen an.

Als ausgebuffter Kripobeamter war mir klar, dass Meister nicht nur einen heftigen Bums auf den Hinterkopf, sondern auch zwei ordentliche Schläge in die Fresse bekommen hatte. »Mensch, Meister, was ist Ihnen denn bloß passiert?!«

»Nun, Kommissar Engelmann ...«, sagte er mit bebenden Lippen. »Es war ... der ...«

Der Verkehrspolizist fing plötzlich an, aus dem Stand heraus zu taumeln.

»Reißen Sie sich zusammen, Meister«, sagte ich. »Wer war's?«

»Der ... der ...«, stieß Wachtmeister Meister wieder hervor, dann brach er vor meinen Augen zusammen und platschte auf den Asphalt.

Während ich ihn kurz darauf auf den Rücksitz meines rosaroten Pandas schleifte, dachte ich über seine vorerst letzten Worte nach. *Es war ... der ... der ...!* Hm. Offenbar hatte mein Kollege mir noch etwas Wichtiges sagen, vermutlich einen Hinweis auf seinen Angreifer geben wollen, aber spontan fielen mir leider zig Personen ein, die mit *»der«* begannen: *der* große Unbekannte, *der* große Gatsby, *der* große Blonde mit dem schwarzen Schuh, *der* Mann in den Bergen, *der* Mann im Mond, *der* Mann von La Mancha, *Der*ty Harry und *der*gleichen. Nein, so würde ich nicht weiterkommen. Nachdenklich stieg ich in den Panda und trat aufs Pedal, jagte über die hiesige Landstraße und schließlich kaffeinwärts.

* * *

»So sollte es fürs Erste gehen, Herr Meister«, sagte Liesel Weppen, nachdem sie dem Wachtmeister die böse Wunde am Hinterkopf mit einem Schlückchen von meinem Cognac desinfiziert und dann provisorisch mit einem Pflaster verarztet hatte.

»Danke, Polizeimeisterin Weppen«, entgegnete der Verkehrspolizist, der nun wieder bei Bewusstsein und in meinem Büro im Präsidium war. Er saß mir am Schreibtisch gegenüber und zupfte unruhig die Falten aus seiner Feinrippunterhose. Unter seinem Stuhl hatten sich Bluttropfen und Laub gesammelt. »Und danke Ihnen, Kommissar Engelmann, dass Sie mich von der Straße geholt haben.«

»Gerne doch«, sagte ich und nippte an einem Cognac, da ich mir das Ende meines Kurzurlaubs natürlich ganz anders vorgestellt hatte. »Aber nun sagen Sie doch bitte endlich, was Sie da überhaupt gemacht haben!«

»Ich war eine Straßensperre, Herr Kommissar.«

Ich glaubte erst, nicht richtig zu hören, dann stutzte ich. »Was waren Sie, Meister?«

»Eine Straßensperre.«

»Einfach so? Ohne Streifenwagen und Uniform?«, erkundigte ich mich und Wachtmeister Meister blickte mich mit seinen blau geschlagenen Augen traurig an.

»Anfangs hatte ich natürlich alles dabei, Herr Kommissar, und den Peterwagen hatte ich sogar quer auf der Landstraße geparkt, damit keiner durchpasst, aber ...«

»Aber was, Herr Wachtmeister?«

»Aber dann kam der Überfall!«

Obwohl dies kein Comic ist, musste das überdimensionale Fragezeichen über meiner Birne deutlich zu sehen gewesen sein. »Wer hat Sie überfallen?«, fragte ich entsprechend und rückte meinen Hut zurecht.

»Ein Mann, Herr Kommissar, ein alter Mann in Sträflingskleidung, und ich gehe davon aus, dass es der Ausbrecher war. Er sprang plötzlich aus dem Gebüsch am Straßenrand, schlug mich mit zwei Fäusten ins Gesicht.«

»Und drückte beide Augen zu?«

»Genau. Dann knallte ich auf den Hinterkopf, und als ich zwischen den Bäumen wieder zu mir kam, da hatte der Mann mir alles abgenommen. Den Streifenwagen, meine Uniform und sogar meine Dienstwaffe!«

Ratlos blinzelte ich in die Mittagssonne, die durch die blinden Fenster in mein vergilbtes Büro schien, und goss mir den nächsten Cognac ein. Kaum war ich mal ein paar Tage nicht im Dienst, da blickte ich schon nicht mehr durch.

»Wie sollten Sie auch durchblicken, Chef«, klinkte sich nun Liesel Weppen ein. »Sie hatten ja frei.«

Ich nickte vor mich hin und sah, wie meine attraktive Assistentin begann, ihrer blonden Mähne eine Affenschaukelflechtung zu verpassen, was stets ein Zeichen dafür war, dass sie unter Strom stand.

»Es sieht so aus, Chef, gestern ist ein Häftling aus dem Ingrid-van-Bergen-Gefängnis in Dingenskirchen getürmt«, erzählte sie, während sie ihre Lockenpracht bearbeitete. »Er hatte sich als Schmutzwäsche getarnt und gelangte wohl so mit dem Lieferwagen des Reinigungsservice nach draußen. Jedenfalls fehlte von dem Mann sofort jede Spur. Die Dingenskirchener Polizei hat daraufhin bei sich in der Gegend gesucht, und ich habe auf hiesigem Terrain alles durchkämmt, aber leider ohne Erfolg.«

»Und dann kam ich auf die Idee mit der Straßensperre, Herr Kommissar«, warf Wachtmeister Meister stolz ein und kontrollierte dabei das Pflaster an seinem Hinterkopf.

»Tja«, seufzte ich. »Und die war ja wohl ein Schuss in den Ofen.«

»Stimmt«, stimmte mir Liesel zu, unterbrach die Arbeit an ihren Affenschaukeln und zog eine Papierrolle aus der prallen Popotasche ihrer Uniformhose. »Hier, Chef«, sagte sie und legte mir die heutige Ausgabe des *Hiesigen Käseblatts* vor die Nase. »Die ganze Nummer mit dem Ausbruch steht sogar auf der Titelseite!«

Neugierig stellte ich den leeren Cognacschwenker neben die Pulle beim Aschenbecher unweit des Telefons auf meinen Schreibtisch und faltete die Zeitung auseinander. Ich kam gar nicht dazu, die Schlagzeile, geschweige denn den dazugehörigen Sensationsbericht zu lesen, allein schon beim Anblick des Fotos schlug mein Blutdruck Purzelbäume! Mein Hals war mit einem Mal staubtrocken und kalte Schweißperlen sammelten sich im Kragen meines Trenchcoats, als mich die runzligen Augen des entflohenen Sträflings von Seite eins anstarrten.

»Da kriegt doch der Hund in der Pfanne die Tür nicht zu!«, wollte ich gerade ausrufen, da klingelte das Telefon.

Kapitel 2

Ja? Hiesiger Kommissar, Apparat Heinz Mordkommission am Engelmann«, sprach ich so besonnen wie es ging in den Hörer, merkte aber, dass ich völlig neben der Spur war.

»Wirtz-Baldt«, kam die tiefe Stimme der Frau Staatsanwalt durch die Leitung. »Schön, dass Sie gut erholt aus Ihrem Kurzurlaub zurück sind, lieber Heinz«, sagte Daniela Wirtz-Baldt freundlich. »Aber ich fürchte, Sie bekommen sofort wieder Arbeit.«

»Ich weiß schon, Frau Staatsanwalt, dieser entflohene Häftling …«

»Der Häftling muss warten, Engelmann«, unterbrach mich meine Vorgesetzte gleich im Keim. »Es gibt was Dringenderes!«

»Bitte? Aber, Daniela«, drängelte ich. »Dieser alte Mann, der aus dem Gefängnis in Dingens …«

»Ich weiß, Engelmann, die Sache ist totale Scheiße, aber machen Sie sich keine Sorgen, Wachtmeister Meister hat die Landstraße von Dingenskirchen nach hier bombensicher abgeriegelt.«

»Es geht so, Frau Staatsanwalt, denn der Herr Wachtmeister sitzt …«

Wieder unterbrach mich der satte Bass von Daniela Wirtz-Baldt. »Hören Sie, lieber Engelmann, leider habe ich jetzt keine Zeit zum Plaudern, also kommen Sie bitte in die Hufe und düsen in die Elisabeth-Flickenschildt-Allee.«

»Und was ist da so Dringendes los?«

»Ein Fall von Ruhestörung.«

»Seit wann bin ich denn für so einen Pipifax zuständig?«

»Nun, Herr Kommissar«, sprach meine aparte Vorgesetzte tief ins Rohr. »Genauer gesagt, handelt es sich um Ruhestörung mit Mord!«

»Aha, das klingt ja schon besser«, sagte ich und erhob mich vom Schreibtisch. »Also, Engelmann«, läutete die Frau Staatsanwalt nun das Ende unseres Telefonats ein. »Schnappen Sie sich die Liesel und dann fahren Sie bitte flott in die Elisabeth-Flickenschildt-Allee Nummer 4. Zweite Klingel von unten!« Dann klickte es am anderen Ende des Drahts.

Na, das ging ja alles gut los! Da war ich noch keine zwei Stunden aus meinen Ferien zurück, da brannte es schon an allen Ecken und Enden.

* * *

Die Elisabeth-Flickenschildt-Allee lag im etwas gehobeneren Teil des Kaffs, der aus drei Jugendstilvillen bestand. Nachdem ich mit Liesel auf dem Beifahrersitz quer durch Hiesig, an der Kirche mit dem Friedhof und der *Pension Luxemburg* vorbeigekachelt und dann hinter dem Beppo-Brem-Gymnasium rechts abgebogen war, zwang ich jetzt den rosaroten Panda mit Karacho in die Eisen und parkte ihn im Schatten einer Rosskastanie vor dem Haus Nummer 4.

Die zweite Klingel von unten war die oberste und gehörte einem Rechtsanwalt namens Doktor Edgar Wolles. Polizeimeisterin Liesel Weppen drückte drauf, doch es tat sich nichts. Das war jedoch nicht verwunderlich, sollte es sich bei dem Ermordeten um den Herrn Doktor handeln. Ansonsten wäre es eine Unverschämtheit gewesen. Liesel drückte die Klingel erneut, und ich drückte gegen die Haustür, die erstaunlicherweise sofort zurückschwang.

Wenn diese Tür immerzu aufstand, dann war es ja auch

kein Wunder, wenn mörderisches Gesindel im Haus ein und ausging, dachte ich und hechtete gefolgt von Liesel Weppen in die Eingangshalle und zum ersten Stockwerk hinauf.

Eine Frau um die Fünfzig in geblümter Wachsschürze erwartete uns am Kopf der Treppe und trat aufgeregt auf der Stelle.

»Hallöchen«, rief ich ihr entgegen. »Hatten Sie die Bullen gerufen?«

Die Frau, die ein bisschen aussah wie eine fortgeschrittene Version von Heidi Brühl, nickte nervös. »Ja, das hab ich. Dabei dachte ich ja ursprünglich, Sie wären längst da.«

»Wie meinen?«

»Na ja, es ist vielleicht eine Dreiviertelstunde her, da hielt ein Streifenwagen vor dem Haus und ein Verkehrspolizist stieg aus und ging zum Herrn Rechtsanwalt in die Wohnung. Der war ziemlich alt und hatte eine gut durchblutete Visage. Das habe ich gesehen, weil ich Parterre wohne und durch den Türspion immer alles sehe. Und dann ging plötzlich das Geschrei los. Und dann ein fürchterliches Gehämmer, dass bei mir unten die Wände gewackelt haben! Jedenfalls habe ich oben geklingelt, aber niemand hat aufgemacht. Das schreckliche Geklopfe und Geboller ging aber die ganze Zeit weiter.«

»Und was wurde da so geschrien?«, fragte ich die erregte Frau. »Konnten Sie das vielleicht hören?«

»Klar, ich hab ja gelauscht.«

»Na, dann heraus damit«, forderte Liesel und legte ihre hübsche Stirn in süße Fältchen.

Die Frau zupfte an ihrer geblümten Wachsschürze und erzählte: »Also, der Herr Doktor hat mehrmals ›Was wollen Sie denn von mir?‹ gefragt und ›Ich kenne Sie doch gar nicht!‹ gerufen. Der Polizist hat immer nur ›Mund halten!‹

gebrüllt, doch der Herr Rechtsanwalt hat nicht locker gelassen und dann sogar ›Wenn Sie nicht sofort meine Wohnung verlassen, rufe ich meinen Anwalt!‹ geschrien. Doch Ihr Kollege ist nicht gegangen und hat stattdessen zigmal lautstark gefragt, wo der Doktor denn bitteschön seine Rohrzange habe.«

»Das ist ja sehr interessant«, stellte ich fest, doch die Frau aus dem Parterre war noch nicht fertig.

»Dann ging das Gerumpel und Gepumpel los. Und dann fuhr der Streifenwagen wieder weg und seitdem gibt die Wohnung vom Herrn Doktor keinen Mucks von sich.«

»Das ist ja nicht schön«, sagte ich und zog meinen Dienstausweis aus dem Trenchcoat, da ich ihn tatsächlich mal nirgendwo vergessen hatte. »Ich bin übrigens Kommissar Heinz Engelmann von der hiesigen Mordkommission.« Dann deutete ich auf meine hübsche Begleitung mit den langen, blonden Haaren. »Und das da ist Polizeimeisterin Liesel Weppen, meine Assistentin. Gemeinsam haben die Liesel und ich schon viele spannende Fälle gelöst und aufgeklärt.«

Liesel tippte zum Gruß an ihre Schirmmütze. »Und Sie glauben, dass Doktor Wolles ermordet worden ist?«, fragte sie und gab ihren Kulleraugen einen ernsten Ausdruck.

»Sicher dat!«, beteuerte die aufgeregte Frau und nickte heftig.

»Haben Sie dafür auch irgendwelche Beweise?«, blieb Liesel am Ball.

»Ja, Frau Polizistin. Wie ich dem Herrn Staatsanwalt mit der tiefen Stimme schon am Telefon sagte, als der Herr Doktor noch lebte, hat er immer die Türe aufgemacht, wenn ich anbimmelte.«

Als erfahrener Ermittler wusste ich, dass das ein eindeutiger Hinweis sein konnte, und hatte daher unterdessen die Wohnungstür eingetreten und war durch die Holzsplitter in

Doktor Edgars gute Stube gekrabbelt. Das, was mir an der Wohnung nicht gefiel, war nicht nur die Einrichtung, mir missfiel auch das große Loch in der Esszimmerwand und, dass der Doktor mit einem ebenso großen Loch im Kopf auf dem Teppich lag. Dazu gesellte sich eine blutige Rohrzange.

Mit ernster Miene drehte ich mich zu Liesel um, die im Türrahmen stand und sich zu der Frau aus dem Parterre umdrehte, die prompt einen Schreianfall kriegte und in Tränen ausbrach. »Da war der Doktor Wolles viele Jahre lang ein stiller und angenehmer Nachbar«, schluchzte sie mit erstickter Stimme. »Und jetzt ist er plötzlich tot.«

»Tja, gute Frau, wie das Leben manchmal so spielt«, sagte ich und versuchte so menschlich aus der Wäsche zu gucken, wie es mir als Kriminalbeamter möglich war. »Bitte geleiten Sie die Dame doch nach unten in ihre Wohnung, Liesel«, sagte ich, während ich mich zu Doktor Edgar Wolles auf den mit Wandbröckchen und Putz übersäten Perser kniete. »Und kippen Sie ihr was aus der Hausbar hinter die Binde, das hilft.«

»Wird gemacht, Chef«, entgegnete Fräulein Weppen und führte die aufgelöste Nachbarin hinaus. Dann sah ich mir die noch warme Leiche genauer an. Die Augen waren weit aufgerissen, der Mund inmitten des angegrauten Vollbarts völlig verzerrt und die Überreste des Doktors hatten beide Hände zu Fäusten geballt. Plötzlich verharrte ich. Hatte da nicht gerade etwas in einer der Fäuste aufgeblitzt? Da die Totenstarre noch nicht in Gang gekommen war, bog ich die Finger auf Seite und entdeckte einen Knopf. Einen Knopf, wie sie an der Uniform eines Verkehrspolizisten vorkommen! Offenbar hatte der Rechtsanwalt bis zuletzt mit seinem Mörder gekämpft und außer diesem Knöpfchen nicht wirklich was reißen können. Trotzdem war die Sache für mich klar: Der olle Sträfling, der aus dem Ingrid-van-Bergen-Gefängnis ausgebrochen war und nun in Wachtmeister Meisters Uniform und dessen Peterwagen auf der Walz war, hatte Doktor Edgar Wolles erst die Esszimmerwand und dann den Schädel eingeschlagen! Und darüber hinaus hatte Meisters Dienstjoppe nun einen Knopf weniger. Aber warum das alles? Aufs Äußerste mit Nachdenklichkeit erfüllt, ließ ich den Knopf in meine Trenchcoattasche wandern, beförderte bei der Gelegenheit eine frische *Overstolz* ans Tageslicht und klemmte sie mir zwischen die Lippen. Das Feuerzeug fauchte wie ein rachenkranker Drache und flammte auf.

Aus welchem Grund hatte der Anwalt sterben müssen? Und wieso hatte der Halunke in dieser Wohnung so auf den Putz gehauen? Rätselnd blies ich eine Ladung Rauch durch das Ex-Esszimmer von Doktor Edgar.

Hätte nicht irgendein anderer Sträfling die Fliege machen können? Irgendein harmloser Fuzzi? Musste es ausgerechnet *dieser* Gefangene sein? Und völlig abgesehen davon, dass ich angenommen hatte, der alte Lump sei längst in seiner Zelle verstorben, fragte ich mich natürlich aufgrund der Umstände, was zum Kuckuck er jetzt vorhatte. Aus dem Knast zu türmen war ja eine Sache, aber Mord und Abrissarbeiten in Privathaushalten waren da schon eine ganz andere Baustelle!

Wieder nahm ich einen langen Zug an meiner Zichte und wollte gerade vom Teppich aufstehen und gehen, da entdeckte ich aus einem meiner Augenwinkel heraus schon wieder etwas Glitzerndes schimmern. Diesmal zwischen Mörtelsplittern und Wandresten unter dem Esstisch.

Das Blut plätscherte mir ruckartig in den Kopf, als ich danach griff. Sollte das etwa …? Aber … das konnte doch unmöglich …! Ich starrte wie gebannt auf den Ring in meiner Hand. Aber … wie konnte …? Das … war … doch …!

Es hatte keinen Zweck. So sehr ich auch versuchte, meinen Kripogrips zu sortieren, meine Gehirnwindungen stotterten bloß vor sich hin wie der Motor eines verstopften Benzinrasenmähers. Da man der Leiche des Rechtsanwalts eh nicht mehr helfen konnte, ließ ich sie liegen, steckte aber den Ring sowie die blutige Rohrzange ein und verließ die Wohnung.

Spätestens jetzt, als ich völlig von den Socken die Treppe der Jugendstilvilla ins Parterre runterging, wurde mir bewusst, dass ich just dabei war, mich in den allerspannendsten Kriminalfall zu verwickeln, mit dem ich es je zu tun gehabt hatte.

Kapitel 3

Wenig später saßen Polizeimeisterin Liesel Weppen und ich wieder im rosaroten Panda, gondelten unter den Rosskastanien der Elisabeth-Flickenschildt-Allee hinweg und kamen kurz darauf wieder in den villenlosen Teil unseres Kaffs.

Wieder in meinem Büro im Präsidium angekommen, schenkte ich mir gleich einen mehrfachen Cognac aus der Pulle neben dem Aschenbecher beim Telefon ein und ließ mich in meinen Schreibtischstuhl sinken. Dann griff ich nach dem Hörer, ließ meine Finger durch die Wählscheibe kreisen und hatte wenig später die Frau Staatsanwalt an der Muschel. Während ich mir das gute Schlückchen hinters Gebiss laufen ließ, informierte ich Daniela Wirtz-Baldt darüber, dass Rechtsanwalt Doktor Edgar Wolles von dem entflohenen Sträfling erschlagen worden war, und dass ich ihr schon bei unserem letzten Telefonat hatte sagen wollen, dass dieser Sträfling übrigens auch Wachtmeister Meister die Straßensperre geklaut habe. Ferner führte ich aus, dass es zwar momentan leider absolut gar keine Spur von dem spurlos flüchtigen Gefangenen gebe, der nirgends auffindbar sei, Wachtmeister Meister hingegen aber wohlauf sei und sich aktuell mit fieser Wunde am Hinterkopf, zwei blauen Augen, in Unterhose und Tennissocken bei mir im Büro befinde.

»Menschenskind, Engelmann«, sagte die Frau Staatsanwalt besorgt durch den Hörer. »Dann sollte ich wohl mal schnell die Fahndung nach seiner Uniform einleiten. Der Mann holt sich ja sonst den Tod!«

»Prima Idee, liebe Daniela«, lobte ich. »Und wenn wir Meisters Klamotten haben, dann stecken die höchstwahrscheinlich in dem Streifenwagen, der ja auch weg ist.«

»So machen wird das, Engelmann. Tschüss.«

»Tschööö.«

Als ich den Telefonhörer auf die Gabel zurücksinken ließ, fiel mein Blick erneut auf die aktuelle Ausgabe des *Hiesigen Käseblatts*, die nach wie vor auf der Schreibtischplatte lag. Du verfluchter Kerl, dachte ich, während ich dem Titelfoto tief in die faltige Fresse blickte. Wer hätte gedacht, dass ich den nach all den Jahren ein weiteres Mal würde verhaften müssen?

»Was haben Sie denn, Chef?«, fragte mich Liesel, die bemerkt hatte, dass ich innerlich rotierte. »Wieso starren Sie denn eigentlich immerzu auf die Fotografie? Kennen Sie den Mann etwa, den man den ›roten Greis‹ nennt?«

Ich sah auf und seufzte. »Holen Sie mir doch mal bitte den Ordner mit dem Buchstaben S drauf aus dem Aktenschrank, ja?«

»S, Chef?«

»Machen Sie mal.«

Sie ging zum Schrank, schob die Lamellen hoch und pustete den Staub von den Akten. Als sich die Dunstwolke langsam legte, sah ich, wie Fräulein Weppen mir den Ordner anreichte. Ich blätterte darin, bis ich zur richtigen Stelle kam. Ich zog ein Fahndungsfoto aus der Klarsichthülle und schob es über die Schreibtischplatte.

»Das ist ja hochinteressant, Chef«, sagte Liesel, und Wachtmeister Meister, der mir ja noch immer in Tennissocken und Unterhose vis-à-vis saß, fragte: »Ist das etwa der Sohn von unserem Ausbrecher?«

»Mitnichten«, schüttelte ich den Kopf. »Das *ist* unser Ausbrecher!«

Ich sah dem fast nackten Verkehrspolizisten an, wie er staunte, und auch Liesels Augen waren jetzt groß wie schöne

Scheunentore. »Das Foto müsste jetzt circa zweiundzwanzig Jahre alt sein«, fuhr ich fort. »Es wurde kurz vor seiner Verhaftung geknipst. Und laut den Angaben in diesen Unterlagen müsste Traugott Schopenhauer, wie der sogenannte rote Greis bürgerlich heißt, dieser Tage fünfundneunzig Jahre alt sein.« Ich klemmte mir eine Kippe in die Kauleiste und feuerte los. »Traugott Schopenhauer alias der rote Greis ist ein phänomenal garstiger Schmierlappen und gilt seit den Dreißigerjahren als der berüchtigtste Geldschrankknacker und Juwelendieb aller Zeiten auf der ganzen Welt für immer. Ob in Amsterdam, New York, Madrid, London oder England – nirgends waren Vitrinen, Tresore, Museen, Schmuckgeschäfte oder Königshäuser vor ihm sicher. Man schätzt, dass er sich im Laufe seiner Karriere ein Vermögen von über zig Trilliarden Mark zusammengeklaut hat. Und immer ist der gerissene Dieb der Polente durchs Netz geschlüpft wie ein glibberiger Fisch, und weder die Pariser *Soiree* noch die *Carabinossi* in Venedig konnten ihn je dingfest machen.«

»Und wie kommt es, dass man diesen Schopenhauer den roten Greis nennt?«, fragte Wachtmeister Meister, als ich mal kurz Luft holte, um an meiner *Overstolz* zu ziehen.

»Schon mit dreißig hatte er ein hochrotes Gesicht, das zerknitterter war als ein ungebügelter Schlafanzug, und so hatte er schnell seinen Künstlernamen weg.«

Meister nickte und zupfte dabei an seinem Feinrippschlüpfer. »Aber eins verstehe ich nicht, Chef ...«, warf Liesel verwundert ein. »Wenn der rote Greis überall auf der Welt für Angst und Schrecken sorgte und den Polypen immer entkam, woher kennen Sie ihn dann?«

»Nun, ob Sie's glauben oder nicht, liebe Liesel, der rote Greis war damals mein allererster Fall«, sagte ich und blies den Rauch meiner *Overstolz* in mein vergilbtes Dienstzimmer. »Ich war damals noch ein Jungspund und erst seit ein paar Tagen als Kriminalpraktikant bei meinem Vorgänger, Kommissar Günther Neutze. Eines Abends saßen wir gemeinsam in seinem Büro, dem Raum, der jetzt mein Büro ist, also hier. Kommissar Neutze saß in dem Stuhl, in dem ich jetzt sitze, und ich saß mir gegenüber.« Ich überlegte kurz. »Demnach dort, wo Sie gerade sitzen, Wachtmeister.«

»Irre! Und dann?«, wollte Meister wissen, der anscheinend gespannter war als ein Flitzbogen.

»Kommissar Neutze sog an seiner würzigen *Roth-Händle* und nahm einen Schluck Kirschwasser aus der Flasche, die stets neben dem Aschenbecher bei seiner Schreibmaschine auf dem Schreibtisch stand, während ich an einem Gläschen Cognac nippte, als ganz plötzlich das Telefon klingelte. Mein Chef nahm ab und hatte einen anonymen Anrufer in der Leitung, der betonte, dass sein Name nichts zur Sache tue. Dann kündigte die Stimme an, dass der rote Greis noch in derselben Nacht in der *Schatulle* einbrechen werde!«

»In dem Schmuckgeschäft um die Ecke vom hiesigen Markplatz?«

»Genau da, Meister. Das ist ja auch heute noch da.«

»Und was passierte dann?«, fragte Liesel Weppen nun und nestelte aufgeregt an ihrer Schirmmütze.

»Mein Chef legte natürlich auf, um es für den Anrufer nicht zu teuer zu machen, alarmierte schnell seine attraktive Assistentin, Polizeimeisterin Lotte Osnabrück, und zu dritt sind wir dann zum Marktplatz geschlichen. Dort vor Ort haben wir uns professionell auf die Lauer gelegt – und siehe da, die hiesige Kirchturmuhr hatte gerade Mitternacht geschlagen, da tauchte der rote Greis auf! Ich beobachtete, wie er das Schaufenster der *Schatulle* einschlagen wollte, also sprang ich aus dem Versteck und packte ihn am Kragen!« Gerührt von meinen eigenen Erinnerungen von mir selber, tat ich einen tiefen Seufzer und drückte die Kippe im Aschenbecher beim Telefon auf meinem Schreibtisch aus. Dann erzählte ich weiter: »Tja, und der Rest war dann reine Routine. Der rote Greis wurde verurteilt und kam lebenslänglich ins Ingrid-van-Bergen-Gefängnis.« Als ich meinen Bericht beendete, war mein Hals trockener als das Pulver in meiner Dienstwaffe.

»Und der ganze Schmuck?«, fragte Polizeimeisterin Weppen, nachdem wir eine Weile geschwiegen hatten.

»Wurde nie gefunden«, sagte ich heiser und goss mir einen mehrfachen Cognac ins Glas. »Nichts von der Beute, die Traugott Schopenhauer im Laufe seiner langen Karriere angehäuft hat, ist je wieder aufgetaucht. Weder die Faber-Castell-Eier, noch der Peter-Orloff-Diamant oder die legendären Her…« Ich hielt inne, ein Schuss Schweiß strömte unter meine Hutkrempe und mir wurde schwindelig vor Augen.

»Was ist denn los, Kommissar Engelmann?«, erkundigte sich Wachtmeister Meister und auch in Liesels Gesicht huschte eine erschrockene Miene. »Ist Ihnen nicht gut, Chef?«

Ich sprang vom Schreibtischstuhl auf. »Bin gleich wieder da!«, rief ich noch, dann sprintete ich auch schon mit wehendem Trenchcoat aus meinen Büro.

* * *

Da in Hiesig alles sehr nah beieinanderlag, bog ich bereits eine Minute später am Marktplatz um die Ecke und stand vor der Schatulle. In dem schmucken Fachgeschäft gab es alles, was das Herz begehrte, von Ketten und Ringen über Uhren bis hin zu diamantenen Diademen und kostbaren Colliers. Doch als ich den Laden betrat, begriff ich sofort, wo der Hase im Pfeffer lag: Das Schaufenster war ausgeräumt und in den Vitrinen und Auslagen klaffte gähnende Leere! Ich ging zur gläsernen Ladentheke, sah mich ganz genau um, und stellte zähneknirschend fest, dass tatsächlich alle Schmuckstücke verschwunden waren. Alle bis auf einen smaragdbesetzten Brieföffner. Der steckte allerdings tief in der Brust des Inhabers. Wahrscheinlich deshalb lag dieser leblos auf dem Boden und aalte sich in einer Blutlache.

Kapitel 4

Ich war zu spät! Offenbar hatte sich der rote Greis das geholt, was er in jener Nacht vor zweiundzwanzig Jahren schon hatte rauben wollen. Da ich aber aus einem ganz anderen Grund gekommen war, beugte ich mich zu der Leiche hinunter.

»Herr Lier?«, flüsterte ich. »Ich bin kein Gerichtsmediziner, daher muss ich Ihnen diese Frage stellen: Sind Sie tot?«

Uwe Lier, der Juwelier, regte sich nicht. Ich stupste ihn in die Seite, doch auch das lockte ihn nicht aus der Höhle.

Dennoch durfte ich nichts unversucht lassen. »Herr Lier!«, redete ich ihm nun etwas lauter zu und zog dabei an seiner blutdurchtränkten Krawatte.

»Verdammte Hacke«, fluchte ich vor mich hin. »Ausgerechnet jetzt, wo ich so dringend eine Auskunft brauche, muss sich der Juwelier vom roten Greis erstechen lassen!«

Wütend packte ich ihn bei den Schultern und ruckelte ihn hoch und runter, aus der Blutlache, in die Blutlache, aus der Blutlache und wieder in die Blutlache. Patsch, patsch, patsch ging das. Gerade wollte ich aufgeben und den Juwelier Uwe Lier enttäuscht fallen lassen, da fing er plötzlich an zu husten und zu prusten wie ein Ertrinkender, den man im letzten Augenblick aus dem Wasser gezogen hat.

Eindringlich sah ich dem zuckenden und spuckenden Mordopfer in die Augen und stellte mich vor. »Und noch was, Herr Lier«, setzte ich hinzu. »Sollten Sie sich noch mal tot stellen, obwohl Sie es noch gar nicht sind, dann nehme ich Sie wegen Vortäuschung einer Straftat fest!«

»Aber … Herr Engelmann …«, röchelte der Juwelier, doch

mit dem Leiter der hiesigen Mordkommission konnte man nicht so umspringen.

»Und das kann Sie bis zu drei Jahre Knast kosten, nur, dass Sie das für die Zukunft wissen!«, brachte ich das Thema zu Ende, denn ich ahnte, dass ich, obwohl Herr Lier noch lebte, nicht mehr viel Zeit hatte. Allein schon ob des smaragdbesetzten Brieföffners in seiner Brust. Mit zitternden Fingern langte ich in meine Trenchcoattasche und holte den glitzernden Ring hervor, den ich unter Edgar Wolles Esszimmertisch gefunden hatte.

»Ist dies hier einer der Herder-Ringe?«, fragte ich und hielt ihm das Schmuckstück unter die Nase.

Uwe Liers Augen weiteten sich zu zwei funkelnden Klunkern. »Die … die … Herder-Ringe?«, japste er und rang nach Luft.

»Da Sie nicht mehr lange haben, wäre ich Ihnen dankbar, wenn Sie mich nicht wiederholten, sondern einfach nur meine knappe Frage beantworten«, sagte ich bestimmt und wedelte mit dem glitzernden Ring. »Also Herr Lier, handelt es sich bei diesem guten Stück um einen der berühmten acht diamantbesetzten Ringe aus fünfundzwanzigkarätigem Gold, die aus der größten privaten Schmucksammlung der Welt, nämlich der von Herrn Herder aus Herne, stammen und vor siebenunddreißig Jahren vom roten Greis, dem schlimmsten Juwelendieb aller Zeiten, gestohlen wurden und seitdem verschwunden sind?«

»Oh … ja«, röchelte der Inhaber der *Schatulle* und versuchte mit letzter Kraft nach dem Ring zu greifen. »Das … das ist einer der … der Herder-Ringe!«

»Besten Dank, Herr Lier«, strahlte ich und steckte meinen kostbaren Fund in den Trenchcoat zurück. »Mehr wollte ich doch gar nicht wissen.«

Der Juwelier nickte und sackte in seine Blutlache. Dann brach sein Augenlicht und ich wieder zum Polizeipräsidium auf.

* * *

»Ist Ihnen eigentlich nicht kalt?«, fragte ich Wachtmeister Meister, der mir jetzt wieder luftig gekleidet am Schreibtisch gegenübersaß. Der Verkehrspolizist mit den blauen Augen schüttelte den Kopf, also zuckte ich mit den Schultern und kippte mir einen Cognac hinters Zäpfchen, da ich wegen der Ereignisse im Schmuckladen jetzt dringend einen brauchte. Weiterhin versuchte ich, meine streunenden Gedanken zu zähmen, die immer wieder davonpreschten und über die schier endlosen Weiten dieses vertrackten Falls galoppierten.

Ein Teil von Traugott Schopenhauers Beute war wieder da. Zwar nur ein Tropfen auf den heißen Edelstein, aber immerhin. Und da sich für mich als Kriminalist nun natürlich die Frage stellte, wie zum Henker einer der acht Herder-Ringe unter den hiesigen Esstisch von Rechtsanwalt Edgar Wolles gekommen war, nachdem die Polizei auf der ganzen Welt unzählige Jahre überall danach gesucht hatte, stellte ich sie.

»Ich denke, ich weiß wie, Chef«, antwortete Liesel lächelnd. »Während Ihrer Abwesenheit habe ich nämlich ganz gründlich in der Akte vom roten Greis geblättert und bin da auf was gestoßen.« Meine attraktive Assistentin hatte manchmal Ermittlungsmethoden am Leib, die mir fast schon unheimlich waren. Hastig stellte ich mein leeres Glas ab und blickte sie erstaunt an. »Auf was denn?!«

Polizeimeisterin Weppen schnappte sich den Aktenordner mit der Aufschrift *S* von meinem Schreibtisch, klappte ihn auf und blätterte darin, bis sie an die richtige Stelle kam. »Wie der rote Greis mit bürgerlichem Namen heißt, ist ja bekannt«, sagte sie und fuhr mit einem ihrer hübschen Zeigefinger auf dem Papier entlang. »Auch wie oft er wann wo eingebrochen ist und was von welchem Wert er entwendet hat, ist in den Unterlagen aufgelistet.«

Mittlerweile war ich so elektrisiert wie eine ganze Kompanie Zitteraale. »Nun machen Sie es doch bitte nicht so spannend, liebe Liesel!«, drängelte ich und rückte meinen Hut vor lauter Aufregung gleich mehrmals zurecht.

»Gut, Chef. Ebenso steht ja fest, dass er fünfundneunzig Jahre alt ist und an Bluthochdruck leidet. Und wie seine Verhaftung damals vor der *Schatulle* vonstattenging, ist hier haarklein aufgeführt, Chef, aber was ich erst entdeckte, als ich auch das Kleingedruckte las, ist der zuletzt gemeldete Hauptwohnsitz des roten Greises.«

»Jetzt machen Sie mich doch nicht bekloppt, Liesel«, flehte ich händeringend. »Wo hauste der Halunke denn?«

»Also …«, holte Polizeimeisterin Weppen jetzt aus und suchte mit ihrem Finger nach der entsprechenden Textzeile im Dokument. »Der rote Greis wohnte bis zu seiner Verhaftung vor zweiundzwanzig Jahren in der Elisabeth-Flickenschildt-Allee! Und zwar in der Nummer 4, zweite Klingel von unten, welche die oberste ist.«

»Sapperlot«, stieß ich hervor und merkte, wie mir heiß und kalt wurde. »Das erklärt natürlich den Herder-Ring unter dem Tisch und auch das Loch in der aufgeschlagenen Wand!« Voller Freude über meine tüchtige Assistentin zündete ich mir eine *Overstolz* an. »Und darüber hinaus«, kombinierte ich qualmend weiter »bedeutet das, dass der rote Greis den Edgar Wolles ursprünglich gar nicht erschlagen wollte. Der Rechtsanwalt hatte lediglich das Pech, der Nachmieter zu sein!«

»Und leider gerade zu Hause zu sein«, meinte Liesel und machte eine zustimmende Gesichtsbewegung.

Auch der fast nackte Wachtmeister nickte. »Stimmt, Kommissar Engelmann«, sagte er. »Der rote Greis war nur in seine alte Hütte gekommen, um sich nach seinem Ausbruch heimlich die ganze Beute zu holen, die er in all den Jahren dort in der Wand versteckt hatte!«

Ich war gerade dabei, anerkennend dreinzugucken, weil unser Herr Verkehrspolizist so viel auf der Pfanne hatte, da klingelte das Telefon.

Ich parkte meine Zigarette im Aschenbecher neben der Cognacflasche und griff nach dem Hörer, der sich am Apparat unweit der Cognacflasche beim Aschenbecher auf dem Schreibtisch befand, und meldete mich mit wie ich hieß und was ich machte.

»Wirtz-Baldt«, schnarrte es in tiefer Tonlage an mein Ohr. »Es tut mir leid, Engelmann, aber bisher hat die Fahndung nach Wachtmeister Meisters Uniform nichts ergeben«, erklärte die Frau Staatsanwalt. »Ebenso wenig wie die Suche nach seinem Streifenwagen und der Dienstwaffe. Und von dem entlaufenen Häftling fehlt auch nach wie vor jede Spur.«

»Apropos entlaufener Häftling«, hakte ich sofort ein, um Daniela Wirtz-Baldt die sensationellen Neuigkeiten zu unterbreiten. »Ich habe mit Liesels Hilfe mittlerweile herausgefunden, dass …«

»Der Häftling muss warten«, fuhr mir Danielas Organ an die Karre. »Es ist nämlich wieder ein Mord geschehen!«

»Und da kommen Sie jetzt erst mit, Frau Staatsanwalt?«, fragte ich, holte meine Overstolz aus dem Ascher und nahm einen genüsslichen Zug. »Ich war doch längst am Tatort. Dem Juwelier Uwe Lier hat man den Laden geplündert und ihn dann in seiner *Schatulle* erstochen.«

»Menschenskind, Engelmann, Sie sind ja schneller, als die Polizei erlaubt«, staunte Frau Wirtz-Baldt durch den Draht.

»Und?«

»Er ist tot.«

»Wie grausam!«

»Sicherlich, Frau Staatsanwalt, aber das ist noch lange kein Grund, durchs Telefon eine Fleppe zu ziehen. Schließlich hat der Mord an Herrn Lier ja auch sein Gutes.«

Obwohl es jetzt für einen Moment totenstill in der Leitung war, konnte ich förmlich hören, wie meine Vorgesetzte stutzte. »Jetzt machen Sie mich aber stutzig, Kommissar Engelmann«, sagte sie dann. »Wieso denn was Gutes?«

»Weil wir jetzt wissen, dass der rote Greis noch nicht über alle Berge ist!«

»Sie meinen, dass der rote Greis …«

»So ist es, Frau Staatsanwalt. Und ich bin völlig sicher, dass unser Mann sich noch im Sendegebiet befindet.«

»Im Sendegebiet?«

»Genau«, sagte ich in den Hörer und blies lässig etwas Qualm hinterher. »Lassen Sie mich nur machen.« Dann legte ich auf, drückte meine *Overstolz* zu den anderen in den Aschenbecher und erhob mich vom Schreibtisch.

Liesel war unterdessen damit beschäftigt, ihre Affenschaukeln zu zählen und mich dösig anzuschauen. Von Wachtmeister Meisters Blick will ich gar nicht erst reden. »Sie beide bleiben hier und halten die Stellung, bis ich mich melde«, befahl ich, bevor die Situation eskalierte, und tippte entschlossen an meinen Hut.

»Aber Chef …«, begann Liesel zögerlich. »Was haben Sie denn jetzt vor? Und warum Sendegebiet?«

Ich trat zu meiner attraktiven Assistentin hin und tätschelte eines ihrer hübschen Bäckchen. »Och Liesel«, sagte ich durch gespitzte Lippen. »Sie sollten doch mittlerweile wissen, dass ich für lösliche Verbrechen eine Antenne habe, oder?«

Kapitel 5

»Hallo liebe Freunde da draußen an den Weltempfängern«, sprach der junge Mann ins Mikrofon, nachdem er den fetzigen *Radio-Hiesig*-Jingle über den Äther geschickt hatte. »Es ist siebzehn Uhr und hier ist wieder euer DJ Bodo mit einer weiteren Stunde bester Unterhaltung auf eurem Lieblingssender. Und ihr schnallt euch besser an, denn in den nächsten siebenundfünfzig Sendeminuten werde ich euch nicht nur die allerbesten Superhits aus den Fünfzigern, Sechzigern und von heute auf den Plattenteller zaubern, sondern auch einen exklusiven Studiogast präsentieren. Ganz genau, Leute, so was gibt es nur hier bei …« Dann schmiss DJ Bodo wieder die Bandmaschine an und spielte noch mal den *Radio-Hiesig*-Jingle ab. »Jawoll!«, fuhr der junge Mann dann keck fort. »Und bei meinem Studiogast handelt es sich um einen Mann, der nicht nur als Leiter der hiesigen Mordkommission Tag für Tag dafür sorgt, dass das Verbrechen in unserem schönen Kaff keine Wurzeln schlägt, sondern auch schon so manche kriminelle Platte aufgenommen hat. Haha, und bevor ich mich mit dem Mann unterhalte, der hier in Hut und Trenchcoat neben mir im Studio sitzt, lege ich doch erst mal eine von seinen heißen Nummern auf, einen Song, den er über sein Lieblingslokal geschrieben hat. Liebe Leute, hier ist Kommissar Heinz Engelmann mit *Café Inkontinental*!«

Ich rollte mit den Augen, als der flotte Tango-Rhythmus in Gang kam und ich meinen eigenen Gesang über die Lautsprecher hörte.

Willkommen in meinem Stammlokal
im Café Inkontinental
hierhin geh ich jedes Mal
ins Café Inkontinental

Das Interieur ist ganz aus Plüsch
man kriegt fast immer 'nen Tisch
und es müffelt herrlich nach Sachertorte
Der Ober serviert mit Schwung
und ich mag die Holzvertäfelung
so wie die ocker gekachelten Aborte

Willkommen in meinem Stammlokal
im Café Inkontinental
die Federung der Sessel ist brutal
im Café Inkontinental

hier kann man sein Getränkchen schlabbern
an 'nem Schweineöhrchen knabbern
hier kann ich nach Herzenslust Overstolz qualmen
auf der Speisekarte ist für jeden was dabei,
vom Strammen Max über Ragout fin bis hin zu Russisch Ei
Es ist gemütlich zwischen den staubigen Deko-Plastikpalmen

Willkommen in meinem Stammlokal
im Café Inkontinental
Hier herrscht ein Flair wie anno dazumal
im Café Inkontinental

Nach ein paar Cognäcchen ist mir die Welt egal
im Café Inkontinental
dann bestelle ich dasselbe noch einmal

im Café Inkontinental
im Café Inkontinental
im Café Inkontinental

»Was für ein Kracher, Leute!«, haute sich DJ Bodo gleich wieder aus dem Anzug, kaum, dass die letzten Töne verklungen waren. »Das war Heinz Engelmann mit *Café Inkontinental*. Und der Mann, der Engelmann, sitzt in diesem Augenblick neben mir. Ist das nicht der helle Wahnsinn, Leute? Ja, haha, so was gibt es nur bei ...« Wieder hielt Bodo inne und schickte ein weiteres Mal den gut gelaunten Jingle über die Radiowellen in die Welt hinaus. Aber dann klebten seine Lippen gleich wieder am Mikrofon. »Herzlich willkommen bei mir im Studio, Kommissar Heinz Engelmann!«

»Hallo DJ«, sagte ich in das Mikrofon, das eigens für mich ausgestellt worden war. »Schön, bei Ihnen in der Sendung zu sein.«

»Aber gerne doch, Herr Kommissar. Nur selten haben wir so prominente Gäste hier bei *Radio Hiesig*. Toll, dass Sie ganz spontan bei uns reinschauen.« DJ Bodo holte kurz Luft, dann quasselte er sofort weiter. »Und wenn ich richtig informiert bin, dann sind Sie auch von hier, stimmt's?«

»Oh ja«, nickte ich ins Mikro. »Ich bin auf der hiesigen Entbindungsstation geboren, wuchs dann auf und ging schließlich hier zur Kriminalpolizei.« Breit grinsend guckte DJ zu mir herüber und widmete sich dann seinem Spickzettel mit den Fragen. »Jetzt haben wir eben ein Lied von Ihnen gehört, Herr Kommissar, und in dem Zusammenhang interessiert die *Radio-Hiesig*-Hörer da draußen an den Empfangsgeräten bestimmt brennend, wie man als Leiter der Mordkommission dazu kommt, Songs zu singen?«

»Tja, Bodo, dass Ermittler singen, ist ja nichts Neues, denn Erik Ode und auch Eddie Constantine haben schon Schallplatten aufgenommen. Aber bei denen kam das wahrscheinlich durch die Kontakte zu Film, Funk und Fernsehen. Bei mir ist das Singen aufgrund der vielen Lesungen entstanden, weil ich die ein bisschen musikalisch aufpeppen wollte. So habe ich damals ganz spontan meinen ersten Song geschrieben, tja, und da der gut ankam, habe ich einfach weitere Nummern aufgenommen.«

»Sehr interessant, kann ich da nur sagen, Herr Kommissar«, freute sich DJ Bodo. »Und das sind wirklich alles klasse Nummern. Ich werde nachher auch garantiert noch eine weitere Ihrer Krimiplatten auflegen. Allerdings können wir als hiesige Bürger nur hoffen, dass Sie Ihre Gesangskarriere noch von Ihrer Arbeit bei der Mordkommission trennen können.«

»Keine Sorge, DJ«, lachte ich ins Mikrofon und rückte meinen Hut zurecht. »Tot ist tot, und Schnaps ist Schnaps!«

Bodo lachte fleißig mit. »Haha, den muss ich mir merken, Kommissar Engelmann, was für ein verrückter Spruch! Und falls Sie gerade erst zugeschaltet haben, dann sind Sie hier an der richtigen Stelle, auf der richtigen Welle und natürlich hören Sie …« Ich denke, ich muss Ihnen nicht sagen, dass DJ nach dieser Anmoderation wieder den *Radio-Hiesig*-Jingle laufen ließ und dann nahtlos weitertextete. »Jawoll, ich bin euer DJ Bodo und ich sitze hier mit meinem Studiogast, Kommissar Heinz Engelmann. Hallo!« Der junge Radiosprecher gestikulierte mir, ich solle bitte auch noch mal die Hörer begrüßen.

Also sagte ich: »Tach zusammen«, und wartete weiter auf meine Gelegenheit, das zu erzählen, weswegen ich eigentlich zum Radiosender gegangen war. Meine ganzen Gassenhauer waren mir nämlich gerade schnurzpiepegal.

»Bis jetzt haben wir ja von Ihrer Karriere als singender Ermittler gesprochen, Herr Engelmann«, knüpfte DJ nun wieder an unser Interview an. »Aber wie sieht es denn aktuell bei der Mordkommission aus? Stecken Sie denn gerade mal wieder mitten in einem spannenden Fall, Herr Kommissar?«

»Sogar in einem meiner spannendsten«, sagte ich und lächelte in mich hinein, denn endlich konnte ich meine Falle stellen, in die der rote Greis ganz sicher tappen würde. »Ich bin dabei, den Häftling, der gestern aus dem Dingenskirchener Ingrid-van-Bergen-Gefängnis ausgebüchst ist, wieder einzufangen.«

»Ui, das klingt ja aufregend, nicht wahr, liebe Hörer?«

»Ist es auch, Bodo«, setzte ich fort. »Vor allem, weil der Halunke auf der Flucht versucht hat, seine ganze Beute aus seiner alten Wohnung zu holen und dabei einen Mord begehen wollte!«

»Wahnsinn!«

»Absolut, Bodo! Eigentlich darf ich ja über den Stand der Ermittlungen keine Auskunft geben, aber wo ich gerade bei Ihnen in der Sendung zu Gast bin, kann man ja mal eine Ausnahme machen, nicht wahr?«

»Aber klar doch!«

»Schön, Bodo. Wie gesagt, der Sträfling beabsichtigte, den jetzigen Mieter der Wohnung, einen gewissen Rechtsanwalt namens Doktor Edgar Wolles, mit einer blutigen Rohrzange zu erschlagen, doch das ging total schief. Doch nicht nur das, Bodo! Nachdem der Räuber weg war, fand Edgar Wolles unter seinem Esszimmertisch einen goldenen Diamantring, den er jetzt natürlich am Finger trägt.«

»Unglaublich, Herr Kommissar!«, konnte es DJ Bodo nicht fassen. »Und wie geht es dem Rechtsanwalt jetzt?«

»Den Umständen entsprechend gut«, antwortete ich, während ich mir ein Lachen verkneifen musste, weil DJ die perfekten Fragen stellte. »Doktor Wolles hat eine Gehirnerschütterung und liegt im hiesigen Krankenhaus auf Zimmer zwölf im ersten Stock. Das ist, wenn man die Treppe hochkommt, direkt die zweite Tür links.«

»Vielen Dank, Kommissar Engelmann, dass Sie uns solche Einblicke in Ihre aufregende Ermittlungsarbeit gegeben haben«, schloss DJ Bodo nun das Interview. »Ja, liebe Leute da draußen an den Weltempfängern, das war es auch schon fast für heute von mir, DJ Bodo, eurem hiesigen Lieblingsmoderator. Doch bevor ich mich verabschiede, lege ich noch eine kriminelle Scheibe auf den Plattenteller. Also geht jetzt zu eurem Radiogerät, dreht es auf und schwingt das Tanzbein, Leute, denn hier kommt noch einmal Kommissar Heinz Engelmann mit *Achtung, Achtung! Ich bin Kommissar Heinz Engelmann!*«

* * *

»Wie lange soll ich denn hier noch die lebende Leiche spielen?«, fragte Wachtmeister Meister und schlug das Bettzeug zurück. Ungeduldig blinzelte er in die Neonröhrendeckenbeleuchtung, die Zimmer zwölf in kaltes Licht tauchte. »Bestimmt nicht mehr lange«, sagte ich und guckte auf meine Armbanduhr. Vor etwa einer Stunde war die Sendung auf *Radio Hiesig* zu Ende gegangen, es war also nur noch eine Frage der Zeit, wann der rote Greis hierher ins Krankenhaus kommen würde, um sich den fehlenden Herder-Ring unter den Nagel zu reißen. Und selbstverständlich würde er auch versuchen, noch einmal den bereits toten Edgar Wolles abzumurksen. »Los, Meister, muckeln Sie sich wieder ein und tun Sie einfach das, was ein normaler Patient mit Gehirnerschütterung an Ihrer Stelle tun würde.«

»Und was ist, Herr Kommissar, wenn der rote Greis mich tatsächlich umbringt?«

»Ihnen passiert schon nichts«, beruhigte ich den als Rechtsanwalt getarnten Verkehrspolizisten, der zwar nicht verstand, wieso gerade er den Köder für meine geniale Falle spielen musste, sich aber freute, unter der Krankenbettdecke zu kuscheln, nachdem er fast den ganzen Tag ausschließlich in Tennissocken und Feinrippunterhose verbracht hatte. »Wir sind ja bei Ihnen«, lächelte ich und winkte dann Liesel Weppen zu, die neben dem Nachttisch hinter dem Enzephalogramm versteckt war. »Ich passe schon auf, Chef«, sagte sie und tippte an ihre Schirmmütze. »Sehen Sie, Meister! Ich werde gleich da vorne im Schatten des Waschbeckens abtauchen, und notfalls hat Doktor Sievers ja Bereitschaftsdienst. Er ist Arzt und kann eingreifen, bevor Sie sterben.«

»Das ist klasse, Kommissar Engelmann«, sagte der Wachtmeister und schlug sich erleichtert die Bettdecke über den Kopf.

»So, ich mache jetzt das Licht aus«, meinte ich und ging zum Waschbecken. »Es kann schließlich nicht mehr lange dauern, bis der rote Greis auf der Bildfläche erscheint.« Ich löschte die Neonbeleuchtung und hockte mich hin. Jetzt hieß es abwarten, bis der rote Greis die Treppe hochkommen und die Klinke der zweiten Tür links herunterdrücken würde. Dann würde er Wachtmeister Meister den Ring vom Finger ziehen und den falschen Rechtsanwalt – vermutlich mit einem Kissen, wie in vielen Krankenhauskrimis üblich – ersticken wollen, um den lästigen Zeugen loszuwerden. Und exakt in diesem Moment würde ich natürlich das Licht anknipsen, und meine *Mauser PPK* zücken und: »Das Spiel ist aus, Traugott!« rufen. Liesel würde gleichzeitig von hinter dem Enzephalogramm hervorspringen und dem Halunken die Handschellen anlegen.

Durch das gekippte Fenster hörte ich nach einer Weile, wie die hiesige Kirchturmuhr zehn Mal anschlug. Wenn mich nicht alles täuschte, hieß das, dass wir jetzt schon verdammt lange auf den roten Greis warteten und ich mittlerweile drei Stunden in Zimmer zwölf unter dem Waschbecken hockte!

»Hey Liesel, tut sich bei Ihnen was?«, flüsterte ich zum Enzephalogramm hinüber.

»Nein, Chef«, kam Liesels Stimme aus der Dunkelheit zurück. »Hier ist alles ruhig.«

»Und bei Ihnen, Meister?«

»Ich lebe noch, falls Sie das meinen, Herr Kommissar«, sagte der Wachtmeister mit gespielter Gehirnerschütterung unter seiner Bettdecke.

»Aha.«

Was konnte nur schiefgelaufen sein? Sollte unter Umständen der faltige Verbrecher vielleicht mein tolles Radiointerview gar nicht gehört haben? Während ich so dasaß und meinen Kripogrips nach Erklärungen durchkämmte, musste ich erst mal eine durchziehen. Also fummelte ich eine gute *Overstolz* aus der Trenchcoattasche und steckte sie in Brand. War der rote Greis vielleicht nach seinem Raubmord in der *Schatulle* schneller über alle Berge verschwunden, als ich gedacht hatte? Es sah leider ganz danach aus. »Tja«, seufzte ich und blies den Qualm durchs düstere Krankenzimmer. »Ich denke, wir sollten aufgeben.«

»Was ist los, Chef?«, flüsterte Liesel aus ihrem Versteck. »So kenne ich Sie ja gar nicht.«

»Ich mich auch nicht«, gab ich zögerlich zurück und zog wieder an meiner Zigarette. »Aber es hat keinen Zweck, Liesel. Mein Plan ist im Eimer, und wir können hier noch bis zum Sankt Nimmerleinstag auf der Lauer liegen. Der rote Greis ist nicht nur der berüchtigtste Juwelendieb der Welt, sondern auch der beste Verbrecher aller Zeiten und längst auf und davon!« Ich merkte, wie ich einen tiefen Seufzer von mir gab. »Ich fürchte, das war's. Ende, aus.« Ich hörte die Worte aus meinem Mund, konnte jedoch nicht glauben, dass ich sie sagte. Irgendetwas war hier oberfaul! Und damit meinte ich auch den Geruch meiner Fluppe.

»Was rauchen Sie da eigentlich für ein Kraut, Chef?«, wollte Liesel wissen und ich hörte, wie ihr hübsches Näschen im Dunkel des Krankenzimmers umherschnüffelte. Ich hatte keine Ahnung, aber eine leckere *Overstolz* war es nicht. Gespannt sprang ich aus dem Schatten des Waschbeckens und knipste das Neonlicht an.

»*Eckstein?!*«

Von den Ereignissen überrascht, kam Wachtmeister Meister nun wieder unter der Bettdecke hervor. »Seit wann rauchen Sie denn *Eckstein*, Herr Kommissar?«, fragte er verblüfft.

»Ich weiß es nicht, Herr Wachtmeister«, sagte ich, schürzte die Lippen und nuckelte genüsslich an der Zigarette. »Aber eins ist klar: *Eckstein* schmeckt echt und recht!« Dann nahm ich noch ein paar tiefe Züge und rollte mit den Augen, weil die *Eckstein* so herrlich bekömmlich war.

»Aber …«, stammelte Liesel und ihr hübsches Gesicht sah so verdattert aus, dass es fast hässlich rüberkam. »Warum sagen Sie so etwas, Chef?«

»Was genau meinen Sie, liebe Liesel?«, fragte ich übertrieben laut und machte dazu das dümmste Gesicht, das ich auf Lager hatte. »*Eckstein* habe ich doch schon immer geraucht!« Ich musste das jetzt durchziehen, sonst würde man womöglich Lunte riechen. Ich hatte mir nämlich inzwischen nicht nur gründlich Gedanken gemacht, sondern war auch zu dem Schluss gekommen, dass ich einen schrecklichen Verdacht hatte!

Unauffällig trat ich die *Eckstein* auf dem Krankenzimmerboden kaputt und knipste die Neonbeleuchtung aus. Dann beugte ich mich mit dem Mund zu meiner attraktiven Assistentin hinüber und flüsterte ihr ins Ohr, was sie zu tun hatte. »Und ich erkläre Ihnen später, warum das alles«, wisperte ich zum Schluss, drückte Liesel meinen Trenchcoat und den Hut in die Hand und schlich aus Zimmer zwölf hinaus. Ich lief den Flur entlang und stattete Doktor Sievers einen kurzen Besuch ab, bevor ich mich schließlich unbemerkt aus dem Krankenhaus verdrückte. Die hereinbrechende Nacht legte draußen mittlerweile eine rabenschwarze Dunkelheit an den Tag – und das war gut so.

Kapitel 6

Nachdem ich am Koblenzer Kreuz auf die A 48 gefahren war, hatte ich nur noch gute achtzig Kilometer vor mir. Angespannt starrte ich auf den Asphalt, der im matten Mondlicht unter mir hinwegfegte. Ich wagte nicht, die Autoscheinwerfer einzuschalten, völlig abgesehen davon, dass ich sowieso nicht wusste, wo man die anmachte. Ich saß nämlich nicht in meinem rosaroten Panda, denn den brachte ja jeder mit mir in Verbindung, nein, ich war am Steuer von Doktor Sievers silbernem Simca, und ich trug auch seinen Arztkittel am Leib. Es durfte niemand mitbekommen, dass ich es war, der hier mit sagenhaften 93 km/h über die Autobahn schoss, denn sonst hätte mich das nicht nur meinen Job, sondern auch meine Existenz kosten können!

Glücklicherweise hatte der Halunke von meiner Aktion bisher nichts bemerkt. Und das sollte auch bitte so bleiben. Offiziell saß der gute alte Kommissar Engelmann nämlich in diesem Augenblick am Fenster von Zimmer zwölf, rauchte *Eckstein* und hatte den Fall »roter Greis« zu Grabe getragen. Nur, dass dieser Kommissar Engelmann, der da auf der Fensterbank hockte, gar nicht ich war, sondern Wachtmeister Meister, der sich meinen Trenchcoat übergestreift und meinen Hut tief in die Stirn gezogen hatte, damit man seine blauen Auge nicht sah.

Einerseits hatte der hiesige Verkehrspolizist absolut keinen Schimmer, warum er meinen Platz einnehmen sollte, andererseits freute er sich aber darüber, weil er nun endlich wieder etwas anzuziehen hatte. Liesel Weppen lief unterdessen sinnlos auf dem Krankenhausflur auf und ab, so wie ich es ihr aufgetragen hatte, und machte sich unnützlich.

Während ich weiter durch die Nacht Richtung Vulkaneifel fuhr, musste ich mir eingestehen, dass ich den roten Greis unterschätzt hatte, und natürlich wusste ich längst, warum er mir im Krankenhaus nicht auf den Leim gegangen war.

Aber schließlich wäre ich nicht der ausgebuffte Kripobeamte, der ich war, wenn ich nicht auch im Dress eines Arztes weiter ermitteln würde. Eine Dreiviertelstunde später lenkte ich den Simca über ein Landsträßchen zwischen immensen Maisfeldern hindurch und kam schließlich da an, wo ich hinwollte. Ich machte den Motor aus, ließ den Wagen noch ein Stückchen bergab rollen, löschte das Standlicht und parkte schließlich bei der Kapelle. Meine Armbanduhr, die ich anbehalten hatte, war noch wach und zeigte mir halb zwei an. Lautlos schlüpfte ich aus dem Wagen, lauschte der ohrenbetäubenden Stille und huschte geduckt durch das kleine Eifeldörfchen. Meinem gewieften Ermittlerblick war sofort klar; wenn meine hiesige Heimat am Arsch der Welt war, dann war das hier ganz tief drin. Was in meiner Situation sehr praktisch war, denn so musste ich nicht lange umherhuschen, um das einzige Haus zu finden, in dem zu dieser nachtschlafenden Zeit noch ein Lichtlein brannte. Außerdem parkte in der Einfahrt ein grünweißes Auto, das mir sehr bekannt vorkam.

Ungesehen schlich ich mich um den Wagen herum ans Haus heran und reckte meine Nase von außen an das erleuchtete Fenster. Dann spähte ich vorsichtig hinein und sah einen Typen an einem großen Tisch vor einer Schreibmaschine sitzen. Er mochte Anfang vierzig sein und im Schein der gusseisernen Bürolampe war nicht nur sein wallendes Kinnbärtchen deutlich zu erkennen, sondern auch sein ausgesprochen angsterfülltes Antlitz. Dieses erklärte sich durch die gebückte Gestalt mit der runzeligen, hochroten Visage, die ich nur allzu gut kannte und dem Typen am Schreibtisch eine Waffe fest in den Nacken drückte. Im Licht der Bürolampe erkannte ich übrigens auch den Knopf, der an der Verkehrspolizistenuniform des Revolverhelden fehlte.

»Sehr schön!«, hörte ich den roten Greis bis nach draußen fauchen. »Und jetzt schreib gefälligst, wie ich am Flughafen ankomme und das Ticket nach Rio löse. Da jetten nämlich in allen guten Krimis die Ganoven hin, die der Schmiere entkommen sind!«

Der Mann mit dem Kinnbärtchen zögerte. »Na los, mach schon!«, rief Traugott Schopenhauer und spannte den Hahn der Knarre. »Ich nehme gleich morgen früh die erste Maschine und dann kann der Engelmann mich suchen wie die Made im Heuhaufen. Hahaha!«

Ich beobachtete durchs Fenster, wie der Mann nun schweißgebadet Buchstabe um Buchstabe in seine Tasten haute. Der runzlige Pseudoverkehrspolizist guckte ihm dabei grimmig über die Schulter. Dann hörte der Mann an der Schreibmaschine auf zu tippen, zog das Papier aus der Maschine und hielt es dem roten Greis hin.

Nachdem er lachend das Autoradio ausschaltete, trat er aufs Gaspedal und gab dem gestohlenen Streifenwagen die Sporen. Natürlich war er auf Kommissar Engelmanns plumpen Trick nicht hereingefallen und war nicht ins hiesige Krankenhaus gefahren, um dem schlechtesten Kriminalbeamten aller Zeiten in Zimmer zwölf in die Falle zu gehen.

Der rote Greis wusste, dass Edgar Wolles tot war, genau wie Uwe Lier, der Juwelier. Und der eine Herder-Ring war ihm egal. Niemand würde ihn jetzt noch aufhalten können! Zehn Minuten später stellte er den Peterwagen vor dem Terminal des Flughafens ab, schnappte sich den Beutel mit der trilliardenschweren Beute und ging zum Schalter. Er buchte eine Karte für den ersten Flug nach Rio de Janeiro, wo er seinen wohlverdienten Lebensabend in Saus und Braus verbringen würde.

»Sehr gut, haha«, lachte der rote Greis hämisch und legte das Blatt auf dem Schreibtisch ab. »Aber noch nicht ganz das Ende!« Er wedelte nun wild mit dem Schießeisen herum.

Ich hielt unterdessen vor dem Fenster weiter den Atem an.

»Wie wäre es denn mit einem kleinen Selbstmord?«, fletschte der Verbrecher die Zähne. »Momentan hockt der Kommissar ja wie Falschgeld am Fenster und starrt niedergeschlagen auf den Krankenhausparkplatz …«

»Ja, und?«

»Da ist es doch nur nachvollziehbar, dass sich der arme Engelmann vor lauter Versagen aus dem Fenster stürzt und sich das Genick bricht. Haha!«

»Aber es soll doch nach diesem noch weitere Fälle …«, protestierte der Mann am Schreibtisch, doch der rote Greis drückte ihm den Lauf von Wachtmeister Meisters Dienstwaffe nun wieder brutal in den Nacken. »Halt die Fresse und schreib!«

Widerwillig spannte der Typ mit dem Kinnbärtchen nun ein neues Blatt Papier in seine Schreibmaschine, begann zu tippen, und ich spürte draußen vor dem Fenster, dass nun der Zeitpunkt gekommen war, um zu handeln, bevor es zu spät war! Also robbte ich rüber zur Haustür. *Sascha Gutzeit* stand auf der Klingel und ich drückte drauf.

»Hä?! Wer … wer ist das?«, hörte ich den Juwelendieb drinnen nervös zischen. »Wer klingelt zu dieser Zeit noch bei dir an?«

»Och«, entgegnete Gutzeit. »Hier bei uns aufm Dorf kommen die Nachbarn manchmal einfach so vorbei und dann trinkt man zusammen ein Schnäpschen …«

»Still!«, flüsterte der rote Greis. »Du bleibst hier an der Maschine und keinen Mucks, verstanden?«

Das dauerte mir alles zu lange, also drückte ich noch mal auf die Schelle.

»Ich gehe und mache auf. Aber vergiss nicht, wenn du schreist oder die Geschichte umschreibst, dann mach ich dich kalt!«

Dann hörte ich drinnen Schritte und die Haustür wurde geöffnet.

»Ja bitte?«, sagte der rote Greis und steckte sein hochrotes Gesicht in die Nacht hinaus.

»Guten Abend«, sagte ich und tippte zum Gruß an meine Stirn, weil die Hutkrempe nicht da war. »Bitte entschuldigen Sie die späte Störung, mein Herr. Aber wie Sie an meinem weißen Kittel sehen, bin ich Arzt und müsste dringend mit dem nächstgelegenen Krankenhaus telefonieren.«

Offenbar schien mich der rote Greis ohne meinen Trenchcoat und den Hut tatsächlich nicht zu erkennen, denn er guckte mich so freundlich an, wie es mit seiner Hackfresse nur möglich war. »Tut mir leid, Herr Doktor«, sagte er und trat näher. »Leider habe ich kein Telefon. Aber vielleicht versuchen Sie es mal bei den Nachbarn.«

»Schade«, sagte ich, lächelte mein akademischstes Lächeln und starrte dann plötzlich erschrocken auf meine Schuhspitzen. »Sagen Sie …«, rief ich. »Kommen diese neunzig Zentimeter langen Feuersalamander in dieser Gegend häufiger vor?!«

Der rote Greis beugte sich vor, um nach der Monsteramphibie zu sehen, da schnellte meine rechte Faust auch schon gen Himmel und ballerte ihm unter das faltige Kinn. Stöhnend plumpste der Ganove zu Boden und ergab sich tiefer Bewusstlosigkeit.

Da der Weg nun frei war, marschierte ich ins Haus. »Ich hoffe, Sie haben sich nicht wehgetan, Herr Doktor …«, kam mir ein aufgelöster Sascha Gutzeit entgegengeeilt.

»Von wegen Doktor«, winkte ich ab. »Das ist nur Tarnung, Herr Gutzeit. In Wahrheit bin ich Kommissar Heinz Engelmann!«

»Engelmann? Sie … hier?«, fragte nun mein völlig verdutzter Autor, dem ich gleich tröstend auf die Schulter klopfte. »Tja, ich hab mich aus meiner eigenen Geschichte gemogelt, wie ein Sträfling, der sich als Schmutzwäsche tarnt.«

Gutzeit lachte herzlich. »Sehr gut, das könnte glatt von mir sein!«

»Ist es wahrscheinlich auch«, sagte ich trocken. »Sie schreiben ja schließlich meine Geschichten.«

Mein Autor nickte und bat mich in sein Arbeitszimmer.

Dann fuhr ich fort: »Aber als in der Krankenhausszene plötzlich alles komisch wurde, ich nur noch Müll redete, dann auch noch beschloss, den roten Greis laufen zu lassen, da dachte ich mir, dass irgendetwas mit Ihnen nicht stimmt!«

»Der rote Greis stand plötzlich auf der Matte, bedrohte mich mit Wachtmeister Meisters Dienstpistole und zwang mich, den Fall so umzuschreiben, dass er nicht in Ihre Krankenhausfalle tappt und am Ende der große Held der Geschichte ist.«

»Puh«, seufzte ich, »ist ja noch mal alles gut gegangen, gelle?«

»Wie kann ich Ihnen nur danken, Engelmann?«, fragte Sascha Gutzeit und wischte sich über die klamme Stirn.

»Och, das ist ganz einfach«, sagte ich und suchte währenddessen den Arztkittel vergeblich nach irgendwelchen Zigaretten ab. »Binden Sie einfach nicht jedem auf die Nase, dass *Sie* meine Krimis verfassen. Die meisten Leute denken nämlich, dass ich die Dinger selber schreibe.«

»Abgemacht«, nickte Gutzeit und goss mir einen Cognac aus der Flasche ein, die stets neben der Schreibmaschine am Aschenbecher beim Telefon auf seinem Arbeitstisch stand. »Zum Wohl, Engelmann«, schmunzelte er, reichte mir das Glas und schenkte sich selbst einen Scotch ein. »Sagen Sie, Herr Engelmann …«, machte Sascha Gutzeit nach einem ordentlichen Schluck weiter. »Wie haben Sie mich hier überhaupt gefunden?«

»Ganz einfach«, lächelte ich und kippte den Cognac in mich rein. »Erstens bin ich ein ausgefuchster Ermittler und zweitens habe ich einfach die Leute vom Verlag rausgeklingelt und nach Ihrer Privatadresse gefragt.«

»Wirklich clever, Herr Engelmann«, sagte Gutzeit und nahm noch ein Schlückchen Scotch. »Das möchte ich meinen. Und als die vom Verlag mir sagten, dass ich heute schon der Zweite sei, der danach fragte, wusste ich, dass ich auf der richtigen Spur war!«

Sascha Gutzeit machte sein Glas leer und deutete Richtung Hausbar. »Nein«, lehnte ich dankend ab. »Ich trink besser keinen mehr und mach mich wieder auf den Weg. Da Sie wieder frei sind, sollte ich flott in den Kriminalfall zurück, um für Ihr richtiges Ende zur Stelle zu sein.«

»Auch wahr«, sagte Sascha Gutzeit. »Dann schreibe ich jetzt wohl mal den richtigen Schluss, so wie ich ihn für *Der rote Greis* gedacht hatte.«

»Prima«, freute ich mich. »Aber schließen Sie zukünftig die Haustür ab, damit wir so ein Theater nicht in jedem Kriminalfall haben.«

»Mach ich.« Mit freundlichem Blick in den Augen drückte mir Sascha Gutzeit die Hand. »Schön, Sie mal persönlich kennengelernt zu haben, Heinz.«

»Für Sie immer noch Kommissar Engelmann«, sagte ich,

winkte zum Abschied und huschte wenig später durch das totenstille Eifeldörfchen zu Doktor Sievers Simca zurück.

* * *

»So, ich mache jetzt das Licht aus«, meinte ich und ging zum Waschbecken. »Es kann schließlich nicht mehr lange dauern, bis der rote Greis auf der Bildfläche erscheint.« Ich löschte die Neonbeleuchtung und hockte mich hin. Jetzt hieß es abwarten, bis der rote Greis die Treppe hochkommen und die Klinke der zweiten Tür links herunterdrücken würde. Dann würde er … Momentchen mal. Waren da nicht Schritte draußen auf dem Flur? Ja, tatsächlich! »Pscht, er kommt!«, zischte ich meinen Kollegen zu und hielt den Atem an, während nun die Klinke heruntergedrückt wurde.

Dann kamen die Umrisse einer Gestalt ins düstere Zimmer und tapsten geradewegs auf das Bett zu, in dem angeblich Doktor Edgar Wolles lag. Wie erwartet suchte der Eindringling die Hände des Kranken, fand den Herder-Ring und begann, ihn vom Finger zu ruckeln.

»Aufhören, bitte aufhören!«, prustete plötzlich Wachtmeister Meister, der seine Rolle als Rechtsanwalt mit Gehirnerschütterung unter der Bettdecke bis dahin täuschend echt gespielt hatte. »Das kitzelt!«, wimmerte er, riss seine Hand los und sprang aus dem Bettzeug.

»Aber Sie sind ja gar nicht mein Nachmieter!«, wunderte sich der rote Greis und taumelte rückwärts.

Ich hatte unterdessen den Lichtschalter betätigt. »Das Spiel ist aus, Traugott!«, rief ich und hatte meine *Mauser PPK* im Anschlag.

Das hochrote Gesicht des Gauners leuchtete im Neonlicht des Krankenzimmers. »Engelmann! Verflixt. Und wo ist der

Rechtsanwalt?«, stieß der Greis hervor. »Ich wollte ihn doch mit einem Kissen ersticken!«

»Der ist längst tot«, sagte nun Liesel, die von hinter dem Enzephalogramm hervorgesprungen war und dem Traugott Schopenhauer die Handschellen anlegte. »Sie sind meinem Chef in die Falle gegangen.«

Enttäuscht ließ der rote Greis den Kopf hängen.

»Abführen!«, befahl ich und musste nun erst mal eine durchziehen. Also fummelte ich eine gute *Overstolz* aus der Trenchcoattasche und steckte sie in Brand. Ich blies den Qualm durchs Krankenzimmer und sah Liesel dabei zu, wie sie den greisen Ganoven abführte.

Wachtmeister Meister trottete in Feinrippunterhose und auf Tennissocken hinterdrein und freute sich sicher, bald seine Uniform wiederzubekommen.

»Das ist ja wirklich noch mal alles gut gegangen«, murmelte ich, nahm noch ein paar tiefe Züge und rollte mit den Augen, weil die *Overstolz* so herrlich bekömmlich war.

Bonusmaterial

Überflüssige Pathologieszene

Und es besteht absolut kein Zweifel?«, fragte ich, während ich eine gute Stunde später in der hiesigen Gerichtsmedizin auf und ab ging. »Nein, Kommissar Engelmann«, erwiderte Frau Doktor Anna Lühse, die just ihre Analyse abgeschlossen hatte.

Nachdem ich mit Liesel Weppen im rosaroten Panda von der Elisabeth-Flickenschildt-Allee zum Polizeipräsidium zurückgegondelt war, hatte ich unserer Pathologin natürlich gleich die Mordwaffe reingereicht. Die Leiche des toten Rechtsanwalts hatte ich in der Wohnung liegen lassen, denn der konnte man eh nicht mehr helfen.

»Die Fingerabdrücke auf der Rohrzange stammen eindeutig von Ihnen, Herr Kommissar«, sagte Frau Doktor Lühse, während sie sich die Einweghandschuhe von den schlanken Fingern streifte. »Und dann sind da noch die Tatscher von Rechtsanwalt Edgar Wolles, was nicht verwunderlich ist, da er ja der Eigentümer der Zange war.«

»Und sonst, Frau Doktor?«, fragte ich gespannt und tigerte dabei weiter durch die Gerichtsmedizin. »Natürlich auch noch die Patschehändchen vom roten Greis, dem entflohenen Sträfling …«

»Och, Frau Doktor«, unterbrach ich die Pathologin. »Das mit dem roten Greis dürfen Sie an dieser Stelle noch gar nicht sagen. Das macht die Spannung kaputt.«

»Stimmt, Herr Engelmann«, sagte Anna Lühse. »Überhaupt finde ich unser Gespräch hier völlig überflüssig. Sie könnten doch die Fakten zu Beginn des dritten Kapitels einfach raushauen und dann mit dem Anruf bei der Frau Staatsanwalt weitermachen, oder?«

»Prima Idee, Anna. So machen wir's. Tschööö!«

Und mit einem breiten Grinsen verließ ich die Gerichtsmedizin und spazierte in mein Büro.

Nicht verwendete Juwelierszene

Mit zitternden Fingern langte ich in meine Trenchcoattasche und holte den glitzernden Ring hervor, den ich unter Edgar Wolles Esszimmertisch gefunden hatte. »Ist dies hier einer der Herder-Ringe?«, fragte ich und hielt ihm das Schmuckstück unter die Nase.

Uwe Liers Augen weiteten sich zu zwei funkelnden Klunkern. »Der … Herr der Ringe?«, japste er und rang nach Luft. »Ein Ring, Sie haben ihn gefunden … Sie müssen sie alle finden … alle acht!«

»Jetzt hören Sie mit dem Quatsch auf, Herr Lier. Sie haben nämlich nicht mehr lange zu leben …«

»Ach, Herr Kommissar«, röchelte der Juwelier tollkühn. »Lieber das Schlimmste vor Augen haben, als im Dunkeln tappen.«

»Da haben Sie natürlich recht. Trotzdem wäre ich Ihnen in dieser schweren Stunde dankbar, wenn Sie die Herder-Ringe nicht mit *Herr der Ringe* verwechselten und einfach nur meine knappe Frage beantworteten.«

»So fragen Sie, Kommissar Engelmann«, hauchte der Sterbende. »Denn was man nie anpackt, dauert am längsten.«

Ich nickte, und Uwe Lier, der Juwelier, sackte in seine Blutlache. Dann brach sein Augenlicht und ich wieder zum Polizeipräsidium auf.

Verpatzte Büroszene

Ja? Kommissar Hiesig, Apparat Mordkommission, Engelmann am Heinz«, sprach ich so besonnen wie es ging in den Hörer, merkte aber, dass ich völlig neben der Spur war.

»Wirtz-Baldt«, kam die tiefe Stimme der Frau Staatsanwalt durch die Leitung. »Schön, dass Sie gut erholt aus Ihrem Kurzurlaub zurück sind, lieber Heinz«, sagte Daniela Wirtz-Baldt freundlich. »Aber ich fürchte, Sie bekommen sofort wieder Arbeit.«

»Ich weiß schon, Frau Staatsanwalt, dieser entflohene *Hänfling* …«

»Der *Hänfling* muss warten, Engelmann«, unterbrach mich meine Vorgesetzte gleich im Keim, doch ich musste schallend loslachen. »Hahahahahahaha!«

»Was soll das, Engelmann? Ich als Staatsanwältin habe etwas Dringendes zu sagen!«

»Hahahahahahahahahahahahahahaha!«

»Was lachen Sie denn so blöd, lieber Heinz? Ist Ihnen der Urlaub nicht bekommen?«

»Doch«, brachte ich prustend heraus und lachte dann gleich weiter in den Hörer. »Hahahahaha!« Und noch mal: »Hahahahahahahahahahahahahahahahaha!«

Liesel Weppen und Wachtmeister Meister hatten auch gehört, was Frau Wirtz-Baldt gerade eben vom Stapel gelassen hatte und grölten mittlerweile lauthals mit: »Hahahahahahuhuhuhuhuhuhuhuhihihihihihihihihihihihihi!«

»Kann mir mal bitte jemand erklären, was dieses Gegacker zu bedeuten hat?«, rief die Staatsanwältin empört durchs Telefon. »Was habe ich denn Bescheuertes gesagt, dass Sie drei so aus dem Häuschen sind?!«

»Sie … haha … Sie haben gesagt …. Muhahahaha … haben

Hänfling gesagt, Daniela .... Hahahahaha ... der *Hänfling* muss warten ... hihihihi ... und nicht der Häftling muss warten ... zu komisch .... ist der *Hänfling* etwa aus der *Hanf*anstalt entflohen? Hahahahahahahahahahahaha!«

»Hahahahahahahahhihihihihihihihihi!«, lachte Liesel.

»Hohohohohihihihihhuhuhuhuhuhhahaha!«, lachte Wachtmeister Meister.

Und »Hahahahahahahahahahahahahaha!« lachte nun auch Daniela Wirtz-Baldt.

Die Tränen liefen mir übers Gesicht und ich bekam kaum noch Luft. Der *Hänfling* schlug mir gehörig aufs Zwerchfell. »Wirklich ein herrlicher Versprecher, Frau Staatsanwalt ... hahahahaha ... wir sollten Sie vielleicht ab jetzt Daniela *Witz*-Baldt nennen ... hahahahahahaha!« Gemeinsam mit Liesel und dem Wachtmeister grölte ich erneut los, doch am Telefon war es nun mucksmäuschenstill. »Hahahaha ... hallo?«, fragte ich in den Hörer, nachdem ich die meisten meiner Lachtränen runtergeschluckt hatte. »Daniela, sind Sie noch dran?«

Statt einer Antwort ging plötzlich die Bürotür auf und die Frau Staatsanwalt kam herein. Ihr war deutlich anzusehen, dass sie geweint beziehungsweise gelacht hatte.

»Sie sind mir ja ein Vogel, Engelmann«, grinste sie und zupfte ihr blaues Kostüm zurecht. »Lachen sich über mich tot, obwohl Sie sich vor mir schon doof versprochen haben.«

»Wie bitte?«, fragte ich völlig verdattert und klitschnass im Gesicht. »Was meinen Sie?«

»Ich hab doch nur wiederholt, was Sie gesagt haben. So hab ich mir das gemerkt. Sie sagen: »Ich weiß schon, Frau Staatsanwalt, dieser entflohene Häftling ...«, und dann muss ich Sie unterbrechen und »Der Häftling muss warten, Engelmann« sagen.«

»Ja und?«

»Na, wenn Sie *Hänfling* anstatt Häftling sagen, dann spreche ich das natürlich nach. Hahahahahahahahahahahahahahahahahahahahahahahahahahahahahahahahahahahahahahahahahahahahahahahahahahahahahahahahahahahahahahahahahahahahahahahahaha!« Die Frau Staatsanwalt kriegte sich nun anscheinend überhaupt nicht mehr ein und auch der Wachtmeister Meister und Polizeimeisterin Weppen legten wieder los: »Hahahahahahahahahahahahahahahahahahahahahahahahahahahahahahahahahahahahahahahahahahahahahahahahahahahahahahahahahahahahahahaha!«

Ich fand das gar nicht witzig und griff beleidigt nach der Cognacflasche.

Danke

Robert Weinkauf und Familie
Schloss Goseck e.V.
Katja Keller und Team vom Hotel am Ludwigsplatz
Peter Eschke
Uwe Lischper
Heinz Mohr vom Bierhaus *Klimbim*
Gerald Hagemann
Jan Wiesemann
Marc Seebode
Vanessa Gutzeit
der Mannschaft vom KBV-Verlag
und natürlich Ralf Kramp

KBV KRIMINALROMAN

Markus Niebios
KOPFLOS IM KOFFERRAUM

Taschenbuch, ca. 290 Seiten
ISBN 978-3-95441-190-0
9,90 EURO

Eine irre Mischung aus »Kluftinger« und »Kreutzer kommt« mit einem Schuss »Tatortreiniger«!
Wer seine Detektei Mystica nennt und einen Leichenwagen als Dienstgefährt benutzt, legt es darauf an, die Kundschaft aus schrägen Vögeln zu rekrutieren. Dass sich Borg und Romanov bei ihrer Suche nach einem seltenen Krebs allerdings mit Sargdesignern, Kryptozoologen und einem Hippie-Medium herumschlagen müssen, geht selbst ihnen ein bisschen zu weit.
Als Borg ein Mord angehängt wird, und sein Nachfolger als Leiter der Mordkommission alles daran setzt, ihn hinter Gitter zu bringen, beginnt eine fulminante Jagd nach Antworten. Warum nagelt jemand einen türkischen Totengräber an ein Hakenkreuz? Was verheimlicht das Bestattungsunternehmen? Wie oft kann man lebendig begraben werden, ohne den Verstand zu verlieren? Wer serviert wem vom Aussterben bedrohte Tiere und wie kommt der Kopf des Klienten in den Kühlschrank der Detektei?
Von der Polizei und zwei Killern durch halb Dortmund gehetzt, finden Borg und Romanov heraus, dass es dem Vorsitzenden einer rechtsradikalen Bürgerinitiative um weit mehr geht, als den Bau eines Minaretts zu verhindern.

»... komplett gaga, monströs wie das Leben, wunderbar!«
(Gisbert Haefs)

KBV KRIMINALROMAN

Klaus Stickelbroeck
SCHROTT

Taschenbuch, 267 Seiten
ISBN 978-3-95441-195-5
9,50 EURO

Als Gelegenheitsgauner Angie bei einem Einbruch erwischt wird und im Knast landet, ist das höchst ärgerlich, denn er hatte gerade einen Auftrag angenommen. Privatdetektiv Hartmann, sein bester Freund, soll ihm jetzt aus der Klemme helfen und fackelt nicht lange. Was soll denn schon schwierig daran sein, ein Fahrzeug umzuparken?

Er muss allerdings schon bald feststellen, dass ihn der Job unversehens in ein tödliches Fadenkreuz befördert. Seine einzige Chance, mit heiler Haut davonzukommen, besteht darin, der Sache auf den Grund zu gehen. Hartmanns Ermittlungen führen ihn in den halbseidenen Boxclub von Huren-Heinz, in die Gartensauna der Rockerbraut Silke, über die Schrottplätze Düsseldorfs und auf den Friedhof in Hassels.
Erst als er erkennt, dass ein Molotowcocktail in Oberbilk, der Untergang der Titanic und Regenrinnen-Ritas Beobachtungen im Drogenmilieu zusammengehören, dämmert ihm, in welche brandgefährlichen, bleihaltigen Auseinandersetzungen er geraten ist.

»… ein Meisterstück … Er schöpft aus dem prallen Leben und schreibt unter ständigem Augenzwinkern, ohne dem Humor die Spannung zu opfern. … Bis zum Schluss schraubt Stickelbroeck den Roman auf immer höhere Touren.«
(Focus-Online zu ›Fischfutter‹)